NOTAS DE UN SIMULADOR

CALVERT CASEY

NOTAS DE UN SIMULADOR

CALVERT CASEY

Selección y prólogo de
Mario Merlino

MONTESINOS

Primera edición: noviembre de 1997

©Herederos de Calvert Casey
© De la introducción y selección, Mario Merlino
© De la traducción de *Piazza Margana*, Vicente Molina Foix
Edición propiedad de Literatura y Ciencia, S. L.
Diseño Elisa N. Cabot
ISBN: 84-89354-53-7
Depósito Legal: B-43824-97
Impreso en Novagràfik, S. A.
Printed in Spain

"Lo que un escritor escribe, peor o mejor,
es la prole que es capaz de engendrar.
Velar por que no se extravíe es,
al fin y al cabo, sólo un gesto paternal".

"Prólogo", MEMORIAS DE UNA ISLA

DELANTAL PARA CALVERT CASEY

«INMOVILIDAD PROTECTORA: se clasifican bajo este nombre diferentes categorías de fenómenos. Se sabe que muchos animales amenazados se inmovilizan. Esta reacción de inmovilización se ha interpretado a menudo como una *simulación de la muerte* (inglés: *death feigning*; alemán: *Scheintod*), como en el caso del zorro; o bien como un fenómeno de *catalepsia* por *fascinación*, en el caso del pájaro ante la serpiente, y la *parálisis del miedo*, con las piernas que se aflojan... En el comportamiento normal del insecto, la posibilidad de una inmovilidad refleja es, la mayor parte de las veces, función de la calidad del medio interior (hormonal)».

Gaston Richard

en *Henri Piéron*, VOCABULARIO DE PSICOLOGÍA

Calvert Casey —«Calvito» si el equívoco bromeaba corrigiendo el nombre inglés, «Calvita» si aquél se extendía a la ambigüedad del género— nació en Baltimore en 1924, pasó gran parte de su infancia y adolescencia en La Habana, escribió en castellano (más) y en inglés (menos) y, exiliado en Roma, se suicidó el 16 de mayo de 1969 con una sobredosis de somníferos. Es fácil caer en la tentación o en el abuso de entrelazar la azarosa vida de Calvert con los personajes, las imágenes, las diversas situaciones de su obra. Es fácil e incluso convencional. Las vidas reducidas a meros datos anecdóticos se convierten en presa cómoda para establecer mecánicas relaciones entre vida y ficción.

Más aún: los datos biográficos como datos que explican la ficción literaria sólo ofrecen una ventaja ilusoria: la de comparar un yo con otro, la de igualarnos en esa manía hagiográfica de confundir escritores con santos más o menos heterodoxos, hacer de literatura devoción y, en el mejor de los casos, si somos capaces de reconocer nuestra ambigüedad y/o fantasías suicidas, la de llevarnos a la complacencia: al fin y al cabo, todos somos más o menos así. O, por el contrario, a la actitud estrafalaria de distinguirnos a través de la rareza del otro.

Calvert Casey trabajó como traductor de las Naciones Unidas en Nueva York. Viajó por Gran Bretaña, India, Suiza, México, Haití, Francia. A La Habana, a la revista *Ciclón*, llegaban sus colaboraciones en 1956 desde Estados Unidos. En La Habana, con el derrocamiento de Batista, escribió crítica teatral, reseñas de libros, traducciones, para *La calle*, *Lunes de revolución*, *La Gaceta de Cuba*, *Casa de las Américas*. Entre sus amigos y compañeros de andanzas literarias figuran Antón Arrufat, a quien dedica, agradeciendo su estímulo, el volumen de *El regreso y otros cuentos*; Virgilio Piñera; Guillermo Cabrera Infante. A ellos habría que agregar, siguiendo el homenaje que varios autores realizan a Calvert en la revista *Unión* (n° 16, 1993), los nombres de Miguel Barnet, Luis Marré, Luis Agüero y Humberto Arenal.

De todos modos, prefiero *simular* (aun sin renunciar del todo a la biografía, cuya función informadora reconozco) que los textos de esta antología pertenecen a un anónimo. Que cada palabra se enlazó con las demás sin sujeto rector y se fue formando un diverso universo en el que es posible encontrar varios Calvert, varios seres con o sin nombre, sumergidos en acciones efímeras, entre la dicha y la acechanza, y que enseñan, dejan señas que podemos reconocer y re-correr, y en esas señas descubrir que en lo efímero reside acaso, paradójicamente, la eternidad de todo buscador. No importa de qué: no importan santos griales ni amores mayúsculos ni verdades imponentes ni sustancias más o menos reverendas.

Para hacer esta antología me he basado en dos ediciones españolas, una de las cuales ya ha cumplido treinta años: *El regreso y otros relatos* (Barcelona: Seix Barral, 1967) y *Notas de un simulador* (Barcelona: Seix Barral, 1969). Existe además una edición cubana de *El regreso* (1962), con menos textos que la española homónima, pero que incluye uno, próximo al poema en prosa, llamado «En San Isidro». He dejado fuera de la antología este texto, además de «La plazoleta» que, aun siendo una magnífica narración, acaba completándose y se amplía con el relato extenso que da nombre al otro volumen: «Notas de un simulador» Y «Amor: El río Almendares, ahora en su edad madura, tiene 12 millones de años», que considero inconsistente y de menor interés. Dos textos menos en una obra breve pero intensa no representan gran cosa. Y digo dos porque debe insistirse en la buena factura de «La plazoleta».

Con esta edición aparece por primera vez en libro el último capítulo de una novela, *Gianni*, que el mismo Calvert destruyera. Escrito en inglés, fue traducido por Vicente Molina Foix, y completó el dossier dedicado al autor en el número 26 de la revista *Quimera* (diciembre de 1982): «Piazza Morgana[1]».

Además de cuentos, la antología incorpora un poema del año 1965 que apareció en *La Gaceta de Cuba* y que reproduce el n° 16 de la revista *Unión* (de la Unión de Escritores y Artistas de Cuba, 1993), y algunos de los artículos reunidos en *Memorias de una isla* (La Habana, Revolución, 1964). Comparto la opinión, que me transmitió personalmente Antón Arrufat y que después leí en un ensayo de Jesús Vega, acerca de la importancia del artículo «Hacia una comprensión del siglo XIX», incluido en *Memorias de una isla*: se trata de una revisión novedosa y desprejuiciada, escrita hace más de cuarenta años, acerca de ciertos tópicos frecuentes en el análisis de la literatura cubana del siglo pasado. Pero ésta es una anto-

---

1. Ver al respecto la nota de la página 244 (*N. del editor*)

logía, no una edición de obras completas, y dado que preferí ofrecer un recorrido por la obra de Calvert Casey, siguiendo un criterio de agrupación por motivos literarios, entendí que excedía los límites de mi propósito. Al escoger los artículos, me propuse centrarme sobre todo en sus comentarios sobre autores como Martí, Kafka, Miller y Lawrence y en dos textos que revelan paisajes de la isla, como ejemplos de fusión entre el afán testimonial y la descripción literaria. En el campo de las intenciones, tal vez habrían cabido sus «Apuntes de vuelo», que no figuran en las *Memorias de una isla* y se publicaron en *Ciclón* en julio de 1956. De ellos me basta con citar ahora estas palabras: «No nos quedará más remedio que seguir por donde veníamos, continuar tejiendo la tela que nos arrojaron en el regazo al nacer, pero la duda, símbolo de nuestra libertad, acaba de hacernos infelices, o lo que es peor, envidiar a los que no dudan».

Por qué este libro se llama *Notas de un simulador*

Dejemos de lado la composición del texto que lleva ese nombre. Dejemos incluso de lado un motivo meramente exterior: es el cuento que justifica, por su extensión, el título de un volumen que incluye otros más breves. Este último dato podría también explicar el porqué de nombrar así este libro. Pero más allá de éstas y otras posibles excusas, en las «notas» de un «simulador» subyace una actitud narrativa y con ella una respuesta, ajena a certidumbres, al oficio mismo de quien escribe y vive el desajuste entre su mirada y las palabras que pretenden definirla. Como la pintura para Leonardo, dice Gérard Genette, la literatura es *cosa mentale*.

Por eso notas. Porque acaso las notas revelan el estado primero de la escritura y a la vez una forma primaria de conocimiento. Plural de modestia, las «notas» afirman lo fragmentario de nuestro dominio de «eso» que llamamos pobremente «realidad». Las «Notas sobre pornografía» del volumen *Memorias de una isla* fueron primero una *nota*: en su paso del singular al plural el autor transita de la certidumbre a la conciencia de los límites de su verdad (eso que se *llama* verdad).

El simulador, como el travestí del que habla Severo Sarduy en *La simulación* (1982), «se precipita en la persecución de una irrealidad infinita». Su imitación excesiva de la mujer acaba afirmando la inexistencia del modelo imitado. El exceso se dispara hacia lo neutro: lo que no es ni una cosa ni otra. ¿Habrá que hablar entonces de «lo mujer», de «lo hombre», y avanzar así hacia una abstracción que disipe la inflexible cárcel de los géneros?

Cuando el simulador, para colmo, vive entre dos o más aguas (Estados Unidos, Cuba, los sucesivos países del exilio); cuando el simulador intenta, como en el cuento «El regreso», vestirse (hablar) a la manera de los habitantes del país adonde regresa, revelando que el habla también es una máscara o un accesorio del vestido; cuando el simulador, en fin, regresa sin haber salido nunca, el viaje acaba siendo una forma más de simulacro. Cambiarse la ropa, travestirse, adoptar los gestos de los otros, los «iguales» que reflejan una pertenencia ilusoria, no son más que acciones «tartamudas». En la dificultad de articular la palabra está implícito el penoso esfuerzo que exige ponerse a andar, salir no sólo de uno mismo, sino aceptar que se es extranjero de uno con uno mismo, y que los otros, los prójimos, se encuentran lejos; que su proximidad, a fin de cuentas, es un acto simulado. Quien dice, finge. Quien desea con las palabras incorporar al otro, simula. Las notas o borrones del simulador disgregan aquello que pretendían reunir.

Haré ahora un recorrido somero por los cuentos que integran estas *Notas de un simulador* y que he «desordenado» simulando otro Calvert, como si no hubiese tenido otra salida que intentar el regreso a un hipotético orden original. Sabiendo de antemano que nunca se regresa al orden: que simulo el orden para demostrar lo que no existe.

I. Simulacros
El primer cuento de esta parte, «Adiós, y gracias por todo», muestra claramente que el objeto amoroso es una construcción imaginaria. Pretexto para «aliviar la soledad implaca-

ble», la invención de la mujer, Marta, pertenece al ámbito propio del acto de escritura. Desde la soledad, que el narrador manifiesta como estado físico (dolor en la cabeza y en los hombros), se avanza hacia la descripción del objeto de amor, cuyos rasgos físicos, entre lo preciso y la vaguedad, le otorgan una apariencia fantasmal. Apariencia o aparición, el cuerpo inventado surge a manera de instantánea fotográfica: «la cara no deja sospechar la calidad de la piel de los hombros, que debe ser color de miel, casi color de oro».

Merece la pena destacar que la mujer sale de una biblioteca, donde el narrador se demora para postergar el regreso a su casa y a su insomnio; que ella se ha olvidado un libro (la *Patología sexual* de Stevens); y que es precisamente el libro el que sirve de vínculo entre ambos personajes o, si se quiere, entre creador y creatura. Mundo escrito, mundo inventado. Ver a Marta significa volver a inventarla. Y los destellos de la visión insisten en la fugacidad de quien capta las imágenes de modo fragmentario. Formas de intermitencia, conocemos gestos y actitudes de la mujer, como si fuesen el objeto de un acoso fotográfico: «Marta esperándome... Marta sentada... Marta tomando algo... Marta a la puerta de un teatro... Marta sola en el patio inmenso de Bellas Artes oyendo absorta la música».

Soledades paralelas, el mundo se angosta reducido a la figura del que percibe y a la cosa percibida, aunque en ese solitario ángulo de mira todo es tan intenso que lo efímero se hace absoluto y el tiempo obedece, en una extraña ortodoxia, al «antes» y al «después» del acto imaginario. Cuando, para el día del cumpleaños de la mujer (que el narrador averigua «sin que ella se diera cuenta», detalle tan arbitrario como la propia invención), él hace bordar su nombre en unos pañuelos, «con una letra menuda, finísima», se hace de nuevo énfasis en el carácter fantasmal del objeto deseado: Marta es un nombre *escrito*. La letra misma desata el fantasma.

Pero en esta ofrenda hay una irónica señal de la despedida. Ese día ella no aparece y, al día siguiente, llega acompañada por un joven. El deseo del solitario se suspende y también el relato, que deja otras intermitencias eróticas como imágenes clave, instantáneas que expanden o dispersan la mirada, la vuelven ambigua a través de una doble sinécdoque del cuerpo: la mano de Marta/el brazo moreno del muchacho.

En «El paseo», que fue escrito originariamente en inglés, se narra el rito de una iniciación sexual que no llega a consumarse. La narración se detiene más bien en los accesorios externos del rito de paso: los pantalones largos; las miradas expectantes, cómplices y hasta burlonas de los otros; la «fama» de Ciro, el sujeto de la iniciación, que traspasa los límites del círculo familiar y se extiende hacia «todo el vecindario». El relato entero está impregnado de una atmósfera de temor y de atracción erótica difusa, que se corporiza en la figura de Zenón, el tío de Ciro y guía de éste en ese viaje hacia la experiencia sexual que la convención impone. Pero la mirada de Ciro, «muy alerta a cuanto pasaba a su alrededor», recoge no sólo las expectativas que él mismo desata, sino también el aura que rodea a su tío, hasta el momento un «solterón incoloro» y ahora blanco al que apuntan la admiración y el deseo. Figuras complementarias, los pantalones azules de Ciro se corresponden con el «zafiro azul» que Zenón lleva en el dedo meñique de su mano derecha. Más adelante, cuando se produce el encuentro con las mujeres del burdel, una de ellas observará: «la misma cara de Zenón cuando lo conocí». El temblor del muchacho, en ese viaje que tal vez lo transforme, se enlaza con el cambio operado en la percepción que los demás tienen de su tío: de hombrecito cohibido se ha convertido en hombre desenvuelto y la fama, esa otra presencia, se hace imagen en la referencia al agua de colonia que se expande por la «tarde caliente».

Sólo cuando llegan al café el foco de atención pasa del tío al sobrino, en una ceremonia de afirmación varonil: «Los amigos de su tío le hablaban poniéndole las manos en el hombro, encantados aparentemente de su aspecto físico, le tocaron los bíceps y en general formularon declaraciones terminantes sobre su virilidad». Pero, como si el propósito del autor fuese mostrar un desfile de figuras más o menos estereotípicas, a los hombres que crecen o se miran en el espejo de la virilidad de otro hombre, a las mujeres que bromean, ríen y discurren sobre el cumplimiento de la prueba de iniciación, se agrega la presencia de un muchacho negro, Dago, que es fuerte, corpulento, mueve las caderas al andar, mira varias veces a Ciro y posee, saliendo de su «inmenso cuerpo oscuro», una voz atiplada. Aunque rechazado («Dago no está bien», dice simplemente la chica que baila con Ciro, comentando sus salidas de tono), su risa disuena en ese simulacro de lo previsible. Como encargado de cambiar la música de la «victrola», acompaña el rito y le añade un ingrediente teatral más.

La escena de Ciro en la habitación de la muchacha se centra en un diálogo sobre el pequeño altar con flores, un crucifijo y dos estampas de santos, sobre la temperatura y sobre el color de los vestidos, en medio de una atmósfera en la que dominan los fetiches. Simulacro de iniciación, el cuento se ha cumplido en varios pasos: de los pantalones azules de Ciro (lo masculino) al vestido verde de la muchacha (lo femenino); del anuncio familiar del cambio de atuendo al rumor –la fama– difundido entre el vecindario; de la hipótesis de una mudanza interior a las últimas palabras de Ciro acerca de la gente de la calle: «Las mismas caras de siempre. No cambian».

«El amorcito» está construido a la manera de las notas de un diario personal («hoy para escribir estas notas en el cuaderno he tenido que lavarme con agua de vicaría»), en el que se entrelazan dos historias. La primera es el encuentro con dos muchachas, de quienes, como ocurre en «Adiós, y gracias por todo», nunca el narrador sabe con certeza si volverán ni cuándo. A veces ellas aparecen juntas, otras sólo una (Ester) y, en alguna ocasión, el narrador las observa paseando con dos muchachos. La segunda historia presenta a una vieja, cuyo cuerpo «es un bulto de huesos cubierto de sacos de yute y trapos», acompañada por un perro y que a veces coincide con otros vagabundos, «otros bultos» sobre la hierba.

El simulacro, en este caso, no es sólo la invención angustiosa del encuentro, sino también los «cambios» que el autor de las notas introduce en su propia apariencia: primero se vale de unas gafas oscuras; luego recurre a un barbero, quien le tiñe el pelo de oscuro (va mejor con las gafas) y le regala un lápiz para pintarse las cejas. El tinte como signo de la parodia, como amargo guiño burlón («por lo menos abandona uno el mismo aspecto»), como irónico contraste entre la apariencia que se pretende y la fetidez y el desamparo de los vagabundos, semejantes a los que circulan en el relato «En la plazoleta» y que crecen en su dramatismo en «Notas de un simulador». En definitiva, en ese juego de espejos que nos propone Calvert Casey, el narrador acabará abandonando su casa, durmiendo en el parque como un vagabundo más, atento a cualquier señal que anuncie la llegada del objeto de una espera que no deja nunca de comenzar.

Como los objetos que enmarcan la torpeza o el sinsentido de las acciones humanas, como los borceguíes de Samuel Beckett o la roca de Sísifo, como tantos obstáculos a la travesía de los héroes inversos de Kafka, la maleta del cuento «La dicha» se impone desde las primeras líneas como síntesis del fracaso de Jorge. Cerrada la maleta, despide a su mujer Dalia y se produce el encuentro con Laura, la amante, a quien describe con el mismo recurso observado en «Adiós, y gracias por todo», el de las instantáneas que captan gestos o estados. La ilusión de ese encuentro se va desvaneciendo al comprobar, una vez más, que nada cambia; que, en ese frecuente recurrir de Calvert Casey a las imágenes indumentarias, los vestidos ya no crujen como en las novelas, que los diversos objetos que salen del bolso de Laura revelan, una vez más, la «inanidad sonora» del mundo; que el reloj «se había detenido la noche anterior».

«El regreso» cierra el apartado de los *Simulacros* haciendo aún más explícitos los rasgos propios de la simulación literaria: lecturas, películas, fragmentos de diálogos, conocimientos sueltos intervienen en la gestación de los actos humanos, y éstos, a su vez, no tienen «el menor viso de realidad». De la dicción a la ficción o, lo que es lo mismo, la palabra concedida como artificio, como ocultamiento y parodia del deseo, de la misma manera que el tinte o las gafas oscuras; la palabra que se pega al cuerpo, a la voz que la conjuga, y en ciertas zonas no se adhiere del todo, dejando al descubierto su revelación precaria. Cuerpo adherido y a la vez ajeno, excrecencia y máscara, la palabra es el signo de lo contrario de aquello que pretende: no comunica, separa. En el mejor de los casos, quien intenta hablar, como el narrador de esta ficción autobiográfica, se descubre en su tartamudez «contorsionado por la palabra que se empeñaba en no dejarse pronunciar». El simulador contempla y contemplando adquiere conciencia del vacío entre sí mismo y las acciones y las personas que observa, tanto en el espacio de la ciudad de Nueva York, que se describe en las primeras páginas, como en La Habana a la que regresa o simula regresar.

El gran fracaso es no poder ser como el otro. No poder ser el otro. No basta con copiar ni con ser un facsímil para sentir que se pertenece a un tiempo o un lugar, esa condena que tan sutilmente ha descrito María Zambrano. No basta: si, como ocurre en este cuento y en otros de Calvert Casey, las épocas se mezclan, los habitantes conviven entre la mugre y los espejos de marcos dorados, si otros, más originales y también de pocos recursos, imitan en la decoración ambientes que revelan «un mundo de rezagados del siglo anterior, que no habían estado en ninguna parte». El tiempo inmediato es el de la soledad, el único estado que abarca a todos los moradores, como la de una «irlandesa centenaria, cubierta por muchas capas de tiempo y mugre, siempre a la espera del cartero providencial».

Decidido el regreso a su patria, a Cuba, adopta los hábitos indumentarios de sus habitantes; siente que recupera (se recupera en) su humor y su cordialidad; descubre que simular es hacerse similar a los otros. Pero *similares* son en su aspecto los hombres que, vestidos de uniforme, lo detienen, torturan y ejecutan. Irónica versión del «ser para la muerte», los cangrejos hunden al final del cuento sus tenazas en los ojos miopes y «entre los labios delicados».

II. Asechanzas

En «El amorcito», junto con el vagabundeo de la espera, acechaban peligros no fácilmente definibles. Cuando el narrador besa a Ester, «la gente esa que no tiene nada que hacer y está en todas partes comenzó a rodearnos». En el último cuento comentado se produce una detención sin causa justificada y la escena final, la muerte, se completa con la imagen que, hipérbole mediante, equivale a anular de modo rotundo la facultad de la visión y del habla.

En los cuentos de esta segunda parte se acrecientan los peligros. «El sol» narra lo que sucede dos horas y quince minutos antes de que estalle una bomba de hidrógeno. Mediante un procedimiento que reaparece en otros escritos de Calvert Casey, ese tiempo objetivo se amplifica a través de acciones fragmentarias de otros personajes, de mudanzas en el foco narrativo, de digresiones. Aún más: en el primer párrafo, el narrador se detiene en las consecuencias que tendrá la explosión en las cinco o casi seis décadas siguientes. El tono frío del informe se interrumpe con la presentación del anciano que está contando el dinero de que dispone. Las imágenes numéricas permiten el tránsito del motivo del dinero a la mención de la cantidad máxima de peldaños que debe subir para cuidar su salud. Todo está sometido a cálculo: las monedas se ordenan en grupos según su valor; la contrariedad imprevista del colega muerto que, por falta de recursos, fue velado en una funeraria sin ascensor; el número de amigos aún vivos en condiciones semejantes. La frialdad del cálculo hace de las primeras páginas una extraña y estremecedora meditación sobre la muerte. Los números, al fin y al cabo, nunca mienten.

Como en un mosaico de analogías y contrastes, el cuento avanza a través de un desfile de personajes varios: después del anciano, un niño que va a la escuela; un hombre que observa a la mujer que duerme a su lado y que, aplazando el instante de tocarla, siente que el tiempo le pertenece; la mujer en el hospital, escayolada, que observa con mirada casi estadística los cuerpos enfermos; o la testigo de la muerte de un bibliotecario sobre la almohadilla, cuya tinta «lo había marcado a él con el mismo color violeta rojizo con que él marcara montañas de papeles». Este desfile o singular danza de muertos y vivos culmina con el tramo narrativo dedicado al dueño del teatro que espera la llegada de los espectadores. Cuando ya pensaba que debía suspender la función, ve que el público, ese «monstruo extraño y caprichoso», sube en tropel por la escalera. Cierra satisfecho la puerta de acceso a la sala exactamente a las cuatro y quince, la hora prevista para la explosión de la bomba, con lo que la referencia al público monstruoso se vuelve irónica metonimia. Todos los personajes que desfilan, por otra parte, ocupan espacios cerrados: la habitación del anciano, prolongada en las funerarias que enumera, la escuela, el cuarto donde duermen el hombre y la mujer, sumido él en el acto solitario de la contemplación erótica; el hospital; la biblioteca, el teatro.

«In partenza» es uno de los relatos que, de manera directa, como en «Los visitantes», introduce el asunto de las sesiones espiritistas y de la consulta a los muertos. Aquí el pretexto parte del viaje por mar que emprenderá el narrador en primera persona. Ángela, la cocinera, se encarga de llevar a los invitados a la sesión. Como bien ha señalado María Zambrano, el espíritu inoportuno que ocupa a la mujer mulata y dice llamarse Blanca, ése al que una de las invitadas define como «marica», es el doble muerto del narrador, y éste asiste, de tal modo, a su propio velatorio. El cuento, entonces, narra un exorcismo. Si se tiene en cuenta que el viaje se define como «viaje sentimental», aunque no se especifican sus verdaderos motivos, liberarse del «odio» («a ése ¡lo odio!», dice el espíritu señalando al protagonista) significa también liberarse de la carga humillante del apelativo o acaso, lisa y llanamente, del lastre de un antiguo amor. En el final del cuento, sin embargo, al decir que se ha olvidado la canción que le enseñara Ángela para «aplacar el mar embravecido», el narrador hace hincapié en la incertidumbre, en el miedo frente a la aventura que emprende.

Los muertos reaparecen en el cuento llamado «En el Potosí», a través de un recorrido por el cementerio. Monólogo en la voz de un muchacho, se entrecruzan en el relato elementos tales como la lectura de los epitafios, la limpieza de las losas, la compra de la propia tumba para sí mismo y para su tía. El misterio de la relación entre vivos y muertos se hace mayor al mencionar a un tercer personaje, sólo designado con el pronombre «ella», que también pasea por los cementerios, a la que el muchacho parece eludir todo el tiempo y que sólo al final descubrimos a través de las palabras del hombre que coloca las flores: «la que está ahí sentada en la bóveda no es su tía, es su mamá». Lo fantasmal se introduce en la vida de los vivos como asechanza y, paralelamente, instaura otra forma del simulacro: la irrealidad que se resiste a disiparse.

En «Los visitantes» se cuenta una historia de complicidades y castigos en la que los espíritus protectores (Casio) llegan de visita para hacer justicia y restablecer el equilibrio perdido, a veces se demoran incomprensiblemente y generan inquietud entre los vivos que viven en su espera; una historia en la que coinciden cuerpos y espectros prestándose sus atributos; una historia, en fin, sobre «la naturaleza del amor y el deseo», pasiones ambas que justifican traiciones y mentiras («era perfectamente lógico que dijera las pequeñas mentiras sin consecuencias que todos decimos»). La debilidad de Félix, que encubre el robo del anillo por amor a Clara, sólo se compensa con el reconocimiento y la respuesta callada del muchacho que narra, consciente de que su llanto, ese espejo de la debilidad, contraría la ley que fijan los visitantes: «Recuerdo que me sentí muy triste y que estuve llorando mucho rato sin hacer el menor ruido ni secarme la cara, para que no me oyeran dentro de la casa, ni pudieran notarlo los que pasaban». La figura de Félix, de quien añora el sentido del humor y sus historias sobre las mujeres que había conocido, guarda cierto parentesco con la del tío Zenón del cuento «El paseo». Al fin y al cabo, los dos representan un mundo donde se disuelven los rígidos límites morales, aquéllos que no consiguen alzarse contra el deseo, no obstante triunfe en apariencia el castigo bajo la forma de la exclusión del círculo de lo admisible.

En «La ejecución», además de la expresa referencia del epígrafe, es fácil descubrir la filiación kafkiana del cuento en la sucesión de sus acciones y motivos: misteriosas llamadas telefónicas, detención y encarcelamiento sin causa explícita por tres policías, aceptación resignada del «proceso» y muerte por garrote vil. Merece la pena aclarar que los tres policías no son idénticos: uno de ellos es «muy alto, rubio, con un hermoso rostro de muchacha adolescente». Por otra parte, el gusto por la observación y nómina de los objetos, tanto en la habitación como en la cárcel, habla de un recurso visible en otros textos de Calvert Casey que acentúa la visión distante y fría de los acontecimientos. Dos acciones, dos imágenes, reaparecerán transformadas en el fragmento que se conserva de su última novela, *Piazza Morgana*: en la escena inicial, el protagonista, Mayer, se corta al afeitarse; en la final, la muerte es «vientre seguro, inmenso y fecundo», espacio que lo mantiene a salvo «de todas las iniquidades posibles».

III. Disipaciones

El poema que abre esta última parte de los textos de ficción de Calvert Casey se publicó por primera vez en *La Gaceta de Cuba* en 1965. Poema-dedicatoria («a un viandante»), establece la relación entre Calvert Casey y un supuesto autor de 813 años después. Las equivalencias numéricas resultan francamente curiosas: todas las cifras son múltiplos de tres. La suma de los números que componen 1965 da como resultado 21; la de los que forman 2778 da 24. Sumados cada uno de los que componen los 813 años que hay entre 1965 y 2778 se obtiene 12. Si a ello añadimos septiembre (mes 9) y el día 18, se obtiene la relación: 9, 12, 18, 21, 24. Después de las cuatro preguntas retóricas inciales, el poema adquiere el tono de un oráculo, gracias al predominio de una primera persona omnisciente que señala pasos y movimientos de la segunda persona invocada. Las referencias a las puertas, las murallas «resecas» (y la variante «muros ásperos»), el arco y hasta los arrecifes, indican los obstáculos que entorpecen la búsqueda. Son los pasos y las pruebas de un heroísmo inverso, de ese Sísifo viandante que sale de las «tinieblas» y en ellas se pierde. No hay amor («si encuentras a quien buscas») que justifique interrumpir la búsqueda («y te detienes»), porque habrá muerte («rodarás muerto a sus pies»). Heroísmo inverso o mística negativa, como si Calvert fuese un Genet despojado de la liturgia religiosa que acompaña el aprendizaje de la perversión. Una muerte sin lugar para la perversión feliz de «Piazza Morgana», donde el buscador se funde con el Amado, donde no cae a sus pies, entra en su cuerpo.

Y el salto del presente a un tiempo remoto (al futuro como en «El sol», al hablar de las consecuencias de la explosión de la bomba de hidrógeno, o del futuro al presente como en el poema «A un viandante...»), vuelve a surgir hiperbólico en dirección al pasado y al futuro en el cuento «Mi tía Leocadia, el amor y el Paleolítico inferior». Se sitúa en el «Ten-Cén», «almacén de cosas útiles y de cosas inútiles», espacio propicio para representar esa mezcla caótica donde coinciden personas, miradas furtivas, alimentos, espacio para deslizarse imaginariamente a través de los siglos y hurgar en diferentes estratos de la vida humana y en las imágenes obsesivas en la escritura de Calvert Casey. A la imagen ya señalada de la convivencia entre vivos y muertos, se añade la conciencia de que en el mundo hay más muertos que vivos. Por las resonancias de un cuento como «El sol» en su insistencia en números y estadísticas, cito el fragmento donde el narrador, recordando la necrológica del periódico, afirma: «...comprendí esa especie de satisfacción que siempre siento al leerla, satisfacción de *matemático* que ve sus cálculos confirmados con cada día que pasa».

La biblioteca, espacio común a «Adiós, y gracias por todo» y a «El sol», reaparece en este cuento como pretexto para que el personaje-lector siga reflexionando acerca del paso del tiempo, mientras lee noticias de periódico y hace una enumeración caótica de crímenes, tragedias, detalladas descripciones de cuerpos destrozados, que lo llevan a una serie de interrogantes acerca de la vanidad de la existencia que es, en otras palabras, una desesperada indagación sobre los límites de la memoria humana: «¿Ni habrá nadie que hable de nosotros en el fondo del próximo milenio, a varios metros sobre nosotros, nosotros a varios metros sobre todos los millones de desconocidos que nos precedieron?». Enfermos, víctimas, muertos. Como la mujer que mira los cuerpos yacentes en el hospital de «El sol». Como el empleado que acaba durmiendo cubierto por periódicos en «El amorcito». Como los cangrejos que clavan sus pinzas en los ojos y en los labios delicados en «El regreso».

El cuerpo se disipa «en inmensos osarios del mundo que se convierten en polvo que el aire dispersa y nosotros respiramos». El cuerpo vivo es prolongación de los innúmeros (y ésa es también la tragedia: el cálculo insostenible) cadáveres que lo preceden, que lo acompañan en un presente de muertos, que le hablan de su muerte probable. El cuerpo envejece en la conciencia del cuerpo. La tía Leocadia es un ejemplo, es la prueba del tránsito del esplendor a la enfermedad, víctima en sus últimos años de la codicia y voracidad de los advenedizos. Como imagen refleja del «Ten-Cén», la tía Leocadia, modista, acumula sábanas bordadas en el armario. En las horas de su ocaso, su pasatiempo en soledad consiste en repasar «la rica ropa de cama de olán y de batista y los trajes pasados de moda». La modista del cuento de Calvert actúa, así, como mensajera de su propia muerte: en la ropa usada por los muertos perdura, si se la guarda mucho tiempo, el aura melancólica de sus antiguos dueños. Restos o cadáveres del propio cadáver, las prendas sin cuerpo acumuladas remiten a un exceso: el del desuso y, por tanto, ya no sirven siquiera como accesorios de la simulación. Hasta la «infinita irrealidad» se disuelve. Aunque en un momento del relato ella se vista para recibir al viudo presuntamente rico, el narrador testigo acentúa la visión funérea hablando de los «colores ya muy desvanecidos», y al final, cuando descubre que han vaciado el armario de encajes, sábanas y mantones, advierte que «sólo los viejos vestidos seguían colgando de sus percheros».

«Polacca brillante» introduce un vertiginoso estallido de notas e impresiones unificadas por la espera. No se precisa a quiénes, y la espera adquiere a veces el tono y el ritmo de un delirio persecutorio. ¿Es la espera una asechanza? ¿Es el peluquero que lo mira fijamente síntesis de esa asechanza? ¿No es alarmante ese peluquero, igual y complementario al de «El amorcito», que barre «el montón de pelos rubios, castaños, blancos» y, trágica ironía del simulador, «se cubre el cráneo con una peluca»? En ese vagabundeo sin freno por calles polacas, la narración se llena de paradojas (del calor al frío, de la luna al sol), el sentido del tiempo se distorsiona («los niños que corrían mañana hacia el Groteska»), la Sala Leopoldina, antes (¿cuándo?) tan espléndida, queda reducida a «cenizas deslumbrantes».

Dividido en 19 capítulos, «Notas de un simulador» puede considerarse un cuento extenso más que una novela corta. Basada su construcción, como es habitual en otras narraciones de Calvert Casey, en el procedimiento acumulativo (desfiles, paseos), desarrolla el asunto, ya presente en «El amorcito», del tránsito hacia el ambiente de los vagabundos y mendigos y, como en «El sol», de los enfermos. El simulador se divide entre su trabajo en la oficina y el acceso a ese margen de «bultos» confundidos en un universo de objetos: periódicos, cartones, ropas. Pero ante todo el simulador observa; observa ese instante de «variedad infinita» que precede a la muerte; cómo se transforman los rasgos de la cara al debatirse entre el deseo de vivir y la serenidad definitiva; cómo, en fin, se acumulan los síntomas de la degradación física. Y de la observación de las diversas muecas del cuerpo moribundo, el simulador pasa al descubrimiento de interiores donde, por ejemplo, un automóvil ocupa un pequeño salón y junto a él un piano vertical entre otros muebles. Los objetos se agolpan, condenados a la inutilidad: para tocar el piano habría que quitar el automóvil. Los vagabundos y los enfermos, esos «objetos» que pululan entre la suciedad y la muerte próxima, se prolongan metafóricamente en las baratijas que decide vender el simulador para poder entrar en los hospitales: «peines, navajas de afeitar, servilletas de papel, frascos pequeños de perfume, jabones, creyones labiales, polvos, espejos, limas, esmaltes para uñas, pinzas, presillas para el pelo, desodorantes y algunos renglones de bisutería». Luego elige el recurso de alquilar libros y –de nuevo el espíritu de cálculo– se mantiene atento al número de páginas que le quedan al enfermo aún sin leer.

Mundo próximo a un paisaje de guerra, centón apocalíptico, cuerpos y cosas pierden contornos, se atropellan o se desgarran entre aristas y asperezas, se resecan y decoloran, mientras el simulador, a la manera de un «ojo surrealista» que «contemplaba desde algún techo que filtraba la lluvia la vida tormentosa de los inquilinos de turno» («El regreso»), culmina su periplo en una azotea. Alguien ha cerrado la puerta de acceso. Después vendrá el despido de su trabajo y la cárcel. Allí escribe estas «Notas», en cuyas reflexiones finales declara su obsesión por la vida más que por la muerte, intrigado por «el momento en que se extingue para siempre».

«En la avenida» repite la técnica del paseo y el desfile de personajes. El narrador observa la calle o su habitación y el cuento, poblado de elipsis, presenta a tres mujeres (su amante, su madre, la cocinera), las dos primeras vistas bajo el prisma de la separación y la incertidumbre acerca de cuándo será el próximo encuentro. La escena final, cuando él y ella se abrazan, remite al motivo del contacto entre el presente y un futuro remoto o, mejor dicho, entre dos presentes simultáneos separados por un lapso indefinido. «Quizás un geólogo, al hendir el polvo con su pico miles de años después, destrozaría su sexo, ahora erecto». A continuación, seguro de que aunque estallase el planeta él seguiría flotando en el vacío, comprende que es «eterno».

Y es esa conciencia de la eternidad la que adquiere una dimensión avasalladora en «Piazza Morgana», capítulo de la novela destruida por el mismo Calvert y que lleva el nombre repetido (el vocativo de la súplica o la fascinación amorosa) de su amado Gianni, a quien, por otra parte, dedicara (*Para Giovanni Losita*) el volumen de *Notas de un simulador* tal como se publicó en 1969. Último y póstumo paseo del autor, que ya no vagabundea entre mendigos y enfermos, ya no recorre plazoletas ni almacenes, ya no entra en arquitecturas farragosas o en compartimientos estancos que se abren a miradas estadísticas: la herida que se hace el amigo al afeitarse y la sangre es la incitación para entrar en su cuerpo. Vientre definitivo, a salvo de la iniquidad, disiparse y fundirse en el otro es la gloria que envidiarán los amantes de los tiempos venideros. El simulador ya no copia ni imita ni pretende, en involuntaria parodia, adoptar la apariencia del amante, porque «desde ese puesto de observación, donde he logrado la dicha suprema, veo el mundo a través de tus ojos, oigo por tus oídos los sonidos más aterradores y los más deliciosos, saboreo todos los sabores con tu lengua, tanteo todas las formas con tus manos».

Ya no a sus pies: dentro. No sólo hay recorrido por todos los huecos del cuerpo; se ha superado la distancia entre observador y observado. El antiguo simulador consigue además hacer del viaje por el cuerpo una vía nutritiva, recuperando experiencias propias de la mística: vampiro y caníbal amoroso, alimentarse del amante equivale a la «devoración» de Dios en Meister Eckhart, a ese «rapto fervoroso» que empuja a «comer lentamente», «desde el interior», «el sabroso tejido, rojo vivo, bajo los pezones ya hace tiempo digeridos».

En este espacio de la liberación definitiva ya no hacen falta documentos de identidad. La espera puede extenderse ilimitadamente porque ya no hay tiempo, porque el Amado *es* el tiempo. Se disipan simulacros y asechanzas, se disipa la propia identidad en el cuerpo-vientre materno —«ya no soy yo mismo. Soy tu sangre»—, fuera de miradas inquisitivas desde los balcones, lejos de policías armados, a salvo de las pruebas de iniciación (los pantalones azules de «El paseo»). Se cancelan y borran «años de búsqueda inútil». Se anula también la distinción de géneros, no importan lo hombre o lo mujer; importa, sí, que se suprime toda frontera en una forma de Paraíso o reino de los cielos donde el cuerpo se disgrega al ser comido y se rehace en el vómito, comer y vomitar se igualan en su asimilación (Lezama Lima), nacer y morir, plenitudes y elipsis, caos bullente de lo mismo y lo otro.

Y el cuerpo mismo deja de ser descripción simulada de la belleza exterior o, viceversa, de la descolorida vejez (tía Leocadia) o de los bultos de carne y hueso (vagabundos y enfermos). El cuerpo participa de la amoral fluencia amorosa y se desprende de lo correcto, de esa norma que reduce el vivir al protocolo de lo permitido. Por otra parte, el impulso para *recorrer* (chupar, comer, templar) el interior amado brota con la conciencia de «una tregua de nuestros momentos de odio mutuo», lucidez de quien, una vez más, no olvida registrar el acto de escritura: «podría seguir escribiendo sin parar sobre mi travesía...». Al fin y al cabo, el deseo amoroso es *altamente imaginativo* y solicita seguir tomando notas, las notas del vértigo; solicita mantener el vértigo, anotando. Solicita revelar que, como le dice Calvert Casey en una carta a Antón Arrufat del 24 de junio de 1967, «somos el mismo, que toda separación o diferencia es una forma más de la ilusión».

Pocos años después, en 1973, Monique Wittig publica *El cuerpo lesbiano*, largo y magnífico poema narrativo en el que, retomando figuras e imágenes mitológicas, se representa también el amor como viaje por el interior del cuerpo. El vientre protector se desplaza aquí hacia un paraíso más pagano, orgía y fiesta, caos primigenio en el que se pierde incluso la facultad del habla.

IV. Notas críticas y paisajes

No me detendré demasiado en las notas críticas. Su interés reside en revelar, a través de las referencias a otros autores, parte de la bibliografía de Calvert Casey, y ofrecer algunas pistas sobre las imágenes y temas que en ellos destaca, como si cada escritor que un escritor nombra fuese una forma de su ser diverso, fuesen otras caras de su persistente deseo de simular. Sólo extraeré una frase de cada una de las notas: «la proeza poética morbosa» de Martí sobando a la muerte; Kafka como «profundo profeta de las pesadillas que el hombre es capaz de construirse (los campos de concentración...)», Henry Miller y su «visión de mundos que vacilan». Las «Notas sobre pornografía» se centran en D. H. Lawrence y, como se explicará en una nota a pie de página, al comparar el artículo original (de la revista *Ciclón*) con el publicado en *Memorias de una isla*, ofrecen un ejemplo de las traiciones de la autocensura.

En los textos que definimos como paisajes, «Memorias de una isla» y «El centinela en el Cristo», merece la pena tener en cuenta los aspectos descriptivos, el gusto por la anécdota coloquial, la mezcla de lo real y lo legendario. Del segundo, de 1960, influido por el reciente triunfo de la revolución, habría que extraer el retrato, que podría añadirse como breve esbozo a la galería de personajes de los cuentos de Calvert Casey, de ese «pequeño muchacho campesino de pómulos altos, de melena negrísima y tirante, atada fuertemente a la nuca con peinetas de carey en un mechón de muchacha, con absoluto desprecio por los atributos convencionales de su sexo». No podía saber Calvert en ese momento que el dogma (son así las iglesias) cambiaría en la práctica la palabra «desprecio» por otra palabra de tres sílabas, «respeto», y que seguramente recomendaría a ese campesino un atuendo más propio de hombre.

Quiero agradecer el sereno empecinamiento y el estímulo de Pío Serrano, la deliciosa, amable y nutritiva charla con Antón Arrufat, la pródiga paciencia de Ana Nuño.

Mario Merlino
Madrid-Río de Janeiro, 1997

29

I. SIMULACROS

«Sus episodios amorosos eran casi todos,
si no imaginarios, sí altamente imaginativos»

EL REGRESO

ADIÓS,
Y GRACIAS POR TODO

There was death in the air, but not sadness...
and even the human heart acquiesced.

E. M. Forster
A PASSAGE TO INDIA

Como estoy tan solo, y a veces me duelen la cara y los hombros y me doy cuenta de que es la soledad que me tiene encogido de vergüenza, he inventado a Marta. La he inventado a mi forma y antojo. Con mi pura imaginación, la he dotado de vida, para de algún modo aliviar la soledad implacable.

Marta tiene el pelo claro y sedoso, la piel de los brazos muy suave. Cuando dice algo en serio, el rostro y el cuello palidecen y cuando se ríe se tiñen de delicados tonos rosados.

Toda la persona de Marta tiene esa calidad inefable de la belleza; iba a decir esa calidad dorada pero no, no sería expresarlo bien, limitarla a un color, a un material, y la belleza se escapa, no puede describirse. Va desde la piel sana y fina de las orejas hasta el rosa limpio de las uñas, está en el modo de colocar los pies, de llevarse una mano a la mejilla, en la forma en que los labios se engastan en las mejillas, en que el pómulo terso continúa en la sien, en que un ligero vellón avanza a su vez para cubrir la sien; está, en ella como en los seres que tienen ese don extraño y misterioso, en la manera de caer la ropa sobre su cuerpo, en la simple ropa que elige. Y está sobre todo en la voz. La voz de Marta, su timbre, la manera en que se afina o se agrava, el modo en que su risa resuena, es casi la mitad de ella. Increíbles entonaciones infantiles cuando quiere convencer, risueña seriedad cuando la presiono sobre un punto y no quiere darse por vencida.

No se qué edad tiene Marta. No me atrevo a preguntarle, por ese prurito tonto de no preguntar la edad a las mujeres jóvenes, ni a las otras. Por un acuerdo tácito no tocamos el tema. Las comparaciones serían enojosas, quizás melancólicas. A veces pienso que si yo hubiera tenido un hijo cuando era muy joven, Marta podría ser la hija de mi hijo. Pero si bien se mira, la gente no se casa tan joven, pienso yo.

Enmarcados por unas cejas oscuras y perfectas, sus ojos parecen a veces al borde del llanto. Entonces se le aclaran hasta la transparencia. Con ser tan bella, la cara no deja sospechar la calidad de la piel de los hombros, que debe ser color de miel, casi color de oro.

Por las noches frecuento una biblioteca de La Habana Vieja y por no regresar temprano a mi casa y a mi insomnio me quedo hasta que cierran, a las once. Las empleadas de noche se impacientan por que llegue la hora de cerrar. A las diez y media comienzan a mirar el reloj, a colocar los diccionarios en su lugar, a dar viajes al cuarto de señoras y a hacer llamadas telefónicas. Desde ese momento hasta que cierran ya no es posible leer.

Yo nunca tengo apuro y siempre salgo el último. Me gustaría que cerraran más tarde; de ese modo podría quedarme un poco más y con eso acostarme pasada la medianoche y poder dormir, porque cuando regreso a casa, como no tengo con quien hablar, me acuesto y me desvelo.

Una noche esperé como siempre a que la bibliotecaria cerrara para irme. Observé que estaba un poco mejor vestida que otras veces. Sostuve la puerta para dejarla pasar.

—¿De paseo?

—¿A esta hora? Qué va. A casa.

—Ah. Eso es bueno.

Lentamente, como todas las noches, emprendí el camino de casa. Tenía ante mí largas horas de insomnio.

En ese momento decidí inventar a Marta.

Llegó agitada. Evidentemente había corrido para poder entrar en la biblioteca antes de que cerraran.

—¡Por favor, un momento, no cierre! —dijo casi sin aliento—. Dejé olvidado aquí un libro hoy por la tarde.

La bibliotecaria, que salía, la miró seria.

—¿Es suyo?

—No, no es mío —parecía angustiada—. Y tengo que devolverlo.

—¿Qué libro es?

Se turbó un poco antes de contestar.

—La *Patología Sexual,* de Stevens —dijo.

—Acabamos de cerrar. ¿Por qué no viene mañana a primera hora? Si alguien lo ha entregado, estará aquí.

—Es que tengo que devolverlo esta noche.

Decidí intervenir.

—A lo mejor lo han devuelto y está a la mano. Yo me quedo cuidándole la puerta.

La bibliotecaria me traspasó con la mirada. Empujó la puerta de cristal, que aún no había cerrado con llave y dijo:

—Espere un momento.

—No sabe cuánto se lo agradezco —me dijo Marta.

Nos quedamos esperando. Ella me sonrió a medias, entre una y otra mirada ansiosa a través del cristal.

—Esas cosas pasan —dije yo por decir algo—. Pero aquí son muy eficientes, si lo han entregado en la oficina seguro que se lo encuentran.

La bibliotecaria reapareció del otro lado de la puerta de cristal. Salió, le echó llave a la puerta antes de hablar y luego dijo:

—De la *Patología Sexual* de Stevens hay un solo ejemplar y es de la biblioteca.

—¿Y no han devuelto nada con ese título?

La bibliotecaria me miró con fría satisfacción y dijo secamente:

—Nada. —Y sin dar las buenas noches se alejó.

Marta estaba desolada. Traté de calmarla lo mejor que pude.

—No se preocupe, venga mañana temprano y pida que se lo

busquen otra vez. Ya es un poco tarde y los empleados tienen que irse.

—Mañana me será imposible.

Adopté una decisión súbita:

—Mire, yo vivo cerca y puedo venir mañana en cuanto abran. Diré que el libro es mío.

Pareció vacilar, extrañada.

—Me da pena por usted. ¿Por qué ha de molestarse?

—No es molestia ¡por favor! Váyase tranquila. Usted verá cómo le encuentran el libro.

Se quedó mirándome un instante, con una expresión entre curiosa y conmovida. Comprendí que no podía perder terreno.

—Dígame dónde la localizo, por si lo encuentran.

Me dio un número de teléfono, que anoté temblando en mi libreta. No quise abusar y con palabras tranquilizadoras me despedí.

—Buenas noches, Marta —dije.

—Buenas noches.

Antes de que abrieran la biblioteca ya yo estaba afuera esperando. Pero a pesar de todos los esfuerzos del personal de día, no pudieron localizar ningún otro ejemplar de la *Patología Sexual* de Stevens. Sentí un desaliento profundo.

Decidí esperar a que abrieran las librerías por la tarde. Adelanté la hora en que siempre almuerzo, y cuando abrieron la primera librería de Obispo ya yo estaba preguntando por el libro.

Desde Obispo hasta Reina encontré toda clase de patologías, en librerías de libros nuevos y usados, pero no la de Stevens. Volví a casa cansado y me acosté sin comer. Pero a la tarde siguiente, caminando sin objeto lo vi en el primer establecimiento que había visitado el día anterior. El interés del que se llevó el libro por las patologías había durado exactamente dos días, pasados los cuales lo vendió y allí estaba en mis manos, casi nuevo, ¡flamante!

Me lancé a un teléfono. Desgraciadamente Marta no estaba,

no volvería hasta la hora de comer. Pasé la tarde en una ansiedad mortal. A las cuatro volví a llamar con la esperanza de encontrarla. Me respondió la misma voz, esta vez seca:

—Ya le dije que no volvería hasta esa hora.

Maté la tarde como pude y a las siete me contestó la voz suave de Marta. Sí, sí, le había encontrado el libro. No, no había costado casi nada, no debía preocuparse. No, nada, no debía ni hablar de eso, me ofendería. Pero, ¿dónde podía verla? Bien, en la biblioteca, a las nueve, ¿antes no? —bueno, bueno, muy bien, a las nueve.

Y a las nueve Marta recibía jubilosa su libro, que yo le entregué en cuanto llegó, junto a una de las mesas de lectura. Tenía un brillo extraordinario en los ojos.

—¡Si es el mismo!, ¡es un milagro! —Tratamos de ahogar la voz para no molestar a los demás lectores, que nos miraron con una vaga curiosidad.

—Ya ve, es cuestión de suerte. Yo sabía que tarde o temprano se lo encontraría.

Apenada, Marta se excusó porque tenía que irse. Conversamos un instante; me tendió una mano, se la estreché y desapareció. Pensé que no volvería a verla.

Regresé a casa despacio y tardé mucho en dormirme, agitado por una mezcla de alegría y tristeza.

Pero volví a ver a Marta. Muchas, muchas veces volví a inventarla.

Una tarde reuní todo el valor de que era capaz —después de varias intentonas en que terminaba colgando yo antes de que contestaran— y la llamé de un teléfono público. Estuvo extremadamente amable y me dijo que podría verla a la salida de clases, esa misma noche. Anoté la dirección. Me vestí muy temprano y un poco antes de la hora ya estaba esperándola. Cuando la vi salía con varias personas, todas jóvenes como ella. Pareció vacilar un momento al verme, pero se despidió rápidamente de los otros y vino hacia mí caminando —casi corriendo. Me dio la mano en el más efusivo de los saludos.

—¡Cuánto le agradezco que me haya llamado!

Marta tiene una manera especial de alisarse con la mano, de entremezclarse con los dedos el cabello que siempre luce hermoso, lleno de vida.

Caminamos un rato; luego la invité a tomar un helado —nunca tomo nada de noche— y me permitió que la acompañara hasta donde vive.

A partir de esa noche nos vimos con mucha frecuencia. Varias veces nos encontramos a la salida de sus clases. Otras la esperaba y charlábamos brevemente antes de separarnos. Me ofrecí para hacerle encargos, conseguirle libros. A duras penas logré que lo aceptara. Qué agradable encontrarnos los sábados en medio de la ciudad, cuando la calle hervía de gente, ir de compras y no comprar nada, darnos cita a la puerta de un cine y un momento antes de entrar decidir que no iríamos, caminar sin rumbo febrilmente, sentir la sangre arder.

A veces pasábamos dos o tres días sin vernos y entonces las horas se me convertían en un tormento. Con su presencia o su ausencia Marta alteraba el sentido del tiempo y de las cosas. Los días podían pasar como relámpagos, cuando todo convergía hacia el encuentro de la noche, que siempre tenía algo de mágico: Marta esperándome frente a una vidriera, mirando absorta las novedades, Marta sentada en un parque leyendo, Marta tomando algo frente a la mesa pequeña de mármol de un café, Marta a la puerta de un teatro en medio de la gente que entraba apresurada, ofendiéndome —dándome la dicha secreta— con las localidades ya compradas en la mano, Marta sola en el patio inmenso de Bellas Artes oyendo absorta la música. O podían pasar lentos, desesperantes porque no nos veríamos ese día, ni el siguiente sino el siguiente y sólo tenía ante mí mañanas y tardes y noches sin propósito. Todo adquirió un sentido muy claro: antes de Marta y después de Marta. Reconozco que abandoné a mis mejores amigos de siempre, pero es que su conversación, sus pequeños problemas reales o inventados, sus enfermedades, habían acabado por irritarme.

Un domingo —las tardes de los domingos ya no eran tan largas, tan solas– nos citamos en el Prado para ver el carnaval. Pero no vino. O quizás sí, quizás vino y en la muchedumbre no pudimos encontrarnos. Hasta es posible que pasara por mi lado sin que me viera. Subí angustiado por el Prado, mirando a todas partes por si de pronto la veía, recibiendo en la cara y en la boca lluvias de confetti, que la gente me metía hasta por el cuello de la camisa. Pensé irme a casa, pero aplacé el momento de retirarme, con la esperanza de que nos encontráramos. Sentí un instante de pánico. Quizás la había perdido, quizás para siempre. Sin poder dominarme grité: ¡Marta!

Cuando llegué cerca de Monte, en la tarde tibia del invierno, el paseo alcanzaba todo su esplendor. A mi alrededor la gente se divertía; sobre una carroza iluminada bailaban muchachas, algunas atadas sobre plataformas altísimas, haciendo prodigios de equilibrio. El espectáculo era bellísimo. En cada carroza tocaba una orquesta. La calle estaba inundada de luz. Excitada por los colores brillantes y la música, la gente se lanzaba en oleadas al centro de la vía, bailando, antes de que pudieran contenerla. El estruendo era terrible, pero por debajo o por encima de él, de la luz deslumbradora, de las parejas que pasaban riendo enlazadas por la cintura, adiviné una armonía profunda, una serenidad que me tranquilizaron. Por unos minutos logré olvidarme de Marta. Las muchachas giraban en lo alto de las plataformas; con cada carnaval vendrían otras, siempre otras, que se harían sus trajes baratos y vistosos para lucirlos en las tardes de febrero. Sin saber por qué se me llenaron los ojos de lágrimas. Pensé que la dicha era posible.

La noche siguiente, cuando le contaba a Marta la experiencia y mientras le hacía el relato en un café, los ojos hermosísimos le brillaban. Nunca la había inventado tan bella. Me olvidé en seguida del contratiempo del día anterior. Conversamos animadamente mucho rato. A Marta se le hizo tarde. Se lo advertí, pero se encogió de hombros con un pequeño gesto delicioso. Otras veces parecía apurada, pero esa noche el tiempo no la preocupaba; simplemente lo ignoraba, quizás para complacerme, para olvidar la decepción del día anterior. Por estar conmigo olvidaba sus amigos, sus obligaciones, en un gesto que me pareció infinitamente delicado.

De regreso a casa sentí una felicidad profunda. Miraba la ciudad como si no la hubiera visto nunca. Si otras veces me irritaba con sus ruidos, ahora me parecía resplandeciente, llena de encanto. Pensé en ella; repetía su nombre mientras atravesaba a pie la ciudad, caminando distancias enormes sin sentirlo, sin fatigarme. Una vez más el tiempo perdía su sentido.

Pacientemente esperé el día de su cumpleaños, que pude averiguar sin que ella se diera cuenta. Con una letra menuda, finísima, hice bordar su nombre en unos pañuelos pequeños: *Marta*. Ese día la invité a casa. Le dije que viniera acompañada de una amiga —otra cosa hubiera sido poco cortés.

Pocas horas antes de que llegaran me di cuenta de la fealdad abrumadora de mi casa. Varias veces mudé de sitio los muebles, que cada vez me parecían más atroces. Desesperado, hice que lo limpiaran y pulieran todo escrupulosamente. Saqueé una florería —quizás con flores todo se vería mejor. Pero todo siguió viéndose igual.

A las cinco me bañé, agotado, y me senté a esperarla. Pero sonaron las cinco bien sonadas, luego las seis y por fin cayó la noche y Marta no vino. Me sentía anonadado. No quise encender la luz. Permanecí sentado en el balcón, sin atreverme a entrar en la casa, que las sombras y el silencio invadieron lentamente. Decidí que ya nunca volvería a imaginar a Marta.

Debo haberme quedado dormido en el balcón. Casi de madrugada sentí frío y me acosté sin quitarme la ropa.

Al día siguiente me vestí cuidadosamente y fui a esperar a Marta. Me saludó con un afecto que me pareció auténtico. No quise mencionarle lo de la visita, y ella, quizás por consideración, tampoco lo mencionó.

—No estaré aquí mañana —me anunció después que nos saludamos—. Nos vamos al campo y cuando venga tendré que descansar.

Me sentí anonadado.

—¿No puedo ir yo también? —pregunté tímidamente.

—El viaje es largo.

—Por lo menos estaremos juntos.

Jamás me había atrevido a decirle tanto.

Regresé hecho polvo. Tuve que guardar cama un día entero. Pero no puedo olvidar su cara encendida de sol contra el verde intenso del campo, su sonrisa reanimándome cuando la fatiga era extrema y mis ojos se cruzaban con los suyos, su cabello fino en el viento de la carretera. ¡Marta! ¡Marta!

Hace dos tardes que estuvo aquí. Me sorprendió que llamaran a la puerta, porque nunca, o casi nunca, me visita nadie. Abrí y era ella. Cuando la vi el corazón me dio un vuelco. No sabía qué decir, quería hacer varias cosas a la vez y no atinaba a hacer ninguna.

Venía con un acompañante.

—Entren.

Marta me presentó.

—Pasamos cerca y decidimos subir. Hemos caminado muchísimo.

—Pasen, por aquí, pasen...

—Es un atrevimiento, aparecernos así.

—¡De ninguna manera!

Abrí el balcón y entró un soplo de brisa, muy débil. Nos sentamos. Siguió un corto silencio.

El acompañante de Marta era un muchacho joven, moreno, alto, de aspecto cordial —quizás demasiado cordial— inteligente y con una sonrisa expansiva que anunciaba una salud que casi ofendía.

—Marta me había hablado de usted —me dijo—. Tenía deseos de conocerlo.

—Me alegro mucho, pero venir de tan lejos, caminando... Esperen... que les prepararé algo.

—Por Dios, no se moleste —dijo Marta.

41

—Sí, sí, ya que han venido hasta acá tendrán que dejarse obsequiar.

—Pero es que nos vamos en seguida.

—¡Cuestión de un minuto! —y me lancé a la cocina.

Mientras preparaba el café, oí que hablaban suavemente y con pausas, como si continuaran una conversación iniciada mucho antes. La voz del muchacho era agradable, profunda y no obstante alegre. No recordaba haberlo visto entre los otros amigos que a veces acompañaban a Marta.

—¿Vive cerca? —le pregunté cuando les serví el café.

—No, bastante lejos, vengo cuando puedo.

—Tenemos que vernos en la calle —explicó Marta—, mi casa es muy pequeña y somos muchos. —Se interrumpió un instante y luego añadió—: Y con este calor.

Sobrevino otro silencio. Bebimos el café.

Miré por el balcón. Qué hermosa estaba la tarde, Dios mío... Las sombras habían comenzado a caer y un tinte púrpura lo iba invadiendo todo. Algo, la inminencia de la noche quizás, aceleraba el ritmo de la vida, comunicaba a todo una exaltación, una alegría efímera y violenta, una sensación de bienestar profundo y a la vez en peligro. Se podía llorar o gritar de alegría. Bajé a la calle.

Cuando regresé, mucho rato después, Marta y el muchacho estaban en el balcón. Conversaban tranquilos, en voz baja, muy juntos de codos en la baranda. Me recibieron sonrientes. Encendí la luz. Bajo el resplandor de la lámpara el cabello de Marta emitía un brillo pálido. Su piel exhalaba frescura, como si estuviera acabada de lavar. Tenía en los ojos una expresión de infinita dulzura.

—Nos vamos, es un poco tarde —dijo el muchacho.

Una mano de ella reposaba en el brazo de él, que la ceñía por la cintura. Cruzada de venas delicadas, se destacaba sobre el brazo moreno. El contorno suave de su cuello y sus cabellos se dibujó contra la luz.

—Adiós. —La voz de Marta resonó con un timbre grave y tranquilo.

La mano pequeña y cálida se apoyó en la mía y se detuvo en ella un instante. Vi la carne dorada de los brazos, la textura exquisita de la piel, los ojos profundos. —Adiós —me dijo— adiós, y gracias por todo.

EL PASEO

—En cuanto entre el mes —dijo la madre de Ciro— vamos a casa de Anastasio para que te pruebe un par de pantalones largos.

Guardó silencio varios segundos, buscando un poco nerviosa el cucharón de la sopa que descansaba, muy visible sobre el mantel, al alcance de su mano. Cuando lo encontró, lo hundió en el potaje humeante, y lo sacó rebosante de pedazos de vianda, para volver a echarlos en la fuente, sin ningún propósito aparente.

Como en las otras ocasiones en que se había mencionado la visita a casa de Anastasio, Ciro se sintió presa de una vaga inquietud, y murmuró impaciente:

—Sí, sí, ya lo dijiste.

La madre de Ciro se rió con una risa breve y un poco ahogada y añadió:

—Ya estás creciendo, ya no eres un niño. No hay más que hablar, en cuanto entre el mes vamos a casa de Anastasio a que te pruebe un buen par de pantalones.

Aparentemente liberada de un gran peso, la madre de Ciro sirvió el primer plato de la comida familiar, un copioso ritual que el calor asfixiante del verano no lograba alterar.

Ciro trató con todas sus fuerzas de no mirar a Zenón, su tío soltero, que estaba sentado al otro extremo de la mesa, pues cada vez que se mencionaba el tema de los pantalones, Zenón se ponía a lanzarle miradas que querían ser confidenciales.

Pero acabó por darse por vencido y levantó la vista. Los ojos de su tío le hicieron un guiño al encontrarse con los suyos. Con la servilleta sujeta al cuello alto de la camisa, el tío de Ciro empezó a comer muy despacio, contemplando su plato, transido al parecer de satisfacción. Sólo alzaba la vista para repetir el guiño en dirección de Ciro.

Las tías solteras de Ciro, dos mujeres corpulentas y agradables, se sonrieron.

—Se va a ver de lo más lindo con sus pantalones largos, ya verán —dijo Felipa, la más joven. Y dejó escapar una risita ahogada, mirando a Ciro con una expresión un poco burlona.

—Felipa, Felipa —rogó la otra hermana, que a su vez hacía esfuerzos para mantenerse seria. Desde el semiestupor de la segunda dentición, la hermanita menor de Ciro las contemplaba.

A través de las semanas que a Ciro le parecían interminables, todo fue desarrollándose despacio pero a un ritmo implacable, seguro, como un globo inmenso que inflaran con una bomba de acción lenta. Mientras cumplía con sus obligaciones diarias, salía para la escuela a primera hora de la mañana, o regresaba a la casa después de un día de juego, Ciro comenzó a darse cuenta de que el foco de interés de su familia se había desplazado de la última preñez de su prima mayor para concentrarse en él con una terquedad mortificante. El súbito interés había creado un vacío a su alrededor, en cuyo centro se movía, confundido por la expresión risueña de su tía más joven y la repentina ternura de su madre. Había un aire de plácida conspiración en la familia, una inteligencia muda, un contento tácito y torpe que todos parecían compartir. Aunque se trataba de algo muy sutil, a Ciro le parecía que aquello cruzaba los límites de la casa, atravesaba el patio para infiltrarse en el de los vecinos, salía por la baranda del balcón y trascendía a todo el vecindario.

A medida que el mes se acercaba a su fin y la visita a casa de Anastasio se hacía más inmediata, una cierta sonrisa de complacencia apareció en las caras de los tíos de Ciro, y hasta en las de sus esposas y parientes políticos.

Ciro pudo observar que, en forma igualmente inesperada y casi imperceptible, la posición de su tío en la familia había sufrido una leve modificación. De un solterón incoloro y apenas tolerado en una larga familia de patriarcas solemnes, su tío había pasado a ser, de la noche a la mañana, una figura querida que todos consideraban con íntimo afecto. Sus cuñadas habían empezado a sentir cierta simpatía por él, tras de haberse limitado a tolerarlo desde que muchos años antes fueran admitidas en el clan. Los domingos por la noche, al subir la escalera que daba acceso a la sala de la casa y a la invariable visita semanal, estas mujeres gordas comenzaron a notar la presencia del solterón, saludándolo con cierta deferencia, mientras se secaban las gotas de sudor que se les deslizaban entre los pechos:

—¡Pero si Zenón está aquí!

—Menos mal que se le ve.

—¿Está cambiado, eh?

—Son los años.

Sus hermanos mayores, olvidando el motivo de pasados reproches, le ofrecían tabacos y Felipa a veces se le quedaba mirando y en el movimiento que hacía con la cabeza, que quería ser de reprobación, había un afecto que sólo la mirada de Ciro, muy alerta a cuanto pasaba a su alrededor, hubiera podido discernir.

Un sábado por la tarde, cuando él y su madre, de vuelta de casa de Anastasio, doblaron la esquina de la calle donde vivía la familia y comenzaron a subir la cuesta que llevaba hasta la casa, Ciro pudo ver a sus dos tías asomadas al balcón, apoyados los codos en cojines de brocado. Tuvo que soportar la mirada inquisitiva de las dos mujeres hasta que llegaron casi debajo del balcón. Su madre miró sonriente hacia arriba.

—¿Qué tal? —preguntó la tía más joven.

—De lo más bien —respondió la madre de Ciro—. Dice Anastasio que él mismo traerá los pantalones, mañana por la mañana.

—¿De qué color? —preguntó la otra desde el balcón.

–Azul, de lo más bonitos, azul marino –contestó la madre de Ciro.

En la cara de la mujer de Figueras, la vecina, apareció una expresión de curiosidad incontrolable. Ella y el marido, un hombrecito gordo, estaban de codos en su balcón, frente a casa de Ciro, y era evidente que no habían podido oír lo que se decía. Ciro se alegró de que su curiosidad quedara insatisfecha.

No se dijo nada más del asunto y la comida concluyó sin la menor alusión al atuendo de Ciro. Una gran tranquilidad, no por sutil menos evidente, había descendido sobre toda la familia. Sólo en una ocasión Ciro sorprendió a su madre mirándolo. La mujer desvió la vista y luego volvió a mirarlo.

Anastasio cumplió su palabra. Ese domingo, Ciro se ajustó con bastante rapidez sus pantalones nuevos, que le llegaban hasta el tobillo, y abandonó para siempre los pantalones anchos que su madre le ataba algo más abajo de la rodilla. Se lavó las manos, se peinó y salió a la azotea, donde su tío le dijo que lo esperaría después de la siesta, que siempre hacía en un cuarto alto e independiente del resto de la casa.

El aire soplaba seco. Las lozas rectangulares de arcilla roja embutidas en el suelo de la azotea se calcinaban al sol. Hacia los cuatro puntos del horizonte se extendía un laberinto de azoteas, interrumpido aquí y allá por una tendedera solitaria que saludaba a lo lejos, y cortado por muros bajos y gruesos. Ciro se sentó en un cajón a la sombra precaria de un cenador de madera al que se agarraban las ramas peladas de una buganvilia, y esperó a su tío.

Zenón apareció a las cinco, impecable en su traje de domingo: zapatos calados de dos tonos, camisa de rayas y corbata, traje blanco de dril, tieso de almidón, y pajilla blanquísimo. En el dedo meñique de su mano derecha brillaba un zafiro azul.

¿Ya estamos? –preguntó, poniéndole una mano a Ciro en el brazo. Ciro sonrió débilmente, sintiendo el olor a colonia que se desprendía del cuerpo de su tío y que se expandía por la tarde caliente.

–No vengan tarde a comer –dijo su madre sin mirarlos, desde su esquina del balcón.

–No –contestó Ciro.

Cuando bajaron las escaleras y salieron a la calle, Ciro sintió que las piernas le temblaban ligeramente. Se pasó las manos por los muslos para secarse el sudor y sintió que una de las manos de su tío, que marchaba a su lado, venía a posarse en su hombro, entre autoritaria y tierna.

La brisa comenzó a soplar en suaves oleadas a medida que Ciro y su tío avanzaban por las calles medio desiertas, encerradas por paredes blancas de cal y quietas en el aire peculiar del domingo. Viejas mujeres sacaban la cabeza por una que otra puerta en un reconocimiento cauteloso de la tarde, y se quedaban mirándolos hasta hacer que Ciro se sintiera incómodo. Ciro y su tío cruzaron un parque cuadrado lleno de polvo, sembrado con muñones de árboles; siguieron un paseo estrecho y penetraron lentamente en la parte más antigua de la ciudad. Las aceras eran estrechas y comenzaron a caminar por el centro de la calle.

Ciro contemplaba el barrio por primera vez. Las calles aquí no dormían el pesado sueño del domingo, estaban llenas de gentes que caminaban, hablaban alto y reían. En ciertas esquinas se congregaban muchachos jóvenes en mangas de camisa, que hablaban sin cesar, se llamaban a gritos y a menudo hacían gestos obscenos como para subrayar lo que decían y en seguida miraban en torno para ver si alguien los había visto. Las mujeres que circulaban cerca de ellos parecían ignorar deliberadamente las conversaciones y los gestos. Ciro vio pequeños cafés llenos de hombres y mujeres sentados alrededor de mesas de mármol, bebiendo café con leche y comiendo pan con mantequilla. Algunos parroquianos habían sacado las sillas a la acera, y desde allí ordenaban a voz en cuello a los camareros.

Todo el mundo parecía conocer a su tío, y Ciro apenas podía reconocerlo. Un cambio misterioso se había operado en él al cruzar el paseo. Era un nuevo Zenón. Ciro pensó en el hombrecito cohibido que se sentaba día por día a la mesa familiar, soportando en silencio los chistes tontos que todo el mundo hacía a expensas suyas. Se había transformado, se detenía aquí y allá, daba la mano a todos y se reía muy alto con una risa protectora.

Entraron en un café y se sentaron con varias personas que estaban en una mesa. Eran gente mayor, hombres y mujeres bien alimentados y de una garrulería agradable, y Ciro se sorprendió ante la facilidad con que su tío penetraba en la plácida camaradería que parecía unirlos. Zenón dio un breve informe sobre su salud, y casi inmediatamente Ciro se convirtió en el tema principal de la conversación. Los amigos de su tío le hablaban poniéndole las manos en el hombro, encantados aparentemente de su aspecto físico, le tocaron los bíceps y en general formularon declaraciones terminantes sobre su virilidad. Los que ocupaban la mesa de al lado le dirigieron miradas de admiración, mezcladas con una expresión de vago afecto.

—¿Sobrino tuyo de veras? —preguntó una de las mujeres.

—Sobrino, claro —protestó el tío de Ciro.

—Si es exacto a ti —insistió la mujer—. ¿No será otra cosa?

—Mira que te conocemos.

Ahora hablaba un hombre muy viejo que ocupaba la silla próxima a Ciro, y que añadió:

—Tú siempre tan modesto.

La mujer abandonó su silla mientras el viejo hablaba, se paró al lado de Ciro y agarrándole la barbilla dijo:

—Mírame esa cara. La misma cara de Zenón cuando lo conocí. Pero a Dios gracias no será como su padre —añadió.

Todos rieron. Ciro miró a su tío, que parecía resplandecer de gusto.

—Pues mira, te equivocas —dijo otra mujer del grupo, gorda y de piel oscura—. Con esa cara, va a dejar chiquito al tío.

La risa se hizo general y la atención de todo el café se concentró en la mesa y en Ciro.

—No te pongas triste, Zenón —añadió la mujer, elevando la

voz—. La vida es así. Además, te va a hacer quedar bien.

La mujer guiñó un ojo y volvió a comprobar el efecto de sus palabras en el auditorio. El acuerdo fue unánime. La alegría de Zenón era evidente. Con una gran sonrisa, se paró y les dio la mano a todos. Inmediatamente, entre risas y buenos deseos, Ciro y su tío abandonaron el café.

Durante varios minutos caminaron por la ruidosa calle. Bruscamente, torcieron por una más estrecha y casi vacía, de casas pequeñas de un solo piso. De las ventanas parecían haber quitado las rejas de hierro, pero las altas puertas con persianas habían quedado, con el doble objeto aparente de mantener los interiores frescos e impedir el acceso a los intrusos. Detrás de cada persiana reinaba gran actividad.

Ciro y su tío se detuvieron ante una de las casas, decorada con una cenefa de azulejos. El tío tamborileó en una persiana, la puerta se abrió y entraron.

Dentro de la casa estaba oscuro y el ambiente era fresco. A los pocos instantes, Ciro se dio cuenta de que se hallaba en una habitación bastante grande, adornada con muebles baratos, que consistían en cuatro mecedoras dispuestas alrededor de una mesa y un gran sofá desfondado. En una de las esquinas sonaba una victrola. Sobre la mesa se veían dos búcaros con flores de cera llenas de polvo. De una pared lateral colgaba una gran imagen del Sagrado Corazón. Alguien había clavado sobre el marco una espiga trenzada de guano bendito.

Ciro vio tres muchachas en la habitación. Dos estaban de pie mirando hacia la calle, detrás de las persianas que por dentro protegía una tela metálica, y la tercera, una rubia muy delgada, se arreglaba el pelo con ayuda de un muchacho negro sentado en el brazo del sofá. Las tres usaban ropas ligeras, más bien camisas de dormir. A la que peinaban, se le había abierto la camisa y parte de los senos había quedado visible, sin que ello pareciera preocuparla. Ciro desvió la vista rápidamente, sintiendo que la sangre le afluía a la cara.

En una habitación interior había una nevera inmensa, y una vieja arreglaba botellas de cerveza en los compartimientos.

Ciro y su tío fueron acogidos con muestras de alegría por las tres muchachas y el que hacía las veces de peluquero, pero los cuatro permanecieron en sus puestos y continuaron lo que estaban haciendo.

—¿Está ahí? —preguntó Zenón a la vieja.

—Está en el cuarto, voy a llamarla. ¿Te pongo cerveza?

Sin esperar respuesta de Zenón, la vieja destapó una botella y llenó un vaso. Luego se quedó mirando a Ciro.

—No, gracias —dijo Ciro. Pero a un gesto de Zenón la vieja llenó otro vaso y se lo alargó.

Una mujer alta y bonita, en bata de casa, entró en la habitación desde un patio pequeño adornado con cazuelas y cubos pintados, en los que alguien alguna vez pensó sembrar plantas. La mujer era esbelta, aunque algo gruesa, y caminaba con movimientos pausados y cautelosos sobre un par de zapatillas de tacón alto, moviendo los brazos como para impulsarse. Tenía un pelo negro y hermoso, que se ataba a la nuca en un moño muy apretado. La negra masa de pelo, tirándole casi de los párpados, parecía a punto de desprendérsele.

—¡Pero si es Zenón! —Ciro la oyó decir mientras avanzaba hacia ellos—. Tan maldito. Nos tenías olvidadas.

—Tú sabes que yo nunca las olvido —protestó Zenón. Se abrazaron en forma afectuosa, con palmadas sonoras en la espalda.

—¿Te dieron algo de tomar? —preguntó, y luego volviéndose hacia la vieja—: Vieja, ¿qué le diste a Zenón?

—No te preocupes, estamos bien —le aseguró éste.

—¿Viste mi nueva compra? —preguntó la mujer, señalando la nevera—. No estaba aquí la última vez que viniste.

Las molduras de metal de la nevera brillaban en la media luz de la habitación.

La victrola sonaba muy alto en la habitación del frente.

—¡Baja eso, Dago, baja eso! —le gritó la mujer al muchacho negro que Ciro había visto al entrar—. ¡Me está volviendo loca!

El muchacho abandonó su puesto en el brazo del sofá y caminó hasta el aparato. Era muy corpulento y parecía muy fuerte, pero había algo cómico en su manera de mover las caderas al andar, y en la voz atiplada que salía del inmenso cuerpo oscuro. Había mirado a Ciro con frecuencia desde que éste y su tío entraron en la casa, sonriendo de vez en cuando.

—¿Y este jovencito? —preguntó la mujer alta. Parecía que acababa de darse cuenta de la presencia de Ciro.

—Sobrino mío —anunció Zenón.

—¿Aquél de que tú me hablabas? Pero si está grandísimo, ya es un hombre de veras. Vieras que se te parece. Vieja, sírvele más a éste.

La mujer se movía y hablaba con mucha calma, examinando deliberadamente la cara de Ciro con una mirada atenta en la que brillaba una lejana luz burlona. Llevaba una cartera bajo el brazo, lo que daba la impresión, desconcertante a juzgar por el resto de su atavío, de que estaba a punto de partir. Mudó la cartera de brazo y tomó un cigarro encendido que le ofrecía la vieja.

—¡Qué día infernal! —dijo.

—Sí, hace un calor de todos los demonios.

—Donde único se puede vivir es en una bañadera de agua fría.

—Donde único —corroboró Zenón.

La mujer pareció meditar un momento, luego caminó hasta la victrola y volvió a tocar el mismo disco, más alto. El calor era intolerante dentro de la habitación y el volumen insoportable de la victrola lo empeoraba.

Ciro se sentó en una de las sillas, cerca del mostrador construido junto a la nevera. La muchacha rubia y delgada que estaban peinando cuando él y su tío llegaron, se le acercó.

—Vamos a bailar —dijo.

Ciro se paró, la tomó por la cintura y comenzó a bailar con pasos cortos y torpes. Nadie parecía ocuparse de ellos y Ciro se sintió mejor de lo que se había sentido en mucho rato.

—Tienes las manos sudadas —dijo la muchacha.

—Sí —respondió Ciro.

Cuando la música cesó se acercaron a la victrola. Con el rabo del ojo pudo ver que Dago venía hacia ellos.

—Yo lo cambio —dijo Dago. Le dio vuelta al disco y comenzó a darle cuerda a la victrola con gran fuerza y muy rápidamente. Ciro temió que partiera la cuerda.

—¡Dago! ¡Lárgate de ahí! —gritó la mujer alta desde una de las mecedoras—. ¡Fuera de ahí!

El muchacho se separó de la victrola, riéndose bajo, pero visiblemente mortificado. Se dirigió hacia el mostrador de la vieja y estalló en una carcajada inesperada.

—Dago no está bien —explicó la muchacha a Ciro mientras bailaban otra vez. Ciro no dijo nada. Bailaron un rato y luego dejaron de bailar para beber la cerveza que la vieja de la nevera les había servido. Ciro podía oír a su tío y a la mujer alta hablando en voz baja. La mujer se dio vuelta en su asiento.

—Enséñale la casa —le dijo a la muchacha. Ésta tomó a Ciro por una mano.

—Ven por aquí.

Salieron de la habitación y cruzaron el patio con los cubos pintados. Cuatro cuartos pequeños daban a él. En el muro posterior había un fogón de carbón, protegido de la intemperie con una plancha de cinc. Dago y una de las muchachas que Ciro había visto detrás de la persiana conversaban sentados en el quicio de una de las habitaciones. La muchacha llevó a Ciro hasta el fondo del patio.

—Éste es mi cuarto —dijo—. Es el más fresco de la casa.

Entraron y ella cerró la puerta. Un tabique bajo de madera separaba su habitación de las demás, y Ciro podía oír la conversación entre Dago y la otra muchacha. La victrola había comenzado a sonar de nuevo. El sonido rajado de la música llegaba por encima de los tabiques hasta donde él estaba.

—Siéntate —dijo ella.

Ciro paseó la mirada por la estrecha habitación. Había una sola silla. Una palangana y una jarra esmaltada descansaban en el asiento. Por el suelo se veían astillas de jabón. Junto a la pared, ocupando casi toda la habitación, había una cama grande de hierro muy alta, con un mosquitero enrollado. De la pared, encima de una mesa de noche sin pintar, colgaba un crucifijo y pegadas a la pared había dos pequeñas litografías de santos, a ambos lados del crucifijo. Un ramo pequeño de rosas blancas y rojas descansaba en un vaso de agua. De una soga colgada entre dos clavos pendían varios vestidos.

Ciro se sentó en el borde de la cama. La muchacha sacó las flores del vaso, lo vació en la palangana y lo volvió a llenar con agua de la jarra.

—Tengo que tenerlos contentos —dijo, mirando a Ciro y luego a los santos y colocando de nuevo el vaso sobre la mesa—. Son muy buenos conmigo.

—Sí —convino Ciro.

—¿Tú crees en estas cosas?

La muchacha se acercó a Ciro y le cogió una mano.

—Me parece que sí —se contestó a sí misma. Ciro sonrió y no dijo nada.

—Tienes las manos frías —dijo la muchacha.

—Pero hace calor aquí —dijo él.

—Sí, pero ya va a refrescar. Está oscureciendo.

—Sí, está oscureciendo.

La muchacha extrajo un pañuelo pequeño de un bolsillo y comenzó a pasarlo por encima del crucifijo y de las litografías.

—El año pasado estuve muy mala, aquí mismo, en este mismo cuarto. Ellos me salvaron la vida. Por eso siempre les tengo puestas flores frescas.

—¿Te gusta mi vestido? —preguntó ella después de una pausa, señalando la pared. Ciro alzó la vista por primera vez desde que habían comenzado a hablar.

—Éste —precisó ella, desprendiendo de un clavo un vestido verde que parecía muy pequeño. Era delgada y tenía buen cuerpo. Sólo la afeaba una quemadura grande color café que se veía en su brazo izquierdo, y que no trataba de ocultar.

—¿Te gusta? —volvió a preguntar—. Me encantan los vestidos nuevos. Mira, huele la tela. ¿Verdad que huele rico?

—Verdad —dijo Ciro.

—Antes yo tenía un traje de noche. Hace mucho tiempo. Mira, te voy a enseñar el retrato.

Abrió la gaveta de la mesa de noche y sacó una billetera de cuero que estaba enterrada en un montón de papeles viejos, rizadores y motas sucias y gastadas. Registró la billetera y por último sacó una fotografía pequeña. Llevaba un vestido largo y se veía mucho más bonita y menos gastada. Ciro reconoció el lugar donde habían tomado la foto. Volvió a mirar a la muchacha y se dio cuenta de que ya no era joven.

—Me la tiraron en una fiesta en la playa.

—Conozco el lugar —dijo Ciro.

—Todos los domingos dan baile, hay una glorieta y una orquesta.

—Sí, yo lo he visto.

Ciro estaba encantado con la descripción que hacía la muchacha de los lugares de donde su madre le había recomendado que se apartara y que él había contemplado desde lejos con curiosidad.

—¿Y cómo lo conoces? Eso es para hombres grandes.

—Lo he visto cuando vamos a bañarnos.

—El día que me sacaron el retrato, a un amigo mío se le ocurrió decir que yo sabía cantar y me obligaron a cantar, con orquesta y todo.

Ciro se sintió invadido por una sensación de intenso bienestar. La cerveza, una experiencia completamente nueva para él, lo había puesto en un estado de suave placidez del que no deseaba salir. De vez en cuando cantaba un gallo a lo lejos, en un patio vecino. A través del cristal roto que coronaba la puerta del cuarto, podía ver el cielo.

Ligeramente alzado sobre uno de los codos, contempló a la muchacha, que se había acostado junto a él y que comenzó a cantar en voz baja, mirando las vigas del techo. Con los brazos cruzados detrás de la cabeza, tenía una expresión ausente mientras cantaba, más bien para sí misma. Parecía tan absorta que Ciro se preguntó si habría olvidado su presencia. Siguió cantando mucho rato y luego el canto cesó. La muchacha se deshizo el cabello lentamente y luego volvió a atárselo, con la misma lentitud, en una trenza suelta sobre el pecho.

La luz en la habitación había disminuido mucho. Ciro pensó en su tío que le aguardaba, pero no hizo movimiento alguno. Por último, la muchacha se levantó.

—Se está haciendo tarde —dijo—. Tu tío debe estar impaciente.

—Sí, tengo que irme —dijo Ciro.

La muchacha extrajo un gancho de la gaveta de la mesa de noche, lo abrió con los dientes y se ató la trenza. Tenía el cabello muy suave y rubio en la nuca. Caminó sin prisa hacia la puerta y la abrió. Ciro salió al patio. La muchacha lo tomó por la cintura y entraron lentamente en la sala.

Detrás de las persianas había una sola muchacha. La vieja montaba guardia junto a su nevera. Zenón y la mujer alta y bonita seguían conversando. Se pusieron de pie cuando vieron a Ciro.

—Hay que irse —dijo Zenón—. Es muy tarde.

Fue hasta donde estaba la vieja y le puso varias monedas en la mano. La mujer movió la cabeza a un lado y luego al otro, como avergonzada.

—Para que se compre cigarros —dijo Zenón—. Y cuide la nevera —añadió—. Es una nevera muy buena, muy grande y tiene mucho brillo.

Miró hacia la mujer alta y movió entusiasmado la cabeza.

—Muy buena, te lo digo yo, muy buena.

La mujer sonrió complacida y acompañó a sus visitantes hasta la puerta.

—Ven a vernos con más frecuencia —dijo cuando bajaron a la acera.

Luego, mirando a Ciro:

—Cuídamelo, mucho.

Ciro y su tío recorrieron nuevamente el barrio viejo, atravesaron el parque polvoriento y torcieron por la calle que conducía hasta la puerta de la casa donde vivían. Había oscurecido casi completamente, pero Ciro pudo ver desde lejos a sus dos tías apoyadas en la baranda del balcón sobre los cojines.

Minutos después llegaban a la casa, subieron y entraron.

—Llegan tarde, los dos —dijo Felipa. Ciro se sentó a la mesa en su lugar habitual y esperó a que sirvieran la sopa de todos los domingos.

Los otros miembros de la familia fueron ocupando sus puestos.

—¿Mucha gente en la calle? —preguntó Felipa—. Como hoy es domingo.

Ciro creyó notar cierta deferencia en su voz.

—Bastante —dijo Ciro. Y frunciendo el ceño añadió—: Las mismas caras de siempre. No cambian.

Terminada la comida, Ciro se sentó en la banqueta que ocupaba habitualmente a un extremo del balcón. La calle estaba desierta. Sólo la brisa murmuraba en las esquinas. Miró el cielo de verano y el inmenso mundo que lo rodeaba, y luego de nuevo la calle, donde los ruidos que se oían eran ya muy escasos.

EL AMORCITO

Lunes

Anoche estuve sentado largo rato en el Parque de los Filósofos. Nadie sabe que ese parque donde está Luz Caballero meditando frente a la Avenida del Puerto con el codo apoyado en una rodilla, del lado de allá un busto de Saco y del lado de acá uno del Padre Varela, es el Parque de los Filósofos. Como nadie sabe que el parque donde está el anfiteatro se llama, o debe llamarse, el Parque Griego, porque hay senderos para meditar y estatuas. Una se cayó o se la llevaron, porque no está. Quedó sólo el pedestal vacío, pero me gusta mucho así. Nadie sabe eso porque en el fondo nadie sabe nada. Como tampoco saben que detrás del parque hubo un paseo que se llamó la Cortina de Valdés, ni que la casa de las ojivas albergó a una congregación hace un siglo. Pero es lógico que no lo sepan, porque como dije antes nadie sabe nada.

Llegué sin aire al parque. Me había caminado toda la Habana Vieja. Todos los bancos estaban ocupados por parejas. Descansé un poco en un espacio que quedaba libre en uno de los bancos, luego crucé el parque de diversiones que han puesto enfrente. Me ocurrió algo inesperado y muy agradable. Por casualidad, trabé conversación con dos muchachas. No eran feas ni bonitas, pero eran simpáticas. Sostenían una porfía acalorada sobre la manera más corta de ir a Casa Blanca. Les aclaré la duda, pero para no perderlas de vista las convencí de que en Casa Blanca no hay nada. Se quedaron dudosas y como no tenía nada más que decirles, ni aparentemente ellas a mí, les hice una invitación para montar en la estrella. Rara vez hago estas cosas, pero de pronto se me ocurrió que cosas muy agradables empiezan así, con una invitación a subir a la estrella. Luego aceptaron un granizado porque en los parques de diversiones no venden otra cosa. Después montamos en los carritos esos que hacen contacto arriba con una tela metálica y chocan para hacer reír y asustar, aunque nadie se asusta. Como los tres no cabíamos, las dos se pusieron a discutir quién iba con quién hasta que yo volví a intervenir, tomé a la más gorda de la cintura, la hice entrar en un carrito y comenzó a chocar y a gritar en seguida y se olvidó de la discusión. Como el asiento era muy estrecho, le pasé el brazo por el hombro y no me dijo nada. La otra, mucho más delgada, montó sola en otro carrito y parecía divertirse. Me di cuenta de que debí haberla elegido a ella, pero ya era tarde, y sólo podía mirarla desde donde yo iba, riéndose sola cuando chocaba violentamente con los otros carros, y enseñando unos dientes pequeños. En uno de los topetazos, un mechón del cabello largo se le metió en la boca y la ocurrencia pareció ahogarla de la risa. Un muchacho quiso subírsele al carro, pero ella lo rechazó con cierta violencia, poniéndose seria de pronto. Vi entonces, antes de que volviera a alejarse, que era más bonita de lo que me pareció en un primer momento.

Como me mareo, no quise subir a la silla voladora cuando las dos se antojaron de subir y me quedé mirándolas cómo giraban por el aire, gritando de terror, recogiéndose la falda, agarradas a la cadena para no caerse. Un muchacho se puso a asustarlas balanceándose con violencia en la cadena mientras giraba a gran velocidad y parecía que la silla iba a desprenderse y lanzarlo a la bahía.

Todo iba bien, pero cuando las invité a sentarse en el parque del lado que está oscuro me dijeron que tenían que irse. Insistí en que todavía era temprano y en que debíamos ir a descansar al parque, pero lo más que pude conseguir fue la promesa de que volverían esta noche.

Cuando se fueron, para no volver a casa en seguida, me senté en un muro bajo de piedra detrás del Padre Varela. Los bancos estaban llenos de parejas que se hacían el amor furiosamente. Oí un ruido de tijeras detrás de mí. Una anciana rodeada de cartuchos y sacos cortaba pan viejo y se lo echaba a un perro. Parecían instalados para pasar la noche. Traté de ver bien a la vieja. En la oscuridad era difícil. Estaba sentada de espaldas a la feria. Cuando dejaron de caer pedazos de pan, el perro se echó entre los bultos. La vieja miró dentro de la jaba que tenía cerca, sin decidirse a sacar nada. Así estuvo largo rato. Luego se envolvió en un saco de yute, se agarró las piernas y apoyó la cabeza sobre las rodillas. Pensé que debía darle dinero para que comiera algo. Jugué un rato con la idea pero no me decidí a hacer nada.

Esta noche tendré que llegar temprano al parque.

Martes

Qué suerte, vino la muchacha, la más delgadita. Muy tarde, pero vino. La acompañaba otra, menos joven que ella y menos bonita también. Estuve esperándolas mucho rato, dando vueltas frente al parque de diversiones. Traté de recordar si les había dado cita del lado de acá o en el parque, o en el muro de la Avenida. Pensando que ya no venían me senté en el lado a oscuras, donde se sientan las parejas. Como era lunes no había casi nadie. Llegué muy temprano. Detrás del banco y en el mismo lugar de antes de anoche vi a la vieja del domingo, pero sin el perro. Estaba comiendo despacio algo grasiento que sacaba con las manos sucias de una envoltura de periódico. Se demoraba una eternidad para tragar cada bocado. Tuve que desviar la vista. Me fijé que no tiene el pelo blanco, sino amarillo, quizá de la tierra del parque.

Ester y la amiguita llegaron al poco rato. Se me ocurrió que fuéramos a montar en todos los aparatos del parque, ya que estaban vacíos y no había nadie que nos molestara. Ester dijo que no, que nos sentáramos en un banco de la acera iluminada, y que además tenía que irse pronto. No le hice caso. Las mujeres siempre dicen que tienen que irse cuando vienen a una cita. Donde nos sentamos, la luz de un farol me daba de lleno en la cara. Ella quedó un poco en la sombra. Yo que tenía tantas ganas de verla a la luz y de cerca. (Esta mañana, por ejemplo, no podía recordarla con exactitud.) La luz me molestaba la vista pero no quise decirle que nos cambiáramos. A lo mejor se le ocurría otra vez que tenía que irse. Al poco rato la amiguita dijo que iba a ver los barcos y desapareció.

Pude darme cuenta de que Ester no es bonita en un sentido inmediato y vulgar, sino de una manera imprecisa, casi sutil. Tiene los ojos un poco burlones, pero eso debe ser porque me puse a decirle en seguida y sin parar todo lo que me pasaba por la cabeza. Cuando me detenía para que dijera algo guardaba silencio. Tiene la costumbre de observarlo a uno y de reírse enseñando los dientes. Le pedí que volviéramos a vernos allí mismo o donde ella quisiera, en su casa si quería. No me parece muchacha de parque aunque haya venido así, sin conocerme, y tan tarde. Todo esto sin poder quitarle los ojos de encima. Tiene la piel tan fina. Me imagino que toda la piel de su cuerpo es fina y apretada por debajo del vestido que le entorpece los muslos y la obliga a caminar con pasos menudos.

Miércoles

Anoche no vino. Quizá porque estuvo lloviznando. Lloviznaba y escampaba y a eso de las nueve se puso a lloviznar constantemente. A esa hora ya yo sabía que no venía. Pero así y todo, di vueltas por los parques bajo la molestia del agua. El de diversiones estaba apagado. Recorrí las calles que desembocan en la Avenida. Bajé por Cuarteles, como siempre hago, y subí por Peña Pobre con la esperanza de tropezármela, aunque evito pasar por allí desde que demolieron casi toda la cuadra para hacer uno de esos horribles «parqueos». No la vi. Regresé fatigado al parque y me senté en el muro donde estuve sentado el domingo, el día que nos conocimos. No sé por qué me sentí tan agotado y aún me siento hoy. No he podido hacer nada. Como si hubiera caminado La Habana entera.

Jueves

Menos mal que Ester vino anoche. Se apareció sola. En realidad, no quería que viniera. Uno se pone a darle importancia a estas cosas y luego adquieren más de la que tienen.

Esto se lo dije anoche riéndome cuando nos encontramos. Ella como siempre me miraba mucho y parecía divertida. De algo teníamos que hablar. Con tal de que no se vaya en seguida le hablo sin parar. Se ríe y me mira. ¿En qué pensará cuando me mira? Estábamos sentados en el banco donde ella se empeña en sentarse, debajo del farol. Yo accedo después de una pequeña discusión que ella siempre gana, aunque la luz me irrita la vista. Por ejemplo, hoy para escribir estas notas en el cuaderno he tenido que lavarme con flores de vicaria. Yo no creo en esas cosas, pero la mujer que limpia se pasa la vida alabando las virtudes de la vicaria y me deja un plato lleno de agua al sereno para que me lave antes de ponerme a escribir. Y por no llevarle la contraria me lavo porque sé que me vigila.

Ester estuvo poco rato. Sospecho que viene contra la voluntad de alguien. No a otra cosa puede obedecer su reticencia.

Viernes

Qué linda es, Dios mío. Anoche pude contemplarla a mi gusto en la «cafetera». Al fin me dejó que la invitara a café. Yo venía por el parque y la vi en la esquina, esperándome. Quizá no me esperaba y había venido a coger fresco, pero no sé por qué me parecía que sí, que me estaba esperando. Todo el mundo la miraba y tuve que ponerme serio, porque al fin y al cabo iba conmigo. Tiene las manos pequeñas. Se come las uñas, y esconde las manos para que yo no me dé cuenta. Yo hago como el que no sabe nada. Anoche le dije que tenía las manos muy lindas y en seguida las escondió en el asiento, debajo de los muslos. Tiene muy fina la piel del brazo. La luz le daba sobre el cabello castaño que se le levanta en ondas sobre la frente, y que ella constantemente se alisa. Cómo me gustaría hundirle los dedos en el pelo. Anoche noté algo en ella que no había observado antes, algo extraordinario. Tiene en la frente unos lunares pequeños y delicados, el más pequeño sobre la sien, casi oculto en el pelo. Tiene la frente realmente hermosa. Pienso en la expresión de sus labios siempre entreabiertos y un poco burlones. Anoche, quizá por el calor, llevaba un vestido muy abierto en la axila y se le veía el nacimiento de los senos.

Sábado

Trato de recordar lo que hablamos anoche y no puedo. Sentía un gran alivio porque estaba allí. Temí tanto que no viniera. Unos minutos antes de que se levantara para marcharse, le puse la mano en un hombro. Se echó hacia atrás de pronto. Lo único que le dije cuando nos despedimos fue que estaría allí, esperándola. No puedo precisar cuánto tiempo estuvimos hablando.

Cuando venía, vi a la vieja con el perro, durmiendo sobre la acera. Ya era muy tarde. Había empezado a lloviznar. La llovizna debe haberla despertado. Se acercó donde yo estaba, debajo del árbol, y se echó una manta por la cabeza. Despedía un olor nauseabundo. Otros bultos que dormían sobre la hierba, y que no había visto, se levantaron también. Vi cómo buscaban refugio debajo de pedazos de periódicos o de sacos. Los faros de un autobús iluminaron de frente a la vieja. Tiene la piel ennegrecida y arrugada. El cuerpo es un bulto de huesos cubierto de sacos de yute y trapos. Nunca he visto un rostro tan viejo. La tierra que le cubre la cara se ha endurecido al secarse el sudor, y la lluvia y las arrugas se han solidificado. Es deprimente aquella especie de dormitorio para vagabundos oculto entre los árboles.

Domingo

Anoche no vi a Ester. Pero lo más terrible de todo es que quizás estaba cerca de allí y no pude verla. Aunque, bien pensado, si yo no la vi a ella, forzosamente tuvo ella que verme a mí. Por la tarde decidí comprarme unos espejuelos oscuros. Nunca salgo por las tardes porque el calor es muy fuerte y las aprovecho para escribir o leer, pero me di cuenta que necesitaba ponerme espejuelos oscuros para que no se me note tanto la irritación de los ojos. Cuando me miré al espejo vi que me quedaban bien. Quizás a Ester le agrade el cambio. Pero estaba tan oscuro que ahora no estoy seguro si vino. Como no podía distinguir bien. Corrí detrás de dos que se me parecían a ella, pero no eran. Decidí esperarla sin moverme de allí.

La vieja estaba otra vez en el parque, en su lugar de siempre. Para hacer tiempo me puse a pensar mientras la observaba de qué vivirá la gente miserable y sucia como ella. Si está con otros, nunca se hablan. Los otros se ríen o conversan solos como ella, o registran sus bultos buscando algo. Mientras la observaba extendió un periódico en la hierba y se acostó a dormir.

Martes

Vi a Ester anoche. Ojalá no la hubiera visto nunca. El domingo por la noche no vino. Estuve dos horas esperándola donde siempre. A la vieja se le ocurrió tender la ropa de los árboles porque había llovido y se le había empapado. Se me acercó a pedirme un cigarro y me cambié rápidamente de lugar para evitar su contacto, pero sin alejarme mucho. Pensé que a lo mejor Ester me buscaba con la mirada desde lejos y si no me veía podía irse. Pero parece que no vino. Estuve hasta muy tarde en el parque. Estoy seguro, segurísimo, de que no vino.

Anoche salí de casa temprano porque pensé que a lo mejor tendría que pasar mucho rato buscándola. Di muchas vueltas con la esperanza de verla salir de algún lugar. Agotado, bajé por Cuarteles y la vi. Iba con la amiguita de la primera noche, que no me reconoció. Se dirigían hacia el parque, pero no iban solas sino con dos muchachos. El más joven llevaba a Ester por la cintura. Ester tenía puesto el mismo traje estrecho del primer día, el que le ciñe los muslos.

Jueves

Anoche me preparé para salir, pero a última hora, cuando ya estaba arreglado, decidí quedarme en casa. El tiempo está desapacible y además he estado saliendo mucho. Siento un poco de malestar.

Sábado

El jueves no quise ir al parque, ni anoche. El tiempo siguió malo. Le ha dado por llover todas las noches. Hay una humedad que no le hace bien a nadie. Ayer por la tarde me sentí mejor y acabé por salir. Me di cuenta de que debía visitar al barbero. Eso siempre me hace sentir mejor. El barbero ese que siempre está proponiendo papeletas o brillantinas o tinturas acabó por venderme algo. En estos días no tengo deseos de discutir con nadie. No sólo me lo vendió sino que también me hizo una demostración. Cuando vine a darme cuenta me había puesto una tintura, patente alemana como dice él, con la historia de que el pelo oscuro va mejor con los espejuelos oscuros. Si no me gusta, el efecto desaparece en pocos días.

Quizá tenga razón. Por lo menos abandona uno el mismo aspecto. Para no dejarme tranquilo, acabó por venderme un lápiz, dice que para que las cejas no desentonen con los espejuelos ni con el pelo oscuro. Acabé por comprárselo todo, impaciente como estaba por salir de allí.

Antes de acostarme volví a salir. Pasé rápidamente por el parque, sin mirar mucho, porque estaba seguro de que Ester no vendría y no quise hacerme ilusiones. Me detuve un momento en la cafetería y tomé café. Por comprar algo más, compré cigarros, lo que nunca hago, porque no tengo la costumbre de fumar. Después que los compré me quedé pensando qué iba a hacer con ellos. Se me ocurrió de pronto que podía dárselos a la vieja, que la otra noche me pidió uno. Crucé la calle y la vi en su lugar. Me acerqué sin que me viera. Estaba dormida. Me senté un momento cerca de ella, para esperar a ver lo que hacía. Sentado en la hierba, para poder verla mejor, estuve mucho rato observándola atentamente. Di un grito a ver si se despertaba. Lentamente salió de su letargo. Cuando vio los cigarros se abalanzó sobre el paquete. Había algo tan mezquino en ella que decidí no dárselos. Me los guardé en el bolsillo y vine para casa. Mezquino, ésa es la palabra, mezquino.

Domingo

Ha sucedido algo terrible. Ojalá nunca hubiera conocido a Ester. Anoche volví a verla en el parque. Creo que ha sido la peor noche de mi vida. No he podido dormir. Despedí a la mujer que viene a limpiar porque no quiero que me vea así. Además se entremete en todo. Ester y yo estuvimos juntos poco más de media hora. Estaba sentada cuando yo llegué al parque y me saludó como si no hubiera pasado nada, y nos hubiéramos visto la noche anterior. No supe qué decirle. Me senté a su lado. Había mucho ruido porque encendieron el parque de diversiones, y por los amplificadores esos sale una bulla espantosa. Tuve que gritarle varias veces la misma cosa.

Una de las veces acercó la oreja para poder oírme. Se reía porque parece que le echaba aire en el oído cuando le hablaba y eso le causaba risa. Me rozaba la boca con la oreja. Tiene la oreja cubierta de un vello casi invisible. La música cesó pero yo le estaba diciendo algo y aunque ya no había música seguí hablándole al oído. Lo único que recuerdo es que la besé en el cuello y en la axila y que lo que sucedió después fue terrible. Creo que Ester se paró bruscamente porque me caí al suelo. La gente esa que no tiene nada que hacer y está en todas partes comenzó a rodearnos. La oí gritar y decirme cosas terribles, pero no puedo recordarlas. Sólo sé que anoche fue la noche más espantosa de toda mi vida.

Lunes

Anoche estuve sentado en el lugar de costumbre. No esperaba nada, pero como eso es mejor que quedarme en casa terminé por irme al lugar de siempre. Muy tarde, ya de madrugada, recorrí las calles, deteniéndome ante muchas casas. Había tanto silencio que se oía la respiración de los que dormían más cerca de la calle. Quizás Ester duerme cerca de la calle. ¡Hace tanto calor! Quizá duerme desnuda para aprovechar el poco aire que entra. Miré por una ventana tratando de penetrar la oscuridad. Quizás ella duerme cerca de la calle. Quizá duerme desnuda. Estoy muy fatigado.

Martes

Mi error más grave fue no darle mi dirección. Si le hubiera dado mi dirección trataría quizá de verme, pero no se la di. Ése fue mi peor error. Si tocaran a la puerta en este silencio... Tampoco vino anoche. Aunque sabía que no vendría porque lloviznaba mucho, estuve un rato sentado donde siempre, tapándome con periódicos.

Creo que la vieja está enferma. Anoche estuve mucho rato cerca de ella. No hizo el menor gesto. Estaba sentada contra un árbol, con los ojos cerrados y la cabeza echada hacia atrás y apoyada en el tronco, en una posición que no le es habitual. Me he fijado que siempre que dormita entierra la barbilla en el pecho con el cuerpo inclinado hacia delante, y que la cabeza se le cae sobre las rodillas. Anoche le colgaba del labio un hilo de saliva. Quizá se está muriendo o le quede poco. Pero, total, cuando alguien llega a ese estado no le hace bien a nadie. Estuve casi toda la madrugada allí. De todos modos, me es difícil estar en casa.

Viernes

Esta mañana me ha ocurrido algo extraordinario. He amanecido en el parque. Estuve pensando toda la noche en todos los momentos de mi vida. Debo haberme quedado dormido. Hay muchas horas en una noche y no puedo haberlas ocupado todas pensando. Los árboles comenzaron a ponerse azules y luego verdes. Empezó a aclarar. Entonces sí me quedé dormido. Cuando abrí los ojos el sol me daba en la cara. Toda la noche tuve hambre. Cuando me desperté se me había quitado. Vine para casa porque el sol me castigaba y me acosté sin desayunar.

Sábado

Ester y yo nos bañamos desnudos en el chorro de un manantial. Como era de noche, el árbol de ilang-ilang perfumaba locamente desde el fondo de la selva.

Ester no ha venido, pero estoy seguro que vendrá. Lo malo es que venga a buscarme y no me encuentre. O que venga una noche muy tarde. El hambre no me deja pensar tranquilo. La vieja me dio algo de comer y unos periódicos para taparme. Me quedé dormido a pesar de toda la bulla que viene del parque de diversiones con todo ese gentío. Esta noche tendré que traer algo de comer.

LA DICHA

Con gran dificultad, Jorge cerró la última maleta. La cerradura se negaba a ajustar. Primero trató de cerrarla con una presión normal de la mano; luego, cuando comprobó consternado que el resorte no cedía para que entrara el pestillo, quiso hacerlo correr, pero sin éxito. Trató entonces de forzarlo. Notó que los dedos le temblaban ligeramente. Hacía calor, pero reconoció el origen de las gotas frías de sudor que le bajaban, una a una, desde las axilas hasta la cintura. Siempre que se sentía nervioso le ocurría lo mismo.

Trató de ocultarle a Dalia —ocupada en guardar en la cartera las últimas cosas para el viaje, el boletín, dinero— las dificultades con la cerradura. Pero Dalia lo veía todo.

—¿No cierra?

—Se ha trabado. Estas cosas siempre pasan a última hora.

—No vayas a forzarla.

—¿No ves que no la estoy forzando? —Jorge trató de dominar su irritación.

—No te impacientes. Haz las cosas despacio y verás que cierra. El tren no sale hasta las doce.

Jorge previó la dificultad de que la cerradura no funcionara a pesar de todos sus esfuerzos.

—En todo caso, puedes llevarla así; la otra cerradura es fuerte, aguantará.

—No, si no cierra no me voy. No quiero arriesgarme con una maleta a medio cerrar. Con esos trenes como van... La mandamos arreglar el lunes y cambio el pasaje para el martes.

Jorge sintió otra gota solitaria y helada correrle por el costado.

—Tú siempre ahogándote en un vaso de agua. Si no cierra, le ponemos una soga para asegurarla y ya está.

—¿Cómo voy a viajar con una maleta amarrada con una soga? Además, ¿qué apuro tiene el viaje? A lo mejor es un aviso... Yo creo en esas cosas. Si no llego hoy, llego el martes, es lo mismo.

—¿Qué dirá tu familia? Pensarán que te ha pasado algo, o que yo no te dejo ir. Con todo lo mal que ya piensan de mí...

—El telégrafo lo inventaron hace largos años.

Era la lógica implacable de Dalia, que a veces provocaba en Jorge una sensación de ahogo. En sus momentos de ternura, solía invadirle un sentimiento de gratitud que se traducía en juramentos, en confesiones de una gran necesidad por ella, por su devoción, y en caricias en las que hubiera sido difícil saber dónde terminaba la gratitud y dónde comenzaba el deseo. Pero en los últimos tiempos los momentos de ternura habían disminuido y la desagradable sensación de ahogo se producía cada vez con mayor frecuencia.

Sonriendo, Dalia le señaló una llave que estaba en el suelo, junto a la maleta, muy visible, casi debajo de sus ojos. Jorge introdujo la pequeña llave en la cerradura, el resorte cedió, el pestillo pudo entrar y la maleta quedó cerrada.

Habían quedado en que él no iría a la estación. Le impacientaban las salas de espera, las estaciones y sobre todo los aeropuertos. Todos los lugares, en fin, donde su voluntad quedaba supeditada a la voluntad de los demás, o a fuerzas ocultas y misteriosas. Los aeropuertos lo aterraban. Aquel paciente rebaño de viajeros esperando a que una voz metálica y desagradable saliendo por un amplificador les ordenara abordar un aparato, que podía ser una trampa mortal. ¡Pobre gente! Además detestaba las despedidas, los trenes que no salían después que ya todo se había dicho y los últimos besos se habían dado; las demoras de última hora que hacían recomenzar el triste ceremonial hipócrita, y por fin la salida, para alivio de todos.

Jorge la besó al salir del apartamento, ya con todo listo. Antes de abrir la puerta experimentó el deseo inesperado de volver a sentir su contacto. Le tomó una mejilla y la besó una, dos, tres veces. Casi llegó a decirle: «Ven pronto», pero se contuvo. No estaba bien. Ella se dejó besar, pero le apretó fuertemente un hombro, hablándole casi al oído.

—Cuídate, aliméntate bien. Si te da el dolor, ya sabes dónde está la jeringuilla. Hiérvela en cuanto sientas algo y llama a la encargada. Es muy buena y viene en seguida, ya yo hablé con ella.

Llevaba un pañuelito absurdamente pequeño atado a la nuca, y a él le gustaba decirle que le daba un aire de campesina siciliana, aunque jamás hubiera visto una campesina siciliana. Ella lo llamaba su pañuelito de viaje, quizá porque lo sacaba del fondo de un armario cada vez que iba a visitar a su familia. Entonces él la encontraba linda. ¿Sería quizá porque se iba, y eso siempre le hacía sentir una extraña sensación de ternura y de culpa, o porque el pañuelito le quedaba tan bien, con los labios pintados y el olor a perfume que ella reservaba para los viajes y para las escasas salidas que hacían juntos? No, recordaba que siempre le había gustado verla con el pañuelito verde que le daba un aire más joven.

Recogió las dos maletas, salió delante de ella, que llevaba el neceser y cerró la puerta, y bajó sin detenerse hasta la calle.

Afortunadamente un taxi dejaba un pasajero en la puerta del edificio, y sin transiciones ni esperas enfadosas colocó las maletas en el asiento delantero. Dalia se instaló detrás y el auto partió.

—Cuídate —fue lo último que Jorge pudo oír.

Jorge subió lentamente las escaleras, con una profunda sensación de alivio, pero también de vacío, como si la tensión de las dos largas últimas horas, desde que se levantaron hasta que la puerta del taxi se cerró bruscamente, hubieran terminado por agotarlo.

En la escalera se encontró con la encargada, una mujer nerviosa y flaca, de voz chillona, agradable a su modo aunque algo entrometida. Era la única persona en el pretencioso y feo edificio que iba más allá del saludo frío y la sonrisa de compromiso que les reservaban los demás inquilinos —matrimonios viejos, matronas cargadas de niños que atronaban los corredores— desde que aparentemente la noticia de que no estaban casados se filtró. Un muchacho que eternamente sentado en el zaguán estrecho jugaba con juguetes demasiado pequeños para su edad, miraba a Jorge y a Dalia como a fenómenos de circo cada vez que entraban o salían del edificio.

—¿Solito, eh? —le dijo la encargada en el primer rellano.

—Imagínese.

—Cualquier cosa que necesite, no tenga pena.

—Gracias.

Jorge se imaginó a la flaca mujer precipitándose sobre él, jeringuilla en ristre, y clavándosela sin compasión, y casi se rió, divertido, mientras subía lentamente las escaleras interminables. Detestaba el edificio. Tanta respetabilidad y ni un mal ascensor.

Cuando llegó arriba, decidió darse una ducha y poner un poco de orden en el apartamento antes de almorzar. Miró el reloj. Las once y media. Pensó en las horas, que ahora pasarían lentamente. La espera de días, de semanas enteras, se encerraba en esas horas. Trabajando en la casa correrían más pronto.

Pero no hizo nada. Sintió un agudo cansancio, con el cual no había contado. Se echó un rato en la cama, aún deshecha, y se quedó profundamente dormido.

Despertó con un sobresalto violento. Consultó el reloj y se dio cuenta de que había dormido horas. No tendría tiempo de almorzar. Trató de organizar sus ideas lo mejor posible. Midió el tiempo. Aún podría ordenar el apartamento, ventilar la habitación, tender la cama con sábanas limpias, cambiar las toallas. Y el baño. El baño era imprescindible. Mientras el agua se calentaba en el calentador de la cocina —no podía soportar el agua fría, ni siquiera en verano— arreglaría un poco las demás habitaciones, el cuarto donde leía y trataba algunas veces de aislarse.

Mientras ordenaba, examinó con ojos críticos, como si lo viera por primera vez, el escaso mobiliario de las habitaciones, la cretona con arabescos de los muebles, que hacía juego con la cretona desvaída de las cortinas. ¿Para qué cortinas en un clima tan caliente? ¿Y por qué no flores? ¿Por qué Dalia detestaría las flores? Él las amaba y a veces las compraba y las traía a la casa, como en las películas. Pero sabía que Dalia las aceptaba, esperando el momento en que comenzaran a marchitarse para tirarlas. Daban mosquitos.

Echó una última mirada apresurada al apartamento, queriendo abarcar hasta el último rincón: todo en orden. Un poco sin vida, como estéril, seco, impersonal, pero en orden, por lo menos limpio. (¿Y por qué hoy le parecía sin vida si otras veces le parecía un pequeño paraíso de intimidad y confort, sobre todo algunas tardes en que Dalia le leía?)

Voló a la ducha. El agua tibia corrió por todo su cuerpo, refrescándolo y calmándolo. Tendría tiempo para enjabonarse dos veces. El día estaba fresco, pero había sudado tanto con las maletas. Se secó bien, se refrescó aún más la piel con colonia, y comenzó a vestirse ante el espejo del cuarto.

Aunque lo esperaba —sólo Dios sabía cuánto tiempo había estado esperándolo—, cuando oyó el toque seco de la aldaba en la puerta, el corazón le dio un vuelco. Qué firme, nada de vacilaciones, tuvo tiempo de pensar mientras se alisaba por última vez el cabello. El toque se repitió de nuevo, suave, con igual firmeza, mientras él corría. La idea de Dalia lo asaltó inoportuna al acercarse a la puerta, sin que pudiera explicarse por qué: el pañuelito verde, las recomendaciones. Abrió la puerta de par en par.

Era Laura.

La mano le tembló sobre la cerradura. Comprobó aliviado que no había nadie en el corredor, que ninguno de sus antipáticos vecinos la había visto llegar. Pero el temblor y la comprobación fueron arrastrados por la presencia de Laura, por la sonrisa tranquila, por la serenidad profunda de los ojos enormes, por el cabello exquisitamente peinado, por el amarillo del vestido de lino, por la voz pastosa, calmada y ligeramente irónica, que ahora interrumpía la contemplación estática de él.

–¿Se puede?

¡Laura! ¡Laura! Cuánto tiempo había esperado este instante mágico en que la vería aparecer en el umbral de la puerta, en que su figura se destacaría contra la luz mortecina del corredor. Cuántas veces había imaginado la escena: Laura sonriendo, Laura esperando, Laura repitiendo el toque en la puerta, contrariada de no encontrarlo. ¡Qué torpe, pero qué torpe había sido! Había planeado acercarse a una ventana que se abría sobre la escalera y, sin que ella se percatara, contemplarla esperando frente a la puerta, esperando a que él abriera, esperando por él, impacientándose –porque ella se impacientaba con facilidad–, llamando nuevamente a la puerta, y luego él corriendo y abrazándola apasionadamente. Pero se había olvidado ¡qué torpe! de su pequeño plan, y de tantos otros planes, sueños, proyectos, cuyo único objeto era detener para siempre aquel instante: Laura visitándolo por primera vez, la voz de Laura resonando en el pisito y transformándolo, el vestido de Laura crujiendo levemente –¡pero qué tonto!, ya los vestidos no crujían, eso era antes, en las novelas–, pero sí, el vestido de Laura crujiría levemente cuando ella entrara, él lo quería así y así sería.

Y sólo le quedó rendirse ante la evidencia de la sonrisa tranquila, del traje de lino amarillo que parecía absorber toda la luz de la salita –él había entornado las persianas para este momento– y de la mano pequeña que se alzaba hasta el cabello para comprobar que estaba en su lugar, y, con un gesto torpe, pedirle que entrara.

Los primeros instantes fueron embarazosos. Ella dejó sobre un mueble su bolso de mano –un bolso que a él le pareció muy grande– y comenzó a examinar la habitación.

–Así que vives aquí.

Como él no atinaba a decir nada, absorto en su contemplación, ella volvió a examinar la pieza y repitió las mismas palabras, que a él le parecieron cargadas de una verdad profunda.

75

Vino a salvarlo la comprobación, casi simultánea, en los dos, de que en su apuro a él se le había olvidado ponerse los zapatos y la había recibido descalzo. Estallaron en una carcajada ruidosa –quizá demasiado ruidosa– y entonces él pudo abrazarla.

Al principio sintió un temor mortal de que ella opusiera resistencias absurdas. Las mujeres eran así; cuando parecían dispuestas a todo, algún temor inexplicable, algo parecido a una defensa contra una amenaza invisible que se cerniera sobre todo el género y que sólo ellas podían prever, lo echaba a perder todo. Aunque en realidad, si alguien había opuesto resistencia era él; resistencia a verse en cines oscuros de los que se salía con una frustración dolorosa, y más tarde en hotelitos tristes, de paredes sin pintar, que a él le parecía que abarataban su amor y acabarían por estrangularlo. No, no; esperarían para poder verse sin la tiranía del lugar y el tiempo. Y él sin explicar mucho, y ella sin preguntar nada, esperaron pacientemente a que llegaran estos días de libertad suprema, limitados por el regreso de un tren que acababa de partir.

Pero todos sus temores se desvanecieron con el primer abrazo, prolongado, algo tembloroso, atravesado de suspiros de alivio.

Ella había venido a entregarse.

Y toda aquella tarde, hasta bien oculto el sol, Jorge sintió que se iban sumergiendo en capas cada vez más espesas y profundas de dicha, ignorantes a todo, al transcurrir de las horas, al gradual oscurecimiento de la casa, a los ruidos de la calle, al timbre insistente del teléfono, a una llamada a la puerta, a las voces de sus vecinos, al cese de los ruidos en la casa, al latido del reloj que acabó por detenerse, al mundo.

Con la extinción de la luz y de la natural capacidad de arrobamiento, sobrevinieron la calma y el silencio. Jorge hubiera deseado que el silencio se prolongara, pero Laura no permitió que durara mucho y lo rompió, hablando de cosas que él no oía muy bien y tampoco quería entender. De su gran bolso comenzó a extraer cosas que confirmaron las sospechas de Jorge y lo hicieron sonreír: un pijama, cepillos (¿por qué tantos cepillos?), un libro, polvos, una mota nueva y suave (como su piel, pensó Jorge), ropa interior, las servilletas absorbentes para el cutis sin las cuales las mujeres parecen encontrar la vida imposible, extraños objetos de lata que (Jorge lo supo después) eran para el pelo. Pero ¿por qué hablaría Laura mientras extraía las cosas de su bolso sin fondo y las iba colocando sobre la cómoda? ¿Eran necesarias las palabras?

Jorge comenzó a preparar la cena. Durante semanas había planeado una pequeña colación íntima para esta noche. Había pensado llevar hasta la salita una mesa plegable, que nunca se utilizaba y él había reparado en secreto, e instalarla junto al balcón, sin abrir las puertas para evitar las miradas indiscretas, pero con las persianas entornadas para que la brisa de la noche los refrescara. Cuántas veces había imaginado los cabellos de Laura tocados por la brisa, agitándose casi imperceptiblemente, provocando aquel gesto tan suyo de alisárselos.

Pero Jorge decidió bruscamente que comerían en el comedor; así todo resultaría más simple. Se había hecho demasiado tarde, y despachada la cena podrían entregarse después a la conversación.

La comida transcurrió en silencio. Todo lo que durante tanto tiempo Jorge había planeado decirle —o no decirle— en esta primera noche de verdadera, de real intimidad, las frases felices, las pausas cargadas de significación, transidas de magia, cedió el lugar a simples observaciones.

—Parece mentira, ¿verdad?

—Verdad.

—Ya ves, todo llega.

—Lo importante es esperar.

—Verdad.

—¡Qué calor!, ¿eh?

—Tremendo.

No era cierto. Hacía rato que el terral soplaba benigno, casi paradisíaco, sobre la ciudad, refrescándola.

Jorge pensó intensamente —muy intensamente— en su felicidad. Levantó la mesa mientras Laura se retocaba en el baño. Sin proponérselo contó las veces que la llave del agua se abría y se cerraba.

De una gaveta, Jorge extrajo una pitillera que había comprado para esta ocasión, preparó dos vasitos de licor, un cenicero, fósforos, y tal como había planeado lo colocó todo en el suelo de la salita, sobre una servilleta limpia. A Laura le agradarían esos detalles. Luego apagó la luz, abrió el balcón y se tendió en el suelo. Silenciosamente, Laura se acostó a su lado y lo besó ligeramente en un hombro. Jorge sintió cierta tristeza inexplicable, que el bienestar de la digestión fue disipando.

Pero la brisa terminó por hacerse molesta y decidieron cerrar el balcón. Instantes después, el calor en la pequeña pieza los sofocaba. El sueño, que Jorge sintió llegar con una mezcla de contrariedad y alivio, fue al fin más fuerte que ellos y a los pocos minutos dormían pesadamente. Jorge no pudo precisar el momento en que abandonaron el duro suelo y siguieron durmiendo en el cuarto.

Tal como lo había planeado, Jorge se levantó muy temprano —quizá demasiado temprano—, fue a la cocina e hizo café, fuerte, como sabía que le gustaba a Laura. Cuando regresó al cuarto con la pequeña taza humeante, la contempló largamente antes de decidirse a despertarla. Se le ocurrió que los que duermen se retiran a un mundo ferozmente personal y remoto, que se basta a sí mismo, donde todo (y todos) deviene superfluo. Casi dormida, ella tomó el café, le sonrió con ojos borrosos y el mundo privado volvió a cerrarse tras ella.

Pero cuando volvió a la habitación, Jorge se dio cuenta de que estaba despierta y fingía dormir.

Tendido junto a ella, Jorge oyó los ruidos de la casa, las voces de sus vecinas que se saludaban en la escalera, el motor de los primeros ómnibus, una voz que gritaba a lo lejos titulares de periódicos, el gotear de una llave de agua, la respiración ahora irregular de Laura, su propia respiración. Luego sintió a Laura canturrear casi imperceptiblemente a su lado. Quizá miraba al techo.

Consultó el reloj; recordó que se había detenido la noche anterior. Pero no necesitaba reloj para saber que era muy temprano, demasiado temprano, y que el día, un día muy largo, acababa de comenzar. Cerrando los ojos con fuerza para no ver la luz del sol, y para impedir que las lágrimas corrieran, Jorge deseó ardientemente que el tiempo pasara y no pasara.

EL REGRESO

Mais essayez, essayez toujours...

J.P.Sartre

LE JEUX SONT FAITS
(Última escena.)

¿Cómo se llamaban esas cosas? ¿Actos fallidos? ¿Alienación del yo? Traducía mal los conceptos psicológicos a la moda, que había leído en inglés sin entenderlos mucho, más bien para impresionar a los demás.

Pero ¿cuál, cuál de los muchos actos que realizaba y que había realizado eran realmente actos auténticos que no respondían a la última lectura apresurada de libros de los que sólo había llegado a cortar las primeras páginas con el rico cortapapel de empuñadura inverosímil, a la conversación oída a medias, a la influencia del último conocimiento que trabara, a la última película vista?

De la gama total de actos posibles había recorrido una enorme variedad en sus cuarenta años de vida, pero ninguno tenía el menor viso de realidad. Todos se habían inscrito como sobre el lecho arenoso de un río de aguas vagas y tenían el mismo sabor desolado de la arena.

Era como si entre él y cada uno de los episodios de su vida, entre él y las gentes que conocía y que parecían tenerle cierto apego, se interpusiera un vacío del que hubieran extraído el aire, y los contemplara del lado de allá, lejanos, como objetos tumefactos a los pocos segundos de nacer, incapaz de cruzar la terrible barrera y tocarlos.

Y después de cada episodio —no admitían otro nombre— viajar, amar, odiar, trabajar, hablar, se quedaba inerte, un poco indestructible, como inviolado y entero, no consumado, no usado, dispuesto de nuevo a henchirse de posibilidades, como una virgen terca cuya virginidad se restaurara milagrosamente al final de cada noche de amor; el cráneo brilloso bajo los cabellos ya muy escasos, las sienes un poco grises, pero el rostro joven, extrañamente adolescente bajo el ralo mechón sin vida.

Las manos delataban su verdadera edad. Eran las manos de un hombre viejo, un poco nudosas, como ajadas por los mil actos sin vida y sin sangre, las mil caricias hechas al azar por falta de otra cosa mejor.

«¡Pero hasta cuándo tendrás tú cara de adolescente!», le decían sus amigas, mujeres interesantes, de elegancia cansada y de amantes más cansados aún, que le envidiaban la eterna frescura de las mejillas.

Su imaginación alcanzaba proporciones no vistas. Y era, se decía a sí mismo con dolorosa lucidez, su única, su auténtica, su verdadera vida.

Caminando por las calles, en la mesa, en la bañadera, después de dormir, leyendo durante horas con la mirada fija en una misma letra, hablando con las gentes sin hablarles, mirándolas sin mirarlas, en el teatro, donde las piezas se le quedaban a medio oír, oyendo música sin entenderla, trabajando sin trabajar: imaginaba.

Imaginaba que podía hablar con todos los seres humanos, de los que se sentía separado por aquel extraño vacío infranqueable. Compensaba el vacío imaginando que hablaba y era escuchado con viva atención y luego citado por todos e invitado a todas partes. Imaginaba que todos le miraban, que los adolescentes se le rendían. Era admirado y deseado por todos. Imaginaba una interminable conversación, brillante, cáustica y profunda, en la que sólo él participaba, y hablaba, hablaba a toda velocidad, con frases inteligentes, plenas de ideas brillantes sobre la filosofía, el poeta o la novela de moda.

Sus episodios amorosos eran casi todos, si no imaginarios, sí

81

altamente imaginativos. Hablaba apasionadamente a sus ídolos —casi siempre muy ocupados para verlo— les escribía cartas interminables, que nunca enviaba, imaginaba grandes escenas de transporte amoroso, de placer físico, de comunión anímica, que nunca pasaban a la realidad. Al irrumpir en imaginarios lugares sorprendía a sus amores de turno, castigándolos con una frase feliz y perdonándolos con una sonrisa cargada de comprensión.

Además, tenía la manía de creerse el hombre providencial que salvaba las situaciones más espinosas, conciliando pareceres, dirimiendo posibles guerras, rescatando países enteros del desastre. Su vida terminaba en un nimbo de ancianidad gloriosa y dorada, consultado por generaciones de prohombres en algún retiro apacible. Temía sobre todo a los sábados lívidos de aquella inmensa Nueva York donde vivía y adonde habían acudido otros millones como él, a los domingos vacíos con su terrible sabor a ceniza.

Esta sensación se agudizaba en los períodos de arrobo profundo con cada nuevo ídolo. Entonces sólo ellos y sus palabras tenían realidad. Todo lo demás se teñía de un color impreciso, perdía contornos y lo rodeaba en un mundo doloroso en el que se arrastraba penosamente, acertando apenas a realizar los actos más necesarios para la vida, y a pronunciar las palabras imprescindibles, apretándose el estómago con las manos en un gesto nervioso que le era habitual, hasta que el ídolo reaparecía y hablaba, y por unas horas su mundo tornaba a sosegarse, a reasumir su realidad.

Cada nuevo huésped tenía el poder de derribar todo un universo de ideas, reales o prestadas, y actitudes. Al llegar Alejandro, tan deliciosamente ignorante de todo, tan maravillosamente contento y apacible en su ignorancia —y luego, tan centrado, tan seguro, tan inconmovible y sin problemas— todo un pasado de lecturas le avergonzó profundamente. ¡Ah, poder ser como Alejandro, poder *ser* Alejandro!

Desde el fondo tranquilo de sus ojos, Alejandro lo miraba a veces con curiosidad, preguntándose quién sería este extraño ser que le colmaba de regalos y le rehuía, que le escribía cartas muy raras y no exentas de cierta melancólica elegancia literaria, y le hablaba de la premonición y la intuición, asegurándole que lo sentía a través de la distancia.

Lo de la premonición le había quedado de otro ídolo, un argentino irascible y áspero, miembro exilado de algún grupo esotérico de Buenos Aires, que junto con un falso acento porteño le dejara un gran amor por autores espiritualistas que nunca tuvo tiempo de leer. La renunciación hinduista que tomara prestada del porteño se avenía muy bien con un tono elegante de cinismo que él creía de moda en Santiago y que adoptara entusiasmado de una amante chilena.

A todos los imitaba fiel e irresistiblemente, copiaba sus gestos, sus palabras, sus malas o buenas costumbres, y no descansaba hasta haberse convertido en facsímil exacto de ellos, tratando al mismo tiempo de conservar la primera impresión de conquistador, de amante difícil y deseado que creía haberles causado. Por una palabra bondadosa los colmaba de regalos absurdos, les prometía la holganza a sus expensas para toda la eternidad, y más de uno, de aficiones parasitarias, le tomó la palabra.

Tenía unos pocos amigos, matrimonios jóvenes casi todos, en los que presentía la ternura, cuya vida envidiaba suponiéndole una proporción de felicidad que estaba muy lejos de ser la real, de los que recibía atenciones y a los que prestaba servicios cuyo valor exacto desconocía y que él realizaba en la misma actitud sonámbula con que se dirigía al trabajo todas las mañanas. Eran amigos que le estimaban, sin duda, un poco intrigados por la vida evasiva y fantasmal de aquel hombre que se aparecía cuando menos se le esperaba, después de largas ausencias, en que cada crisis, cada nueva pasión se delataba solamente por el recrudecimiento de una violenta tartamudez.

Porque para colmo era tartamudo. Éste era su humilladero sumo, rastro doloroso de alguna tragedia oscura e ignorada de los primeros años. Esperaba angustiado el momento inevitable en que las gentes volverían el rostro para mirar obstinadamente a un punto aparentemente fascinante del suelo a fin de no ver el rostro convulso, contorsionado por la palabra que se empeñaba en no dejarse pronunciar. Pasado el mal momento, enrojecía y palidecía simultáneamente, y para probar que el defecto era imaginario, que jamás, jamás, jamás existió, se lanzaba a una perorata rápida e intempestiva que sazonaba con frases brillantes, chistes y carcajadas inoportunas, hasta volver a tropezar con otra palabra desdichada que le producía nuevas convulsiones. Rojo de confusión y vergüenza, buscaba el refugio donde vivía, cerraba a cal y canto las ventanas y aplicaba un fósforo al mechero de gas con que se calentaba, preguntándose melancólicamente si no era preferible dejar fluir el gas sin encender la llama.

Luego volvía a decirse que el mundo de su imaginación era el único digno de vivirse, reunía a su público de las grandes ocasiones, imaginaba las invariables situaciones tremendas, y hechizando a uno y conjurando otras, su vida adquiría nuevo sentido, su corazón se sosegaba y al escuchar los aplausos y recibir los emocionados apretones de mano, sentía las lágrimas rodarle por las mejillas y abrazaba a la humanidad entera en un inmenso abrazo, ferviente y compasivo. ¡Ah, la pobre, la triste, la desdichada humanidad!

Vivía, como tantos otros millones de seres en la enorme ciudad, completamente solo en un viejo apartamento desprovisto de calefacción, que era preciso calentar con gas o con carbón, y que cada mañana amanecía helado. El edificio era uno de muchos miles construidos el siglo anterior para familias obreras. Abandonados por generaciones más prósperas en busca de albergues más modernos, los edificios venidos a menos y semidestruidos estaban ocupados por señoras inmensamente ancianas, viudas que esperaban un cheque providencial de la beneficencia pública para sobrevivir, viejos que desempeñaban funciones de sereno en alguna fábrica en espera de la muerte, pianistas sin piano, violinistas sin violín, cantantes sin voz, en cuyas paredes alguna foto amarillenta recordaba un recital olvidado, actores sin trabajo, actrices sin papel, y por la enorme masa de gentes que arribaba a la ciudad desde las ciudades del interior del país, dotadas de algún pequeño talento que les había hecho abandonar la vida rutinaria y cómoda del pueblo natal y las condenaba a morir de soledad en los pequeños tabucos, saltando todas las mañanas de los lechos vacíos (o transitoriamente ocupados por algún transeúnte compasivo) para encender de prisa los quemadores de gas y desalojar el frío.

Ante la crisis universal de la vivienda, se había puesto de moda entre artistas, pseudo-artistas y gente de mucha originalidad y pocos recursos, alquilar las pequeñas estancias y decorarlas caprichosamente hasta convertirlas en una curiosa mezcla de pobreza extrema y extravagancia inútil. La decoración seguía los gustos o aspiraciones, manifiestas u ocultas, de los moradores. De un corredor mugriento se pasaba a una salita adornada con primorosos espejos de marcos dorados. Un ojo surrealista contemplaba desde algún techo que filtraba la lluvia la vida tormentosa de los inquilinos de turno. Brillantes litografías de castillos franceses anunciaban que sus propietarios habían estado en Europa, y se encontraban muchas veces de vuelta. El olor a incienso que inundaba algunas noches los sucios corredores delataba las inclinaciones de los que meditaban en cuclillas, junto a las viejas cocinas siempre apagadas.

Un mundo de gentes cuya aspiración suprema era estar de vuelta de todo, vivía, pared por medio, con un mundo de rezagados del siglo anterior, que no habían estado en ninguna parte. El tiempo transcurría sosegadamente con la soledad como único elemento común, y las viejas señoras, al subir entre ahogos y disneas los pedazos de leña con que encender sus viejas estufas, notaban poca diferencia entre los pálidos rostros de una generación de inquilinos originales y los pálidos rostros de la generación siguiente.

Su vecina inmediata había llegado soltera del centro de Europa en los remotos tiempos de Francisco José. Sus hijos habían nacido allí y allí la habían abandonado. La mujer lo acogió con cálida simpatía cuando el matrimonio joven que le había cedido sus reducidas estancias que llamaban apartamento decidió que sus filosofías eran incompatibles, y él se instaló, en pleno período japonés, con finísimos kimonos de seda amarilla y perfumada que deslumbraron a la buena señora, y frágiles paneles de papel de arroz y bambú con los, que era posible armar y desarmar rápidamente cubículos más pequeños aún. La vecina, descalza como trabajaba en los veranos de la aldea remota, con un pañuelo eternamente atado a la cabeza, lo ayudó a limpiar los restos que tras sí dejara el joven matrimonio, no muy pulcro; deshizo las cajas, se asustó ante las máscaras horribles del teatro japonés, desplegó maravillada los abanicos que pasaron a adornar los muros, desenrolló sin que él pudiera evitarlo la olorosa estera acabada de importar, colgó bajo la experta dirección del pálido inquilino el gran farol plegable que debía adornar la cocina, adosó a una ventana interior los fragmentos de cristal que agitados por el viento llenarían la estancia con una música frágil, le ayudó a guardar los ricos sarapes de purísima lana de una etapa anterior, y aceptó casi con lágrimas el oloroso té verde que sólo vendían en refinados y remotos almacenes de la ciudad.

La amable vecina se retiró discreta al llegar los primeros extasiados.

Ella y una centenaria irlandesa, cubierta por muchas capas de tiempo y mugre, siempre a la espera del cartero providencial, a quien compraba el diario algunas mañanas, habrían de ser el único elemento de continuidad en las sucesivas mutaciones que él y los escasos metros cuadrados de la vivienda habrían de sufrir.

II

Un día, la terrible conciencia que tenía de cada uno de sus actos alumbró la suma total de los actos de su vida y se quedó absorto. Desechó la idea, pero ésta volvió a asaltarlo, cada vez con más frecuencia. Pasaba y repasaba constantemente y sin tregua los años de su vida, los días de los años, las horas de los días, sin que la idea le abandonara por un solo instante, atenaceándole y llegando a provocarle náuseas. Pasó mucho tiempo en una especie de estupor en el que marchaba por las calles en un estado de semiconciencia automática, inmovilizadas las ideas en una imagen fija, de la que no podía escapar. Se le vio más rápido, más tartamudo, evitaba a sus viejas amigas, hundía las manos en el estómago con más frecuencia, en el gesto nervioso que le era habitual, y en las contadas reuniones a que asistía se quedaba ausente, mudo, sin nada que decir, muy lejos de aquel ser ocurrente que a todos encantaba.

Una desgracia ocurrida en su lejana y un poco olvidada familia le hizo recordarla y lo sacó de su mutismo. Tuvo que ir a Cuba, su país, donde no había puesto los pies en largos años, descartándolo con un gesto impreciso como incorregible y sin esperanzas. Había nacido allí, de padres extranjeros, pero ni en sus ademanes ni en su manera de hablar ni de ser recordaba en lo más mínimo a sus compatriotas. Cuando los encontraba le acometía una inmensa desazón, se le acentuaba el nerviosismo y se perdía en esfuerzos fútiles y desesperados para demostrarles que era uno de ellos. Pero no se atrevía a dar el viaje. Temía vagamente llegar a sentirse extraño en su propio país y aplazaba indefinidamente el viaje con un gesto displicente: «Lo amo desde lejos.»

Al ocurrir el hecho luctuoso en la familia, se sintió súbitamente en el deber de hacer acto de presencia ante los parientes lejanos, sin que pudiera explicarse a sí mismo las razones de la súbita lealtad, y haciendo gran acopio de pociones calmantes, barbitúricos, raíces de la India propiciatorias de la indiferencia y un vestuario extravagante que siempre le ayudaría a diferenciarse de los naturales en caso de apuro, emprendió el viaje.

La sorpresa fue agradable. Aquellas gentes, a las que temía por razones tan desconocidas como las que provocaban su violento tartajeo, lo acogieron con naturalidad y hasta con cariño, sonrieron ante sus crisis nerviosas, le permitieron las vestimentas más extremas con una tolerancia candorosa ante todo lo que viniera del extranjero que le desarmaba, justificándole con un «ha vivido tantos años fuera...»

Sus parientes le concedían discretamente las libertades que él había temido perder en los límites estrechos del pequeño país, y las viejas amistades de la familia le daban cierta importancia, agasajándole con almuerzos suculentos y de difícil digestión, en los que le contemplaban disimuladamente con una admiración ingenua. Cuán diferente de aquella inmensa Nueva York, donde nadie ni nada tenía la menor importancia.

Contemplaba a estas gentes vivir, deformándolas con generalidades risueñas. Parecían felices, infinitamente más felices que las de la hosca ciudad donde él vivía. Tenían el rostro plácido, el aire tranquilo, las carnes abundantes y serenas. Lo banal, lo diario, no avergonzaba aquí, como en aquel otro mundo donde vivía. Esta gente sabía estar. Se repitió la frase varias veces: sabían estar, saber estar, regocijado del descubrimiento feliz. En aquel frío Norte, él había perdido el viejo arte de saber estar (la frase allí era incluso intraducible) y tendría que aprenderlo de nuevo, pacientemente, amorosamente.

Conmovido de su hallazgo, se secó la mejilla húmeda, sonriendo vagamente, sabiéndose observado por el chófer del vehículo que le llevaba de la casa de los parientes al centro de La Habana.

Y luego aquel sol, aquel sol maravilloso y omnipresente de enero, que le reconfortaba y le quemaba suavemente los omoplatos, brillando desde un cielo transparente, que le hacía olvidar los dolorosos inviernos del Norte y el tiritar violento que destrozaba sus nervios enfermos, y le despertaba viejas memorias de infancia; las meriendas amables en los colgadizos imaginados, las temporadas en las fincas nunca vistas.

Adivinaba y envidiaba en las relaciones humanas una intimidad inconscientemente sensual que propiciaban el clima espléndido, la brisa de los mediodías, la claridad.

¡Ah, lo que había perdido, lo que había olvidado, en sus largos viajes por otras tierras! Si pudiera recapturarlo todo, repetía, consciente del justo anglicismo.

Al llegar, más por asombrar a los tranquilos parientes (que por otra parte no se asombraron) que por un verdadero deseo de hacerlo, buscó a un artista joven que había causado un pequeño escándalo de crítica y cuyo nombre le mencionara una de las parejas que frecuentaba. Fue difícil dar con él, y más difícil aún que le prestara atención. A pesar de la llaneza de todos, los extraños en Cuba entraban con mucha lentitud en la vida de las gentes, trabada en cosas pequeñas pero al parecer satisfactorias. Por fin vio al pintor, quien lo presentó a sus amigos. Lo demás fue fácil. Aunque causaba extrañeza y su tartajeo turbaba un poco a todos, no tardaron en aceptarlo a pesar de resultarles tan extraño.

Su vago acento extranjero atraía, como también el contraste entre las maneras desacostumbradas, el nombre impronunciable y los patéticos esfuerzos para sonar criollo. Gran lector de contraportadas, sabía cómo y cuándo citar y lo hacía con suma habilidad, dejando las frases incompletas, sugiriendo ideas que los demás completaban, cubriendo su ignorancia de los temas con el aluvión taquicárdico de su charla. Rápidamente pasaba de Kirilov y los actos absurdos a la gratuidad, para saltar a la nueva crítica y al ser para la muerte, y si pronto se descubrió su incompetencia y sus nuevos amigos le remedaron divertidos, jamás lo supo.

Al regresar a Nueva York, cargado de volúmenes representativos de todos los movimientos artísticos y literarios de la patria recuperada, que consideraba su deber leer y jamás leyó, le horrorizó lo que veía alrededor de sí. Volvió a caer en un profundo estupor del que sólo salía para hablar sin detenerse de su viaje, de la patria encontrada, de los campos esmeralda, del sol, del sol, del sol.

Rápidamente, la decoración del pequeño apartamento cambió. Los biombos orientales fueron eliminados para que el escaso aire corriera sin trabas, como en los balcones y galerías de su país lejano e improbable. Las abstracciones cedieron el lugar a sencillos palmares representados casi fotográficamente, cuando no a crudas litografías sin retoque de los paisajes patrios. El apartamento de la vecina se enriqueció súbitamente con una rica otomana, cuyo vacío ocuparon dos grandes mecedoras, desenterradas de un rastro y reparadas apresuradamente. Dejaron de sonar los discos de jazz y las quejumbrosas danzas de los israelitas del Yemen, y los grises aposentos se inundaron de criollas y boleros, que cantaban un amor dudoso y de mal gusto, siempre con las mismas palabras, y de las notas de alguna vieja danza criolla, repetida una y otra vez, en éxtasis.

Una tarde de domingo, más lívida que todas las demás, se hizo la pregunta. ¿Y si regresara? ¡Dios, Dios!, ¿y si regresara a los suyos, a amarlos a todos, a ser uno de ellos, a vivir aunque fuera entre los más pobres, entre aquéllos que a pesar de su pobreza parecían tan tranquilos y contentos, tan sosegados? ¡Cómo le gustaba la palabra! Tan sosegados. ¿No le harían un lugar? ¿No se dejarían conmover por su sinceridad?

La idea no hizo más que insinuarse y su imaginación se encargó del resto. Las pensadas horas de ternura, las imaginarias tardes de amor, las grandes noches fueron rápidamente trasladadas o remplazadas por escenas de la patria recobrada. ¿Y si él fuera el iniciador de un movimiento de vuelta a la patria? Los pródigos... Los Pródigos. ¡Qué bien sonaba! Pronto sería amado de todos. ¡Si era amor, sólo amor lo que él pedía, el mismo amor que en el fondo toda la pobre humanidad deseaba!

Se sintió más vivo, más vital, como decía, que nunca; negó el saludo a los antiguos ídolos, rechazó todas las invitaciones, se rodeó de libros, de ropas, todos procedentes del lejano país y echó a un lado o arrojó, un poco avergonzado, los de todas las patrias previas de adopción.

La decisión estaba hecha. No había más que liquidar las posesiones precarias del apartamento, avisar en el tedioso empleo, y partir. ¡Partir!

Las noticias que traían los periódicos sobre movimientos revolucionarios en Cuba, con su secuela de represalias, no le inquietaban, y hasta sonreía misteriosamente para sí al leerlas. Quién sabe. Con su conocimiento de idiomas, sus nuevos libros, su prudencia, su personalidad inesperada, ¿no podría servir de mensajero de la concordia y la tolerancia entre sus compatriotas? Al fin, todos eran hermanos, se entendían en el gran lenguaje atávico y no hablado con que se entienden los hombres de una misma tierra...

III

Y partió. Más dadivoso que nunca, repartió lo que poseía entre sus pocos amigos, regaló las ropas de abrigo que ya no necesitaría en aquel clima maravilloso que le aguardaba y del cual no regresaría nunca, nunca. Distribuyó los libros, los de naturalismo, los de hinduismo, los de yoga, los de espiritismo, las colecciones obscenas, las de socialismo, las colecciones primitivas. Hizo tomar por fuerza a sus viejas vecinas el heterogéneo mobiliario que ellas aceptaban entre gritos de terror, gozo y asombro.

La renovación sería completa, pronto iba a ser él, él, a entrar en su cultura, en su ambiente, donde no tenía que explicarse nada, donde todo «era» desde siempre. Y además entraría por la puerta grande de la *intelligentzia*, en cuyos umbrales dorados le esperaban sus jóvenes amigos, de humor delicioso y mordaz, de charla viva e imaginativa, tan nerviosos, y tan felices.

Cuando llegó, un día por la mañana, encontró la ciudad un poco cambiada. Era difícil precisar en qué consistía el cambio. Como siempre, la gente parecía alegre y despreocupada, pero había cierta inquietud en el ambiente que en un primer momento no supo precisar.

Lo que sí chocó a su vista de inmediato fue la superabundancia de uniformes. En las esquinas de la ciudad se veían a todas horas grupos de soldados y policías con armas automáticas modernas, de grueso calibre. Le llamó la atención que en sus horas de asueto los soldados se pasearan fuertemente armados, llevando de una mano a sus amigas y de la otra el arma formidable de repetición.

Por las calles de la ciudad vieja desfilaban cada varios minutos con monótona regularidad pequeños vehículos militares en servicio de patrulla, invariablemente tripulados por dos soldados y dos marinos que viajaban de espaldas, para cubrir la retirada en caso de ataque.

Para estar más en ambiente se alojó en un hotel del viejo barrio que antaño alojara a huéspedes ilustres de la Colonia, y sonrió, tratando de no verlas, a las jóvenes pálidas que regresaban a sus habitaciones con la mañana, el aire extenuado y el maquillaje corrido. Desde allí trató de localizar a sus amigos, a los que, sin duda por estar ocupados a esas horas, no pudo hallar.

Miró con disgusto sus ropas elegantes, de sello demasiado extranjero, de las que no había podido deshacerse, y se lanzó a la calle en busca de prendas más sencillas, de más sabor local. Volvió agotado, como si el nuevo ambiente le exigiera un gran esfuerzo para cada pequeño acto, y contento, con una finísima camisa de lino de Irlanda adornada de innúmeras alforzas hechas para consumir la vista de varias generaciones de costureras: la guayabera, la prenda campesina pulcra y fresca que en pocos años había invadido a toda Cuba desplazando a la indumentaria europea. Se contempló largo rato al espejo, complacido de su aspecto. Aún era joven, no mal parecido del todo a pesar de la calvicie ya avanzada y de los anteojos que le corregían la fuerte miopía. Podría recomenzar su vida aquí, darle un sentido, ¿por qué no? ¿No había adoptado y abandonado con increíble facilidad y rapidez patrias, religiones, cultura, actitudes, ideas? Ahora iba a adoptar su cultura, su patria, la suya, que quizá, quizá le necesitara.

Se tendió en el lecho fresco de la habitación abierta al puerto, y entregándose a detalladas y minuciosas visiones de su futura existencia en el recobrado solar de los mayores, pasó de la vigilia risueña al sueño feliz, sin sentirlo, como lo hacen los niños.

El segundo día de su nueva vida decidió pasarlo junto al mar para fortalecerse con este aire ardiente que iba a cicatrizar los males de su cuerpo y de su espíritu.

Atravesando rápidamente las viejas y amplias galerías y saludando a las ancianas figuras desvaídas que leían sus periódicos junto a las ventanas, bajó a la calle, saltó a un auto de alquiler y le pidió al chófer que lo llevara a la playa, a cualquier playa. Éste le sorprendió hablándole en inglés, y como él insistiera en hablar en español, el otro le ofendió diciéndole que parecía extranjero.

En la playa se sintió molesto al verse rodeado de turistas y más molesto aún al comprobar que, como ellos, también se ponía aceite sobre la piel para protegerla del sol. Se rió un poco de sí mismo, pidió de beber y se tendió al sol.

Las horas pasaron agradablemente, empujadas por el licor del país que penetraba dulcemente los sentidos hasta destruir el sentido del tiempo. (El sentido del tiempo, eso era lo que aquí era tan diferente, ahí radicaba la gran ciencia de este país, de estas gentes.)

Cuando abandonó el balneario ya era casi de noche. Salió al suburbio y aunque las calles estaban mal alumbradas y casi desiertas, decidió andar en dirección de la ciudad, para gozar la brisa suave que soplaba del mar refrescando los ardores del día. Dejaría vagar sus pensamientos, sin rumbo, donde el aire los quisiera llevar. Se sentía feliz, un poco solo, pero ahora no importaba. Mañana empezaría su nueva vida.

Había andado una corta distancia por la avenida bordeada de pinos cuando una luz brutal le dio en el rostro, cegándolo y haciendo resaltar en la oscuridad la nitidez de la camisa campesina de lino de Irlanda. Le enfocaban de un auto cuyas puertas se abrieron rápidamente dando paso a varios hombres de uniforme que esgrimían armas en dirección suya.

«Sube», dijo uno, y antes de que él pudiera resistir o preguntar le arrastraron hacia el automóvil, que partió en seguida.

Dentro del auto, que marchaba a toda velocidad mientras la sirena chillaba perforante, creyó sufrir una pesadilla. Sintió que le agarraban los puños e inmediatamente comenzó a recibir golpes brutales en el rostro y en las costillas. Los golpes le ahogaban, no podía gritar, y sus aprehensores mantenían un silencio obstinado, como si le conocieran, realizando su tarea metódicamente. Perdió la noción del tiempo, reducida su actividad pensante a esperar cada nuevo golpe.

El auto corrió largo tiempo, ignorando las luces de tránsito y haciendo huir a los peatones. Atravesó parte de la ciudad y luego se detuvo frente a un edificio moderno. Esposándole las dos muñecas, le arrastraron violentamente por una escalera de mármol, amplia y casi lujosa, al final de la cual le hicieron entrar en un recinto iluminado con luces fluorescentes y herméticamente cerrado.

Apoyándose contra un muro, sintió la frescura del granito sobre la mejilla dolorida, y el aire cortante que enviaba desde el muro opuesto un ventilador eléctrico y que le secaba el sudor. Había cerrado los ojos para ver mejor, para pensar, o para no pensar, y al abrirlos vio que estaba rodeado de los hombres que le habían traído y de otros más, todos de aspecto muy similar. Pensó que la similitud quizás obedecía a que todos vestían de uniforme.

El interrogatorio duró exactamente 24 horas.

Al principio trató de preguntar lo que sucedía, pero apenas acertó a pronunciar palabra. Tartamudeaba grotescamente con violentas reacciones de la cabeza y el cuello. A un chiste de uno: «Quítese el caramelito de la boca, compadre...», todos rieron estruendosamente.

Aunque optó por no hablar, le preguntaron el nombre y tuvo que esforzarse en articularlo. Un violento mazazo le derribó por el suelo. Cuando lo levantaron, medio aturdido, oyó que el que parecía el jefe le advertía que no inventara nombres extranjeros, porque le conocían bien. Comenzó a llorar contra su voluntad y con el puño de la guayabera se limpió la sangre de los labios y las lágrimas que le corrían por los pómulos ya negros.

Un hombre hercúleo lo tomó sin violencia, casi delicadamente, de un brazo y le pidió que le mirara los ojos. Cuando lo tuvo frente a sí y tan cerca que podía sentirle el aliento, se le quedó mirando por un momento. Luego, alzando con un movimiento rapidísimo la rodilla formidable, se la hundió en las ingles. Cayó al suelo gimiendo y retorciéndose de dolor. «Es un tiro, Fillo. Eso nunca falla», oyó decir a uno de los hombres.

Para corroborar la afirmación de que aquello era «un tiro», Fillo lo levantó del suelo con la misma delicadeza, y la rodilla formidable se alzó de nuevo. Esta vez cayó exánime.

Cuando recobró el sentido, se encontró acostado en un diván muy blando. Trató de mover las piernas y un dolor brutal en las ingles le nubló la vista. Estaba empapado en sudor. Abrió los ojos y vio a los hombres sentados a los pies del diván. Hablaban y fumaban despreocupadamente. Recordó que no le habían preguntado nada más, procediendo a su tarea como quien realiza un trabajo natural, metódico e ininterrumpido, desde que lo hicieran subir al auto, y como si esperaran que el mero hecho de ejecutarlo rindiera resultados infalibles.

Hablaban de un asalto ocurrido al parecer el día anterior. Adivinaba el inmenso edificio en conmoción. Oía puertas que se abrían y cerraban violentamente, entre pasos y voces incesantes. Varias veces irrumpieron abruptamente en la habitación y al percatarse de que estaba ocupada cerraron la puerta con violencia. Había habido muertos, entre ellos dos altos funcionarios del Gobierno. Pero aún no lograba comprender la acusación que le hacían, porque en realidad no le hacían ninguna. Si le dejaran hablar, llamar a sus jóvenes amigos, les explicaría, se aclararía el monstruoso error. Una frase escalofriante le dio en parte la clave de lo que sucedía: «Si no es éste, es lo mismo...»

Miró en torno. Al otro extremo de la habitación, sentados en el suelo y contra el muro había dos jóvenes que le miraban fijamente. Se dio cuenta de que tenían las muñecas atadas porque uno de ellos se rascó la barbilla contra un hombro. Sus miradas no registraban pensamiento alguno, como si estuvieran desprovistos de vida. El más joven pestañeaba a ratos.

Se dio cuenta de que estaba atado al diván. Volvió la vista a un lado y observó que de su brazo derecho salía un alambre conectado a un interruptor en la pared. De algún lugar que no podía ver salía otro cordón que terminaba en su brazo izquierdo. Cerró los ojos.

La primera descarga tuvo la inmensa virtud de hacerle perder nuevamente el sentido. Al despertar de la segunda, gritaba de dolor. El brazo izquierdo se le había hinchado enormemente. Sintió una sed terrible. Notó que tenía la boca llena de coágulos de sangre que lo ahogaban. Cuando quiso hablar para pedir agua, se dio cuenta de que se había cercenado la lengua con los dientes. Pensó que ya nunca volvería a tartamudear. Sintió que sonreía.

Recuperó de nuevo el conocimiento cuando lo sacaron del auto y la brisa le azotó el rostro. Oyó las olas golpeando la costa con golpes secos y duros y supo que estaba muy cerca del mar. Lo dejaron solo, de pie, sobre las rocas, muy cerca de la carretera. Oyó una voz: «Déjalo ya, Fillo, está acabado.»

Las puertas del auto volvieron a cerrarse. Vio la masa negra alejarse detrás del haz de los reflectores. Pudo dar varios pasos, con las piernas muy abiertas para no rozarse los testículos. Abrió la boca para que la brisa de la noche se la refrescara.

Pocos minutos antes de morir perdió la lucidez terrible que le había alumbrado los últimos meses de su vida con una luz intolerable. Antes de perder la razón, recordó detalles aislados e insignificantes de su existencia: el monograma con orla de un pañuelo, la forma de sus uñas, los exabruptos del porteño que más lo habían vejado, las palmas finas y húmedas de las manos de Alejandro.

Luego echó a andar, dando gritos agudos con la boca muy abierta, cantando, tratando de hablar, aullando, meciendo el cuerpo sobre las piernas separadas, logrando un equilibrio prodigioso sobre el afilado arrecife.

Donde primero hundió las tenazas el cangrejerío fue en los ojos miopes. Luego entre los labios delicados.

II. ASECHANZAS

«Muchos, incontables pies subían
en tropel por la escaleras»
EL SOL

EL SOL

Dos horas y quince minutos antes de que cayera la primera
bomba de hidrógeno, y de que su revestimiento de cobalto es-
tableciera contacto con el alero de una casa del puerto, gene-
rando un calor equivalente a diez mil veces la energía térmica
del núcleo del sol, y esparciendo a un centenar de kilómetros
billones de partículas de estroncio que quedarían suspendidas
en el aire durante algo más de cinco, aunque sin llegar a las
seis décadas, impidiendo la vida animal y vegetal, el anciano
volvió a contar la pequeña suma de dinero de que disponía
para sus necesidades. Algo más de un minuto antes –nunca
estaba al tanto de la hora– un reloj había dado las dos.

Por tercera vez, extendió sobre la cama los pocos billetes,
las monedas de plata, la pequeña calderilla de níquel y cobre.
Levantó el periódico de la almohada y lo depositó sobre la cómoda situada próxima a la puerta, lo bastante cerca como para poder colocarlo más tarde sobre la mesa sin tener que levantarse. Evitaba los movimientos bruscos desde su primera
visita a un médico, veinticuatro años antes, y observaba con
cuidado la advertencia de no abusar de las escaleras. Él mismo se había fijado como máximo 68 peldaños, toda vez que
el número de peldaños de la escalera que conducía a la habitación de un amigo que vivía al otro extremo de la ciudad, al
que solía visitar, más el número de peldaños que debía subir
de regreso a su habitación, sumaban 68. En sus pocas salidas

durante el resto del año, trataba siempre de que su paso no lo obstaculizaran los peldaños de una escalera, y si así sucedía, o bien desistía de la visita o, si llegaba a efectuarla tras largos debates consigo mismo, regresaba contrariado, pues siempre debía tener en cuenta los 29 peldaños que inevitablemente tendría que subir para poder regresar a su habitación.

De naturaleza excesivamente impresionable, el anciano había abandonado veinte años atrás un empleo, cuando aún era joven, por el gran temor y la tortura que le causaban los 68 peldaños que debía subir todos los días para llegar al centro de su actividad (y es aquí donde debe encontrarse el origen del límite de peldaños, que a primera vista pudiera parecer caprichoso). Con ese motivo, sus ingresos mermaron. Pero estaba persuadido de que seguir al pie de la letra las recomendaciones del médico había prolongado su vida; y pensaba con satisfacción en que el facultativo había fallecido varios años antes. Lo habían encontrado muerto en el tercer rellano de la escalera que conducía a la habitación de un paciente.

Terminó de contar las monedas y las agrupó cuidadosamente, sin abandonar el sillón, a un extremo de la cómoda, en grupos de a diez, veinte y treinta, de acuerdo con una tabla de gastos previstos que llevaba minuciosamente anotados en una hoja de papel que en todo momento descansaba sobre la mesa de noche. Gozaba de perfecta salud, pero siempre se cuidaba y estaba íntimamente seguro de que su buena salud se debía al exacto método con que había organizado su existencia. Sus vecinos más jóvenes lo compadecían creyéndolo muy solo y venían a conversarle, pero siempre acababan por molestarlo y fatigarlo porque hablaban continuamente y en voz alta, sin detenerse en el tema de las enfermedades, que tan ampliamente él podía tratar con su prima segunda. A los pocos minutos de conversación acababa por despedirlos pretextando la necesidad de reposo.

La semana anterior había excedido el total de peldaños subidos debido a una contrariedad inesperada: la muerte de un antiguo colega de recursos demasiado pobres para poder pagarse el tendido en una funeraria moderna con ascensor. Terminó la semana haciendo cálculos desoladores sobre los amigos que le quedaban vivos que podrían pagarse una funeraria con ascensor, pues, como él, todos eran demasiado pobres y tendrían que ser tendidos en sus habitaciones, casi siempre aledañas a azoteas empinadas, las de más reducido alquiler, o situadas en pisos altos o en funerarias pobres sin ascensor. Pudo pasar medianamente bien el domingo al recordar que el más anciano de sus amigos vivía en una casa de bajos en la parte antigua de la ciudad.

Sin embargo, los cálculos de esta semana excedían las posibilidades más optimistas. Sumó los peldaños subidos y comprobó con inmensa satisfacción que no excedían el límite de los 62, incluyendo, claro está, los del portón de acceso, que aunque comprendía claramente que no podrían considerarse propiamente como peldaños puesto que no eran más que los escalones de acceso a un edificio, de poca alzada y fáciles de subir, últimamente, después de un prolongado debate y de transcurrido mucho tiempo durante el cual no se había decidido a considerarlos como peldaños propiamente dichos, venía anotándolos como tal en la cuenta de la semana. Era el mejor resultado obtenido en largo tiempo y la cuenta era clara: 58 de regreso a su habitación, en las dos salidas de la semana, más los cuatro de acceso al edificio, eran los 62 que arrojaba su cálculo. Ahí estaba, todo muy claro, puesto que los números no mentían. Anotó cuidadosamente la cifra con un leve suspiro de contento, guardó la pequeña libreta que destinaba a este menester en la gaveta de la mesa de noche y se pasó la mano por la frente con un gesto de cansancio. Luego dejó el sillón y, pasando el cerrojo a la puerta, se dirigió lentamente hacia el lecho. Pocos segundos después, dormía profundamente.

Con paso rápido, pero sin poder dejar de bajar peldaño a peldaño, porque sus piernas eran aún muy cortas, abandonó el edificio balanceando una maleta donde parecía llevar libros demasiado grandes para él. En la mano izquierda llevaba un cartucho con la merienda. Pasó junto a las piernas de dos hombres que subían. Al llegar a la calle miró hacia una ventana del tercer piso del edificio. Alguien hacía señas con la mano. Depositando la maleta en el suelo, contestó al saludo y a las enérgicas advertencias de que tomara precauciones al cruzar la calle. Luego continuó su camino. El timbre de clases iba a sonar de un momento a otro y siempre lo premiaban por puntual.

Tenía el pelo muy negro y peinado y la cara muy lavada. Como se había entalcado rápida y torpemente luego que lo acabaron de bañar, el talco, al entrar en contacto con la piel húmeda, se había convertido en grandes manchones blancos sobre el cuello y las orejas. Toda su persona exhalaba un aire de gran limpieza y pulcritud. Tenía bellísimos ojos negros y las pestañas largas, y la piel delicadamente quemada por el sol del verano. La pequeña figura dobló la esquina y desapareció.

Con la brusquedad inconsciente de los que duermen, se llevó la mano al pecho y tiró con impaciencia de la camisa de noche. El único botón saltó, desgarrando ligeramente el encaje y fue a esconderse entre la sábana y las almohadas, y la camisa, al abrirse, dejó al descubierto los senos y parte del vientre. El hombre que dormía a su lado se despertó. Había soñado que la veía desnuda, como a él le gustaba contemplarla mientras ella protestaba débilmente, incapaz de defenderse de sus exigencias, suplicándole, en un acceso inexplicable de pudor, que entornara la ventana y acabando por cubrirse los ojos para tapar su desnudez. Al despertar, su sueño terminó bruscamente, pero al contrario de lo que siempre ocurre, se encontró con que la realidad era aún más hermosa. Sonrió. En aquel instante tenía la facultad maravillosa de proseguir su sueño o mantener la realidad, o sea, mudar de sueño. Se sintió dueño de posibilidades infinitas, pero a diferencia de aquellos otros momentos de violenta excitación sexual, sintió que las posibilidades esta vez no lo ahogaban, ni lo exasperaban obligándolo a la acción. Podía extender la mano y hacerla reposar levemente sobre la piel desnuda. O podía seguir contemplándola sin tocarla. O volver a dormirse, seguro de que al despertar la forma exquisita estaría allí, las finísimas venas azules cambiando imperceptiblemente de tono bajo la piel donde reposaba la luz del mediodía, encendiéndola o velándola a capricho de las nubes. La gama de posibilidades lo estremeció.

Pero no la tocó. Se limitó a mirarla. Se había quedado dormido completamente desnudo, para mitigar el calor excesivo del mediodía. Sus cuerpos estaban separados, pero sentía el calor que emanaba de la piel de ella unido a un olor a sudor fresco y vagamente perfumado. Aspiró profundamente el olor del cuerpo que dormía a su lado, tratando de no hacer el más ligero ruido para no despertarlo y de no mover un solo músculo del suyo. Ella parecía inmune al calor que subía del asfalto de la calle y penetraba por la ventana entreabierta. Estaba seguro de que si la rozaba, su piel le produciría una sensación de frescura y de fragancia olorosa, como si el agua lo hubiera tocado. Viéndola así, separada de su cuerpo, rendida, aletargada en un sueño que hacía subir y descender sus senos con un ritmo profundo, pensó que no le pertenecía a él ni a nadie, que podía flotar sola indefinidamente en el espacio, exquisitamente libre y pura, despidiendo aquel hálito de bienestar que le hacía cerrar los ojos en lo más estrecho de sus abrazos amorosos con una sensación de hondo sosiego. Sintió de pronto como una angustia al pensar que su cuerpo podría dejar de reposar junto al de ella, pero su proximidad le hizo olvidar rápidamente sus temores.

Sus ojos reposaron en ella largamente, abrazándola con la mirada. Temió volver a sentir la angustia opresora que le producía la sola idea de no estar junto a ella, pero el espectáculo que se ofrecía ante sus ojos y los detalles devastadores de su cuerpo dormido fueron esta vez más poderosos que la angustia. Sintió que la sangre le afluía hacia los muslos, primero lentamente y luego con un latido inconfundible. Pero aplazó con voluptuosidad el instante de tocarla, tranquilizado por la bienhechora sensación de eternidad en que suele envolvernos la primera oleada de erotismo, sintiendo que el tiempo era suyo.

Apagó con un gesto de cansancio otro cigarro. Se sentía particularmente impaciente y nerviosa. Solía sufrir esas crisis, sin duda pasajeras, pero que últimamente se repetían demasiado. Trataba de alejar lo más posible el momento en que tendría que recurrir a los sedantes para poder atravesar estas horas de prueba. La cara exasperante del médico tenía algo que ver con todo esto. Había pasado revista a los enfermos quince minutos antes y al cruzar frente a su cama le hizo la misma pregunta mecánica que ella sabía que no significaba nada, y que al formular, él pensaba en las respuestas del enfermo anterior o en el estado del siguiente. Un día hizo la prueba y no le contestó, y él le hizo el mismo saludo formal con que daba por terminada sus brevísimas visitas, sin percatarse de que la enferma no le había respondido.

Sintió una ira sorda, que la convicción de que los médicos también tienen dificultades no logró apagar. Estuvo a punto de llamar para pedir el sedante que estaba autorizada a emplear, pero logró vencer la tentación. Tenía la certeza de que, si cedía a la necesidad de los sedantes, toda la exasperación acumulada en los últimos dos años estallaría de pronto y ya no tendría otro remedio que utilizarlos continuamente hasta que pudiera abandonar el lugar.

Con un esfuerzo se movió en la cama desplazando la pesada costra de yeso adherida a su cuerpo, que había sido blanca y que el tiempo y el hollín iban tornando de un desapacible color grisáceo. De ese modo pudo alcanzar, varios centímetros más allá, una zona más fresca de las sábanas, lo que le produjo una agradable aunque pasajera sensación de alivio. Su respiración se hizo más reposada.

Pero la sensación de frescura trajo consigo el escalofrío familiar y cada vez más frecuente que le recorría la espalda a medida que se acercaba el momento inevitable, distante aún varias semanas, en que el hombre corpulento que parecía dedicarse exclusivamente a esos menesteres, armado de martillo y escoplo, vendría a liberarla del encofrado que la inmovilizaba para que las gruesas manos del médico pudieran volver a penetrar en su cuerpo y comprobara si uno de los fémures, desalojado muchos meses antes, había quedado fijado en su cavidad, y quizá con ligeros y cautelosos tirones verificara la firmeza del injerto, aún sonrosado y tierno, que sólo en esos momentos comenzaba a solidificarse dentro de ella, cuidando de no lastimar los ligamentos que deberían mantener unidas ambas estructuras y soportar el peso del cuerpo cuando nervio, tendón y músculo iniciaran torpemente la locomoción que –por otra parte– jamás llegaría a ser perfecta.

¿En qué momento, durante la acumulación de largos meses convertidos en años, el hombre había impedido la formación del más ligero coágulo para que el periostio que revestía el fragmento extraño que acababa de insertar para siempre en su cuerpo se uniera al que revestía los dos extremos expuestos por primera vez a la luz? Para distraerse solía pensar en aquel nuevo huésped de su cuerpo, traído posiblemente del otro extremo de la ciudad e incrustado luego que la fresa terminó su paciente y chirriante labor. ¿De qué otro cuerpo procedería? ¿De dónde y en qué momento debió ser separado y cuidadosamente preservado para evitar la muerte de las células?

Jugaba a menudo con la idea para impedir la llegada de lo que verdaderamente temía: la primera oleada de odio, a la cual seguiría la segunda y la tercera y la cuarta y todas las demás, que sólo un agotamiento atroz podría detener. El mismo odio que la hacía permanecer silenciosa en cada visita de unos padres a los que teóricamente debía agradecer la vida y sólo agradecía una infinita capacidad para una violencia que, incapaz de aflorar a la superficie, se revolvía dentro de sí y la devoraba. ¿Debía verdaderamente agradecerles la vida? ¿Acaso la habían consultado sobre el dudoso honor de transmitírsela?

107

Paseó la vista en torno, abarcando con la mirada el paisaje ya muy familiar del vasto aposento y del mundo que la rodeaba, del cual formaba parte tan estrecha que le parecía imposible que alguna vez pudiera llegar a separarse de él. La vista que se ofrecía a sus ojos era el mejor antídoto contra sí misma. Era la hora en que ese mundo se inmovilizaba con la pesadez del mediodía, y el esfuerzo de reconstruir la vida parecía derrotado por el calor opresivo que penetraba desde la calle. Un sopor invadía los cuerpos, que si lograban rebasar esta hora se acercarían imperceptiblemente al punto exacto en que se detendría su decadencia y se iniciaría su restauración. En cada una de las camas alineadas junto a los dos muros se repetía el mismo proceso. Había dedicado tardes enteras a observar el trayecto de ida a la muerte y regreso reflejado en los rostros dormidos de cada uno de los ocupantes de las camas.

Más allá, al otro extremo del salón, había rostros cuyos ojos permanecían cerrados o contemplaban el vacío de muchas tardes como ésta. Examinó desde su observatorio todos los cuerpos yacentes en las posiciones absurdas en las que sólo un equilibrio prodigioso había podido desterrar por breves momentos el dolor, y otro equilibrio igualmente prodigioso y delicado había logrado detener la muerte. Una mosca vino a destruir la asepsia y el silencio casi perfectos de la sala, sin que lograra arrancar a sus ocupantes, furiosa e inconscientemente ocupados en vivir, más que un quejido ocasional (que no debía interpretarse por necesidad como provocado por el dolor) o la súbita y casi imperceptible contracción de un nervio.

Su felicidad tenía tres semanas y cuatro días de duración, exactamente el tiempo transcurrido desde aquella mañana, para ella maravillosa, en que el bibliotecario de día se había inclinado sobre la almohadilla de tinta y había muerto. Cuando le alzaron la cabeza para indagar la causa de su inmovilidad, ella vio, porque había acudido a los gritos de dos lectores ubicados cerca de él, que la mitad izquierda de la frente y parte de la sien, que reposaba sobre la almohadilla, estaban cubiertas por una gran mancha húmeda color violeta rojizo, y que lo que en un principio se creyó tumefacción producida por la rotura de los vasos más externos, pronto pudo comprobarse que era tinta de la almohadilla que lo había marcado a él con el mismo color violeta rojizo con que él marcara montañas de papeles.

La sensación de libertad y contento excedía todas sus aspiraciones. Le costaba trabajo habituarse a ella y cada mañana penetraba en el vasto salón con una ligereza inesperada a su edad, que el paso de los días y la reiteración de la euforia no mermaban en lo absoluto.

El súbito colapso de los hombros y la aparición de la mancha de tinta sobre la frente habían tenido la virtud de invertir para ella las causas del placer y el dolor. Aquel otro episodio, que tratara paciente e inútilmente de olvidar, se había convertido en un incidente, que ella rememoraba tratando de reconstruir detalles perdidos que escapaban a su memoria, y creando en su defecto nuevos detalles imaginarios que enriquecieran la lejana y terrible escena cuyos contornos más precisos el paso del tiempo había diluido con mortificante inoportunidad. Incapaz de recordar los rasgos de todas las caras que se habían alzado de los libros, pálidas y estremecidas ante la súbita violencia que las obligó a suspender instantáneamente la lectura, las fue reconstruyendo extrayéndolas a su antojo del largo desfile de rostros que habían pasado ante ella, susurrando fórmulas destinadas a preguntar o a agradecer, y situándolas en la sobrecogida audiencia, que en los períodos en que más flagelante era el recuerdo ella extendía hasta más allá de los confines de la hemeroteca, algo más retirada.

Volvió a reconstruir la escena de la conmoción, exagerando con no poco placer la intervención del bibliotecario muerto, que si en los años inmediatamente posteriores al suceso ella había tratado puerilmente de disminuir, en las últimas tres semanas había agigantado más allá de toda prudencia.

De haberse podido interrogar a la estacionaria segunda (la

clasificación por categorías, establecida por él, obedecía a un simple orden de antigüedad) sobre el alcance exacto de la conmoción, la buena mujer hubiera declarado que, en un acceso de violencia inesperado en alguien de tan reconocida dulzura, el bibliotecario muerto había proferido un grito estentóreo y terrible contra la estacionaria primera por una falta que, de haberse llevado el asunto al director, hubiera sido, casi sin lugar a dudas, calificada de leve. Pero la estacionaria segunda había cambiado de turno poco después, luego se había casado, e instalada en una localidad muy distante de la ciudad se preparaba a saludar la llegada al mundo de su segundo nieto. Y por otra parte, su versión no hubiera bastado a explicar los frecuentes accesos de llanto que solía sufrir la estacionaria tercera, ni la frecuencia con que el personal de día solicitaba cambio de turno. ¿Cómo, pues, fijar responsabilidades si la estacionaria segunda se hallaba tan distante y la estacionaria tercera había solicitado y obtenido su jubilación?

El público había comenzado a colmar la calle, arremolinándose para dejar paso a los vehículos y transitando con rapidez por la acera, entrando y saliendo de los establecimientos, pero sin prestar la menor atención a la angosta entrada que señalaban una flecha, una mano con el índice muy largo y un cartel que decía: «Hoy matinée hoy.»

De pie en el extremo de la escalera que daba acceso a la sala, el hombre contemplaba el paso de la multitud, a la que ni los esfuerzos hechos por el rotulista esa mañana, que había insistido en desplegar sobre la fachada del edificio una gran bandera con el nombre de la pieza en letras inmensas, descolgándola desde la azotea con no poco peligro para su vida, ni los dos o tres anuncios estratégicos que él, personalmente, había insertado en los periódicos de la ciudad, lograban atraer. Mantenía el pequeño vestíbulo a oscuras hasta que subía el primer espectador, pero en la semitiniebla del recinto pudo ver que la encargada de la venta de billetes, con los codos apoyados en la mesa que hacía las veces de taquilla, dormitaba.

Volvió a clavar los ojos en la entrada, esperando el momento en que uno de los pies del primer espectador traspusiera el umbral, y una vez firmemente plantado dentro del edificio el otro pie iniciara el ascenso.

Pero no llegaba nadie. Se obstinaba en la idea de que la suerte lo había abandonado. La semana anterior había sido necesario suspender dos funciones nocturnas pasando por la humillación de tener que devolver el dinero a los dos únicos espectadores. Transcurridos varios minutos, tendría que abrir la puerta que conducía a los camerinos y anunciar a los actores que la segunda matinée de la semana quedaba suspendida. Eso era lo más humillante, y por eso retardaba el momento en que empujando la puerta emprendiera la dolorosa vía hacia los camerinos. Echó un vistazo hacia el interior de la sala, totalmente a oscuras, para cerciorarse de que en un descuido suyo nadie había entrado desde la calle para instalarse subrepticiamente, cosa que, en el pasado, había sucedido más de una vez. Luego pensó en las noches en que se llenaba, y él tenía que ayudar a la taquillera, que no daba abasto a la demanda. Y si además de ser numeroso el público respondía favorablemente a lo que sucedía en escena, se establecía una misteriosa cadena de reacciones entre éste y los actores.

Tardó aproximadamente dos minutos en completar su visión de las grandes noches, y luego imaginó la expresión que aparecería en el rostro de la primera actriz —expresión que sin duda ya estaba allí, esperándolo— cuando comenzara a anunciarle la suspensión de la matinée. Consultó el reloj. Las cuatro.

Se dio por vencido y lentamente encaminó sus pasos hacia la puerta de los camerinos. Lo sobresaltó un ruido que comenzó rápidamente a aumentar en volumen, y que en los primeros momentos él no supo reconocer. Se asomó al hueco de la escalera, y al reconocerlo su brazo derecho se dirigió al conmutador y, con un movimiento ligeramente convulso, hizo luz en el pequeño vestíbulo. Muchos, incontables pies, subían en tropel por la escalera. Su brusco movimiento tuvo la virtud de desperezar a la taquillera, que estaba completamente despierta cuando el primer billete se extendió imperioso hacia ella, en demanda de la primera localidad.

Después todo fue clamor, alegría, gozo. Apenas tuvo tiempo de pensar que el rotulista tenía razón y que además el público era un monstruo extraño y caprichoso. Lo único que pudo hacer fue sonreír, sonreír a cada nuevo espectador que penetraba en la sala, que se llenaba rápidamente y que él iluminó a toda luz. Aprovechó un instante en que la corriente de espectadores se interrumpió (para volver a reanudarse), y apretó con cierta violencia el timbre de aviso para los actores, que sin duda arrancaría a la primera actriz de la lectura de la novela que ella solía traer para ofenderlo. Poco después cerró la puerta de acceso a la sala, aislándola de los ruidos de la calle. Consultó de nuevo su reloj. Eran las cuatro y quince. Recordó que el reloj adelantaba un minuto por día. Echó una última ojeada al interior de la sala repleta y se dirigió rápidamente escaleras abajo para tomar un poco de aire, invadido por un hondo y maravilloso sentimiento de gratitud y de dicha.

El peso (aprox.) de la bomba se calcula en ocho toneladas. Una vez alcanzado el ápice de la parábola, el proyectil balístico deberá emplear, en óptimas circunstancias, 9 minutos y 50 segundos en alcanzar su punto de incidencia con la tierra.

De inducirse simultáneamente la fisión en varios puntos algunas horas después del crepúsculo, la tierra se iluminará por su faz oscura hasta producir la ilusión, a hipotéticos observadores, de haber nacido un nuevo sistema solar.

IN PARTENZA

(Para Esther Judith,
tranquilizadora madre de la tribu)

Pocos días antes de emprender yo el viaje, mi cocinera decidió que era tiempo de consultar a los muertos.

Inefable Ángela, cuánto te preocupaba este corto viaje sentimental que me veías preparar sin entusiasmo, más bien con cierta tristeza, recelando de los verdaderos motivos que me llevaban a cruzar el mar.

Ángela brilló por su ausencia todo el último día y yo me quedé sin almorzar. A media tarde, la divisé por la ciudad antigua. Descendía de un ómnibus con gran dificultad. Iba cargada de envoltorios de papel de periódico. No sin cierto sentimiento de culpa, adiviné lo que llevaba en ellos. Ardorosa, desapareció entre los vehículos y la gente y no volví a verla hasta la hora de la cena, que tampoco preparó. Olvidada de comer, me sometía a su rígida regla.

A las ocho comenzaron a llegar los invitados, que Ángela trajo desde el barrio donde habita. Cuando oí tocar a la puerta, pensé ir a abrir, pero desde el comedor, donde había estado encerrada mucho rato, Ángela se precipitó gritando: ¡Voy yo!

Oí rumor de saludos, conversaciones, risas nerviosas y luego silencio. Ángela vino a llamarme.

—Venga para presentarlo.

En el salón fui presentado a los invitados. Una mulata gruesa se levantó con trabajo para saludarme, caminando sobre zapatos de plataforma de madera. Su hijo era un negro joven, pequeño y fuerte, de cara extraordinariamente inteligente. Creí reconocer en él a alguien visto pocos días antes en una oficina pública. Una rubia se adelantó y me presentó a su hija, casi una niña, cuya presencia excusó diciéndome que no podía dejarla sola. La quinta persona era una mujer negra, de edad avanzada y pulcra, de ropa muy blanca y tiesa de almidón, que andaba con infinita elegancia sobre tacones altísimos y me saludó seria y cordial.

Nos sentamos, cambiamos impresiones sobre el tiempo y al poco rato Ángela dijo:

—Vamos.

Lentamente, conversando y riéndonos un poco, desfilamos hacia el comedor. Al entrar, me di cuenta de que Ángela había saqueado la ciudad. Montones de rosas, de nardos, estaban dispuestos sobre la mesa. Debajo de ésta, enormes mazos de yerba exhalaban una frescura intensa, que se mezclaba con el olor del incienso.

Ángela nos distribuyó de la mejor manera posible en las sillas que había traído a la pequeña pieza. Cerró herméticamente las puertas del balcón, encendió la lámpara más discreta, apagó la luz del techo y comenzamos.

¿Debo citar en detalle los pormenores de la última noche que pasé en mi casa? Recuerdo sobre todo el exquisito tacto con que Ángela y sus amigos recibieron a todo el mundo, las atenciones que desplegaban con los propicios, la terrible dureza para los inoportunos. ¿Cómo olvidar las corteses palabras de bienvenida, los deseos expresados con una sinceridad tan conmovedora, las palabrotas, los gestos de violencia, el golpe seco de los cuerpos al ser derribados, las manos heladas del muchacho que transpiraba intensamente, sus ojos ya desorbitados, estrábicos, y sobre todo el sincero, el delicado interés por mi bienestar?

De los recuerdos de la noche hay uno que domina sobre los

demás y que no me abandona.

En un momento dado, la madre del muchacho se alzó sobre sus plataformas de madera y saludó. Todos respondimos al saludo. Su hijo se levantó y poniéndole las manos en los hombros preguntó:

—¿Cómo te llamas?

La madre se llevó las manos a la cintura y ladeó la cabeza en un gesto que me pareció innecesario.

—Blanca.

El muchacho miró fijamente a los ojos y volvió a preguntar:

—¿Estás segura?

—¡Segurísima! Todo el mundo me conoce.

El muchacho movió la cabeza de un lado a otro.

—No es cierto. Eres un hombre y no te llamas Blanca.

—Seguro, seguro que me llamo Blanca ¡todos me conocen por Blanca!

Había algo repugnante en sus gestos.

—¡Tu verdadero nombre! —la furia del muchacho llegaba sin transición.

Con voz ahogada por la risa, la madre de la niña comentó con la mujer flaca y pulcra:

—Es una marica.

—¡Tu verdadero nombre! —bramó el muchacho.

—¡Bueno! ¡está bien! ¡No me llamo Blanca! —Y señalando en mi dirección añadió, presa también de furor súbito—: Pero a ése ¡lo odio!

Todos nos levantamos y uniendo las manos nos cerramos en círculo sobre la mujer, que se tambaleaba en sus plataformas de madera.

Cuando el inoportuno hubo desaparecido de la casa para siempre, caminando sobre los nardos y las rosas nos dirigimos de nuevo al salón, donde Ángela hacía arder una gran cruz de alcohol.

Las llamas arrancaban reflejos al sudor que corría por los rostros de todos.

Antes de iniciar yo mi viaje, Ángela me enseñó una canción

para aplacar el mar embravecido, pero cuando una galerna jugó con el barco en el Golfo de Vizcaya, temblé de miedo y cuando quise cantarla me di cuenta de que la había olvidado.

EN EL POTOSÍ

El día amaneció de lluvia como yo quería. Cuando la gente del muelle empezó a escandalizar me tiré de la cama, entorné la persiana del balcón y miré al cielo que estaba de lo más lindo, plomizo y bajo. Como estaba lloviznando un poco la gente del muelle tenía que ir a estibar con las capas puestas. Qué descanso un día así, porque en Cuba siempre con este sol. Dicen que los Difuntos traen agua y lloran por haber tenido que abandonar la tierra, pero eso debe ser un cuento. Ha habido años en que yo he tenido que salir bajo un sol que rajaba las piedras, con el paraguas, para poder estar todo el día en el cementerio. Después de un día entero recorriendo todo ese laberinto, he llegado a casa con una jaqueca espantosa, y he tenido que llamarla, y lo último que yo quiero es tener que llamarla. Sobre todo en Colón. Colón es inmenso. Y luego, el sol se va temprano ya en noviembre y yo he tenido que correr para poder leer las tumbas pegando casi los ojos al mármol, y sin tiempo para lavar una que otra lápida ni echar una ojeada a las cruces de la gente pobre. El Cementerio Chino no. El Cementerio Chino se recorre en seguida y el año que voy allá no me demoro nada y no me da jaqueca aunque haya sol porque como no puedo leer las inscripciones en chino, la visita termina en seguida. Los polacos no. A ésos les da por escribir los nombres y las fechas en español y cosas de

David y los salmos debajo de las estrellas con las seis puntas, y tengo que correr mucho para poder leerme todos los epitafios en aquel sol del cementerio hebreo de Guanabacoa. Si fueran como los chinos y escribieran los epitafios en polaco no tendría que apurarme para leerlos todos.

Pero qué linda estaba la bahía por la mañana, casi queriendo llover, pero sin llegar a llover, sólo lloviznando de vez en cuando. Me puse el traje, porque yo lo dejo para cuando apriete así el tiempecito y saqué el paraguas por si apretaba la lluvia. Cuando crucé la plazoleta miré hacia el balcón.

Ya ella había salido; yo sé cuándo sale porque cierra la contrapuerta de adentro de la habitación que se ve por los cristales de los lados cuando está cerrada, y pasa la tranca del tiempo de España para los ciclones, con ese maldito miedo que tiene siempre a que le den un asalto y que le roben las prendas y el dinero que me pone como me pone, cuatro sortijas y dos pesos. Cuando está en el cuarto lo sé porque la contrapuerta está abierta, la deja así para poder mirar por el cristal a ver si me ve por casualidad. Hay días que me exaspera tanto que esté ahí que no quiero ni mirar para el balcón. Eso cuando no se pone a esperarme en el portón de abajo para verme salir o entrar y estar segura de que no me he ido. He estado mucho por mudarme pero no hay quien se mude y tengo que quedarme aquí en el cuarto, sabiendo que si me pasa algo la encargada se lo va a ir a decir para venir antes que nadie, del mismo modo que ella le ha dicho al del ascensor que si le pasa algo venga corriendo a decírmelo. Y con lo que le he pedido a Dios que el ascensor se trabe y se rompa para siempre, para que no pueda salir, pero el maldito ascensor de jaula del tiempo de España, el primero, no el primero no, el segundo que hubo en La Habana, no se rompe y si se rompe el polaco manda a buscar a un mecánico viejísimo como ella y lo arregla en seguida.

Miré bien cuando salí del edificio; no estaba tomando café en la cafetería y cuando doblé la esquina la cafetera esa que coge catarro en octubre y no se le quita hasta junio me dijo que había cogido la guagua temprano. Me tranquilicé, crucé despacio la calle y cogí la lancha para Regla. Seguramente se había ido a Colón o al Calvario, a ella le gusta ir el día de Difuntos al cementerio del Calvario porque es chiquito y puede recorrerlo todo. Ése es el único día que no se anda tapando de la lluvia ni se queja ni dice que está vieja. Ése es el día en que se rejuvenece y se le quita toda esa vejez espantosa de encima.

Ya podía irme tranquilo porque además ella nunca iba a pensar que a mí se me iba a ocurrir irme al Potosí, que ella no ha visto más que una vez creo porque dice que no le gusta. Y si hubiera sabido que esa mañana yo iba a pagarle al hombre por el libro de mármol abierto con mi nombre y el de tía, porque el hombre me dijo que me lo iba a poner esa mañana. A tía sí que no me importa que la entierren allí. La pobre ha pagado todas las mensualidades y ya no se debe nada de la bóveda,. muchas veces quitándoselo de la boca, porque tía sabe cómo ella es y tampoco quiere que la entierren en Colón con ella, porque dice que no podría descansar. Y yo le dije a tía que yo la traía aquí si le pasaba algo y que ella me traía a mí sin que nadie se enterara si me pasaba a mí para que nunca pudiera saber dónde estoy y que no me vigile más. Y cuando tía dice una cosa la cumple porque cuando se llevaron a mi hermana y regresó con el niño de una semana de nacido tía era la única que sabía quién era el hombre, pero como le había prometido a mi hermana no decírselo a nadie no se lo dijo, y cuando la recluyeron a la fuerza en Mazorra y le quitaron el niño tía tampoco le dijo a nadie quién era el hombre. Y aunque ella que quiere saberlo todo iba a ver a mi hermana a Mazorra todos los días de visita aunque sabía que la ponía peor cada vez que iba y le prometía que si le decía quién era el hombre no iba más a verla no pudo enterarse y Merci murió sin decirle nada, nada de quién era el hombre. Y ella dice que le guardará toda la vida eso a mi hermana, que se haya muerto sin decirle quién era el hombre, porque a lo mejor podíamos sacarle por lo menos los gastos de la enfermedad del niño, y todas esas medicinas tan caras que hubo

que comprar y que todavía están ahí y yo sé que las guarda
por si algún día alguna le sirve no tener que gastar. El entierro del niño no, eso sí que no, porque el entierro del niño lo
pagué yo que entonces estaba trabajando en la oficina porque
el niño se murió antes de que me botaran y como yo tenía
dinero y Merci me pidió antes de perder la razón que le paga-
ra un entierro de primera al niño yo se lo pagué y me gasté
un montón de dinero en un entierro muy lindo y así le di en
la cabeza a ella, que protestaba de que se gastara tanto dinero en el chiquito.

Y qué lindo estaba el Potosí esa mañana. La capilla huele
un poco a humedad y a ratones cuando la abren esa mañana,
porque no la abren más que una vez al año, pero cuando se
ventila un poco da gusto sentarse allí entre las dos puertas de
los lados. Para allá se ve el campo, que a mí me gusta tanto,
de lo más lindo, y para acá se ve Guanabacoa. Y en la carretera vieja hay unos árboles grandísimos. Como la bóveda está
junto al muro yo le pedí al hombre que me sembrara un laurel que dan tanto fresco, o no, un laurel no porque un laurel
me levanta la bóveda que salió tan cara porque el hombre me
dijo que me la quería hacer de primera aunque se la fuéramos
pagando poco a poco. Pero bueno, que siembre lo que sea
pero que siembre algo. Además como ella no va a venir nunca
por aquí andará a cortar lo que el hombre siembre, con esa
manía que tiene que dice que odia los árboles y las matas porque dan mosquitos. Pero no hay peligro porque ella se va a ir
primero aunque espera que no, que yo primero. Pero por si
acaso, como a ella le salen tan bien esas predicciones como
cuando dijo que el niño no se salvaba y no se salvó, yo estoy
aquí ya con la bóveda comprada y pagada y las matas que el
hombre me dijo que me iba a sembrar para que siempre ten-
gamos fresco.

Pues yo me distraje cuando entré porque siempre me gusta
mirar en el osario General que allí en el Potosí lo tienen
abierto, y se ven los huesos desde arriba que les da el sol muy
blancos y yo creo que por eso dejan abierto el Osario General

para que los huesos se pongan blancos porque así se ven más bonitos, porque oscuros por la humedad de tantos y tantos años no se ven bonitos. De todas maneras lo que más me gusta del Potosí es que tienen abierto el Osario General y eso no pasa en ningún otro cementerio porque en ningún otro cementerio tienen abierto el Osario General.

Y además me demoré más todavía porque cuando entré en la capilla volví a copiar porque me gusta mucho lo que dice la lápida de mármol esa que uno tiene que pasarle por encima. Yo todos los años la copio toda y después rompo el papel por si ella viene algún día al cuarto no lo vaya a encontrar y se ponga a averiguar, porque como no hay ninguna lápida así en toda La Habana y ella lo averigua todo a lo mejor se pone a preguntar y llega a enterarse de que yo la copié en el Potosí y lo descubre todo. Pero yo ya no voy a volver nunca al Potosí y ya no me importa que ella se encuentre el papel, por eso no lo rompí y lo tengo aquí.

Y este año encontré otra lápida porque en vez de ir a la bóveda por donde siempre voy, como la capilla estaba abierta y ese día dicen misa y yo fui, cuando terminó salí por la derecha y encontré otra lápida que me gustó muchísimo porque el epitafio es de lo más raro y se lo hizo a un hijo sordomudo un padre sordomudo también y lo leí muchas veces y lo copié en la jaba. La lápida es de lo más extraña y apenas se entiende lo que dice, pero lo que me maravilla es lo que debe haber costado con toda esa orla de flores que le corre alrededor al epitafio, y aunque empezó a lloviznar otra vez pude copiarlo y ahora que ya no voy al Potosí y apenas salgo para no tropezarme con ella a cada rato lo miro.

Y lo que más me extrañó de la lápida, que estaba rota por una esquina y se veía que no habían enterrado a nadie allí desde que enterraron al hijo del sordomudo, es que había un hormiguero y las hormigas subían y bajaban, pero luego pensé que bajarían a otras tumbas pasando por entre los sordomudos.

Pues ya había pasado mucho rato en el problema de copiar

las dos lápidas y la misa y una señora que me pidió que la ayudara a correr la losa de un panteón familiar de esos que uno baja y se sienta y conversa y pasa el rato porque son panteones antiguos de esos de nicho, porque los hombres con el corre corre de los Difuntos estaban muy ocupados y el hombre que la ayudaba siempre a moverla no estaba allí con el problema de los Difuntos y el corre corre de las flores y la gente que le remuerde la conciencia un día al año y van a limpiar las tumbas y ni siquiera pueden limpiarlas ellos mismos sino que tienen que llamar al hombre para que se las limpie y luego esa muchachería de que se llena el cementerio para ganarse ese día la peseta trayendo agua en las latas para los jarrones y quitándole la peseta al pobre hombre que ése es el único día que puede ganarse algo porque a veces no tienen ni qué comer porque él no es empleado del cementerio y yo a veces cuando voy y no lo veo le dejo caramelos sobre las tumbas para los hijos.

Y entonces me encontré al hombre que estaba de lo más sudado con el apuro de la gente que quiere poner todas, las flores al mismo tiempo para irse pronto y le pregunté que si ya me había colocado el libro abierto de mármol sobre la bóveda y me dijo que sí que me lo había puesto el día anterior porque sabía que yo venía y que ese día iba a tener mucho trabajo y no iba a poder ponérmelo y me puse de lo más contento porque ya tenía mi bóveda y después que le pagué le pregunté que si había visto a mi tía porque mi tía sabe que yo estoy viniendo aquí muy seguido desde que compramos la bóveda y a veces viene la pobre y el hombre me dijo no, la que está ahí sentada en la bóveda no es su tía es su mamá.

LOS VISITANTES

Mientras Clara se aprestaba a marcharse, me di cuenta súbitamente de algo nuevo; de algo que iba más allá de sus mentiras. Lo venía sospechando desde hacía mucho tiempo y la nueva revelación no era más que otra prueba que tendría el efecto de mantenerme despierto hasta la madrugada, saboreando mi descubrimiento. Pero que Félix también estuviera mintiendo, que él también supiera...

La confirmación de mi sospecha me dejó en un estado de completa confusión, sacudido e incapaz de hablar, demasiado perturbado para sacar por el momento ninguna conclusión lógica. Traté de serenarme. Mi primer impulso fue acumular toda suerte de coartadas a favor de ella, buscar las razones más convincentes del mundo ¡pensar! ¡pensar!

A riesgo de que me castigaran por salir de la casa sin permiso, había ido hasta donde vivía, diciéndome por el camino que lo último que yo haría sería espiarla. Pero quizá no había sido ella. Muy bien podía ser otra persona la que había salido del empeñista esa mañana al acercarme a la puerta de su casa. ¿Cómo podía yo jurarlo si, escondiéndome de manera instintiva, me había rezagado y la había visto sólo de espaldas, moviendo el cuerpo con la amplitud de las mareas? Cientos de mujeres podían caminar como ella, incluso vestirse como ella.

—Tengo el presentimiento de que mañana vamos a saber algo —dijo al levantarse—. Vendré temprano. Tengan de todo. Es un disparate no tener de todo en la casa constantemente. Nadie sabe quién puede venir ni de dónde. Te lo he dicho mil veces.

Mi madre sonrió para excusarse, con su sonrisa nerviosa.

—Mandaré a Tomasa a comprar de todo a primera hora. No te preocupes, no traigas nada.

Clara se dirigió hacia la puerta. Su gran cuerpo se desplazó en movimientos complicados, se movió y avanzó lentamente, mientras los vuelos de su vestido, muy limpio pero casi destrozado por el tiempo, agitaban el aire. La prisión férrea de todos los corsés que había usado durante su vida, apretándole hacia arriba las inmensas adiposidades, había convertido sus caderas en ángulos rectos que se sacudían y temblaban cuando el enorme cuerpo se desplazaba. La marea siguió adelante y desapareció. Sí, había sido ella.

Que Clara hubiera mentido era la cosa más natural del mundo. Tanto me disgustaba, que casi había deseado sorprenderla en ese acto de traición y soñaba con el momento en que pudiera desenmascararla delante de todos. Pero ¿cómo no se me había ocurrido que cualquier prueba de falsedad de parte de ella traería por necesidad la misma prueba por parte de Félix?

Y no era esta conclusión lo que me exasperaba. Después de todo, Félix *podía* mentir. No había nada extraordinario en ello. Podía mentir hasta para pasar el rato. Era perfectamente lógico que dijera las pequeñas mentiras sin consecuencias que todos decimos, aquí y allá en sus visitas, mientras hablaba por los codos para hacer reír a la gente. Hablaba mucho, y quien mucho habla algunas veces miente, sin darse cuenta, para llenar un vacío en la conversación. Pues claro que era cosa muy natural que lo hiciera. Pero mentirnos así, de manera tan constante, y en un asunto como aquél... ¿Por qué, Dios mío, por qué?

Desde el primer momento Félix había insistido en que el asunto se aclarara. Sabía que mi madre se había mortificado mucho aquella noche, cuando a la hora de acostarse notó la falta de su anillo de bodas, un anillo de oro con pequeños brillantes, que yo había visto siempre en el dedo anular de su mano izquierda.

Las visitas habían sido innumerables aquella noche, cuando todos nos sentíamos tan inquietos temiendo la llegada de mi tío Tono, que vivía con nosotros y se oponía a aquellas visitas en casa y ponía el grito en el cielo cuando el fuerte olor a tabaco delataba una de nuestras pequeñas reuniones. Aquella noche había venido mucha gente a saludar y se había retirado inmediatamente, alejada por la inquietud reinante, para ser reemplazada por nuevos visitantes que (y siempre me extrañó aquello) habían sentido la urgencia de hablarnos al mismo tiempo. A pesar de los años transcurridos, recuerdo que hubo mucha confusión y mucho humo, y creo que Tomasa, que siempre careció del sentido de la proporción, repartió mucho ron, lo que hizo que el volumen de las voces se elevara algo.

Tomasa había comenzado la noche con su solemnidad habitual, dando órdenes estrictas que eran cumplidas rápidamente porque a mi madre le encantaba que ella considerara como cosa propia el mantener el nombre y el prestigio de la casa.

El primero en llegar fue el médico alemán, que como siempre habló por los codos, aunque como ninguno de nosotros hablaba alemán nadie pudo entender nada. Se rió mucho y luego se marchó. Luego vino Nelly. Hablaba un poco el español y nos contó que había vivido en Cuba hacía tiempo y lo contenta que estaba de haber podido regresar. Ahora que había vuelto siempre estaría cerca de nosotros. Decía que era americana, aunque mis conocimientos muy elementales del idioma nunca me permitieron identificar ninguna palabra inglesa en su conversación. Pero nunca me atreví a decir nada, porque una vez, cuando tía Eva trajo a casa a un enamorado, para impresionarlo y porque estaba curándolo de un problema del riñón, el hombre había sido tan imprudente como para declarar que él entendía un poco y que el doctor no hablaba ni papa de alemán. Ante aquello, Tomasa reaccionó como lo hacía cuando algo la perturbaba profundamente, y alzando la mano la dejó caer con fuerza en la cara del enamorado de tía

Eva, para que aprendiera a respetar. El hombre se fue, llevando en la cara la impresión de los dedos de Tomasa. Tía Eva estuvo triste un poco de tiempo, pero luego dijo que si ésa iba a ser la conducta del hombre en el futuro, lo mejor que hacía era marcharse.

Madariaga se anunció inmediatamente. Nos pareció perturbado, pero ahora que me acuerdo siempre parecía perturbado por una u otra razón, y hablaba poquísimo. Cuando se fue llegó Toni, que trajo con ella a su madre y a su novio. Casi inmediatamente llegaron los tres soldados, uno detrás de otro en rápida sucesión.

Aquello fue interminable. Siempre pasaba lo mismo, sobre todo cuando el tiempo apremiaba y temíamos la llegada de mi tío. Parecía que se ponían de acuerdo para venir todos a la vez y ahora que pienso en aquellos días, me los imagino, esperando ansiosos la oportunidad de venir a hablar con nosotros, para tener que marcharse en seguida, alejados por nuestro profundo desasosiego.

Además de mi madre, Tomasa y yo, tía Eva y su cuñada Concepción habían venido aquella noche. Siempre ayudaban a Tomasa en los preparativos. Clara había venido también, de improviso, como siempre hacía cuando venía todo el mundo, como si tuviera algún modo de saber, desde la cuartería remota donde vivía, todo lo que iba a suceder. Casi al terminar la noche, al final de las despedidas, la vi sosteniendo a mamá por una mano, mientras hablaba con Félix, en un momento de gran confusión. Poco antes de acostarse, mamá dijo que había perdido su anillo. No había, pues, la menor duda, Clara se lo había sacado del dedo y yo estaba seguro, sí, segurísimo de que más tarde o más temprano todo se pondría en claro.

Recuerdo que Nelly estaba allí en aquel preciso instante, pero no, pensándolo bien, no creo que viera nada porque estaba hablando con tía Eva, y Nelly, la pobre, era tan distraída. Pero Félix, sí, Félix lo vio, Félix sí. Y qué dolor, qué gran dolor tener que admitir eso.

En un primer momento pensé que nos haría uno de sus trucos, para divertirse, y esperaría un poco. Hasta quizá no sería muy severo con ella. Lamentaría la baja acción de Clara, delante de todo el mundo, pero tenía cierto tacto, cierta delicadeza, y sin perturbaciones innecesarias en el fluir de nuestra vida, tan agradable entonces, mi madre recuperaría el anillo, que tantas veces nos había servido para atravesar períodos de crisis. Con el tiempo, estoy seguro de ello, Clara podría volver a entrar en casa.

Como dije antes, en un primer momento Félix había insistido en que las cosas se ventilaran bien y pronto. Parecía preocuparle la pérdida del anillo y preguntó cuándo lo habíamos visto por última vez y si había alguna posibilidad de que mamá no se acordara dónde lo había puesto. Pero en la visita siguiente, Félix había estado muy reticente, y hasta un poco ofendido. Llegué a pensar que quería evitar el tema. Quizás estaba pensando. Clara no estaba allí y una señora que vivía con ella había venido a decir que no se sentía bien. Pero en la visita siguiente, Clara había estado allí y mientras Félix, que parecía temer hablar, dijo muy poco, ella repitió muchas veces que se encontraría la prenda, puesto que las cosas no desaparecían así, en el aire. Al final, Félix habló. Aunque la prenda era muy valiosa y sabía hasta qué punto a mamá le afectaba su pérdida, debíamos conservar la tranquilidad de la casa a toda costa: probablemente se le había salido del dedo y no había por qué preocuparse tanto por algo que podía considerarse trivial.

Mi madre tomó esta última declaración con más calma de lo que yo esperaba, y tía Eva también pareció aceptarla. Pero Tomasa hizo un gesto brusco de reprobación que no admitía duda. Abrió las ventanas para que la habitación se ventilara, barrió las cenizas del suelo y se retiró a su cocina sin decir ni esta boca es mía. Lo he pensado mucho al través de todos estos años. Nunca he creído que en ese momento ella supiera lo que estaba pasando en las narices de todos, pero puedo decir que conocía muy bien a Félix —es más, fue ella, Tomasa, la que lo trajo cuando tanto necesitaba de nosotros— y que su percepción muy aguda le decía que Félix se guardaba más de lo necesario.

Y ahora Clara estaba aquí, exigiendo, con su gran sonrisa suficiente e hipócrita, que nos reuniéramos al día siguiente para determinar los hechos, los ojos pequeños brillándole debajo de las pestañas oscurecidas con carbón. Al marcharse, cuando se inclinó para besarme, sentí el bozo duro de su labio superior, que ella teñía cuidadosamente con agua oxigenada, rozarme la mejilla.

Viniendo de ella, todo era lógico. Pero que Félix se pusiera de su parte era más de lo que yo podía sufrir. ¿Qué le hacía conducirse así con mi madre que fue todo bondad para él? Recordaba la primera vez que vino. Después de los arreglos previos, había llegado una noche, muy tarde, cuando casi todo el mundo se había marchado. No había podido hablar. No era Félix, sino un sonido como de animal que se queja y lucha por respirar –el resto roto de una voluntad–. Al final, pudo balbucear su nombre, con una voz torcida y extraña. Mamá enfermó debido al tremendo esfuerzo físico que la visita de alguien así suponía para ella, pero le suplicó que viniera otra vez, ignorando las severas admoniciones de Tomasa.

Al terminar su segunda visita, mi madre me extendió un pedazo de papel en el que durante mucho rato Félix había estado escribiendo algo con infinitos trabajos. «Dale las gracias», decía el papel. Me sentí profundamente conmovido, aun cuando entonces no podía entender tantas cosas. Olvidándose de sí misma, e incluso arriesgándose, sí, sí, debo declararlo aquí por mucho que yo lo haya querido a él, arriesgándose y abandonando a los demás, que tanto necesitaban hablar con nosotros, mi madre siempre le pedía que volviera y le dedicaba mucho tiempo. «Él es quien más nos necesita», decía.

Félix había trabajado casi toda su vida de tabaquero y había llevado una vida inquieta, cambiando cada año de lugar, siempre enredado en aventuras amorosas en los vegueríos. Le encantaba contarlas (como si de veras creyese que algún día podría volver a repetirlas) en un tono que a menudo lindaba con lo obsceno y ponía en guardia a tía Eva, vigilante celosa de las buenas costumbres. Había estado visitando la casa durante mucho tiempo, quizá dos años, o más. De vez en cuando nos anunciaba que había llegado el momento de dejarnos, pero demoraba la partida con cualquier pretexto y todos sabíamos que le era difícil alejarse. Para mí era un aliado infalible, siempre dispuesto a respaldar mis caprichos, por extravagantes que fueran, y a pedir y obtener el perdón para mí. Entre los dos había un lazo secreto de camaradería y afecto, que yo quiero pensar que nadie más conocía.

Pero había otra zona de mi mente que yo no osaba descubrirme. Durante días enteros, por algún mecanismo automático propio, mi cerebro rechazó un pensamiento demasiado sombrío, que por último se asentó calladamente en mi conciencia: Casio también había estado allí. Casio, a quien todo el mundo escuchaba con profundo respeto, que había cuidado la casa durante tanto tiempo y que de tantos peligros nos había protegido. También él había estado allí. La idea me martilló en el cerebro durante muchos días antes de que pudiera aceptarla: si Casio estuvo allí, entonces tenía que haber presenciado el robo. Y, sin embargo, guardaba silencio.

Los otros sin duda también lo habían visto todo, pero los otros eran diferentes. Había una especie de antigüedad tácita que todos respetaban. Casi todos eran recién llegados a la casa en comparación con Casio y con Félix. Y además Clara había acabado por protegerlos también, aunque siempre permanecía indiferente u hostil cuando alguien llegaba por primera vez. Luego se hacía de amigos, aquí y allá, escogiéndolos de acuerdo con su gusto, y siempre arreglándoselas para serles útil, como si tratara de crear un sentimiento de gratitud por parte de ellos.

Pero Casio no se doblegaba ante nadie. Llegado el caso, hasta conmigo se mostraba severo. Con mi madre era infinitamente respetuoso y reservaba a Clara una bondad especial, como si ella fuera la más necesitada de todos. A veces le hablaba con una deferencia muy marcada, que me ofendía secretamente. Recuerdo su presencia en la casa casi desde que fui capaz de recordar. Había llegado el mismo año en que Tomasa entró de cocinera en la familia, el mismo año en que yo nací. Si, por cualquier motivo que nunca explicaba, no venía, la conversación decaía, a pesar de los esfuerzos de Félix y de las risotadas del médico alemán. Sin embargo, Casio nunca hablaba mucho, más bien oía, y hacía de vez en cuando una observación casual, siempre cauta y prudente.

Debía existir algún otro motivo, algo que yo no entendía, una razón inexplicable que estaba fuera de mi comprensión, puesto que era imposible que Clara también tuviera poder sobre Casio. Esto me lo repetía una y otra vez y dos días después de su última visita pregunté a Tomasa. Quizás ella supiera.

—No pienses —me dijo—. Es mejor no pensar. Mañana es viernes, vendrá gente y quizá lo entenderemos todo.

Su negro rostro arrugado mostraba señales de preocupación.

Llegó el viernes. Esperando la hora consabida, miré a Tono, mi tío, comer con lentitud desesperante y quedarse sentado a la mesa otra media hora mortal después del café. En momentos así siempre me pasaba por la mente un pensamiento inquietante. ¿Y si de pronto decidía no salir? Pero acabó por irse y sin hablar apresuramos los preparativos, pues la inesperada demora había acortado las horas entre el momento de su partida y el de su regreso. Clara no había llegado temprano como siempre hacía, aunque sabía hasta qué punto a Tono le era antipática su presencia en la casa, lo que manifestaba por una irritación silenciosa. Se detestaban mutuamente, nunca se hablaban y cuando no les quedaba otro remedio, fingían hablar a mi madre, y discutían un punto como si fuera ella la que disentía.

Tía Eva y la cuñada habían llegado poco después de marcharse Tono y las ventanas del frente habían sido cerradas tras él, para que los parientes y vecinos inesperados pensaran que no había nadie en la casa. Mi madre ocupó su lugar a la derecha de Tomasa, junto a la puerta que daba al patio y que Tomasa usaba en sus frecuentes viajes a la cocina. Tomasa había servido el primer vaso de ron. Tía Eva encendió un cigarro. Pasó la hora y ninguno de los visitantes habituales dio señales de vida.

Era muy extraño, casi increíble. Aquello nunca nos había sucedido. Jamás había visto a mi madre en semejante estado de confusión. Pasaron tres horas durante las cuales tratamos de hablar algo, sin éxito alguno. En el reloj del comedor sonaron las doce.

—Quizá se sintieron mal la última vez que estuvieron aquí —dijo mi madre—. A lo mejor es que le estamos dando demasiada importancia a la simple pérdida de una prenda, que, después de todo, valía tan poco.

Mi madre se veía muy triste.

—A lo mejor —dijo Tomasa—. Pero yo siempre he dicho que con esta gente nunca se sabe cuándo se gana ni cuándo se pierde.

Me di cuenta que trataba de sentirse ofendida, pero se veía perdida y confusa. Por primera vez en todos los años que había estado en la casa no encontraba absolutamente nada que decir.

—Es mejor que suspendamos esto —dijo mi madre al poco rato—. Es tarde y Tono va a llegar de un momento a otro.

Y dirigiéndose a mí:

—Ve a acostarte mientras acompaño a tus tías a su cuarto.

Mas para nuestra mayor consternación tía Eva y su cuñada anunciaron que no pensaban quedarse a pasar la noche, como hacían siempre que venían y se hacía tarde. Esto fue dicho de una manera confusa, mientras tía Eva buscaba torpemente un pretexto que por último encontró y nadie oyó. Sabíamos que mentían, pero nosotros mentimos también, fingiendo aceptar la excusa con una rapidez muy sospechosa. Las cuatro mujeres se quedaron mirándose durante un momento, sin saber qué decirse y esto aumentó más aún el malestar general. Tía Eva y la cuñada acabaron por marcharse, casi sin despedirse.

Con el apuro, a tía Eva se le olvidó la cartera, que vino a recoger pocos segundos después sin decir palabra.

—¿Cómo es que no ha venido nadie? —pregunté a mi madre.

No me contestó. Tendrían que pasar muchos días para que alguien me diera una respuesta.

Lo sucedido era tan inesperado como ilógico. Hasta aquel momento, bastaba con que Tomasa corriera la voz para que llegaran los visitantes en gran número, felices ante la perspectiva de hablar con nosotros. En ocasiones teníamos que retirarnos agotados por el cansancio, contrariando los deseos de mi madre, que los hubiera acogido a todos. Pero hoy no había venido nadie. Nos sentíamos abrumados.

¡Qué extraño, qué inesperado y qué aplastante era todo aquello! Acostado en mi cama sin poder dormir, pensaba en aquella desfachatez con que Clara anunció su visita tres días antes y su ausencia inexplicable de esa noche. ¿Cómo podía arriesgarse así a que sospecharan de ella? Y, sobre todo, ¿qué tenían los otros que ver con todo esto? Podía hasta cierto punto explicarme la reticencia de Félix, y engañarme a mí mismo diciéndome que la entendía, pero la conducta ilógica de los otros, la inesperada deserción en masa...

En los días que siguieron, sólo la rutina diaria mantuvo una apariencia de vida en la casa. Se hablaba únicamente de lo más necesario. Mi madre se retiró a un mundo propio, de confusión mal disimulada, que trataba de aclarar con profundos suspiros. A veces me hacía sentar cerca de ella y me acariciaba, pero no mencionaba los acontecimientos. El mal humor de Tomasa se había convertido en una especie de torpeza constante y casi incontrolable. Cuando mi tío la regañó en una ocasión por derramar el agua en la mesa dos veces seguidas, y sólo consiguió que la derramara una tercera vez, se fue llorando y amenazó con abandonarnos si seguíamos martirizándola. Pero yo sabía que no se iría, por lo menos hasta que acabáramos de atravesar la crisis. Ni ella ni mi madre abandonaban nunca la casa, y yo sabía que era por miedo a que inesperadamente llegaran visitas y no estuviésemos allí para recibirlas. Se me prohibió ausentarme por mucho rato, y tuve que pararme en la ventana y mirar al mundo desde atrás de los barrotes y, a lo sumo, jugar en la acera sin alejarme de la puerta de la calle. Extrañaba las largas caminatas con Tomasa, pero no decía nada.

Los días transcurrieron sin que nadie viniera. Creo que sólo por guardar las formas, tía Eva vino un día después del almuerzo. Pretextó el mal efecto del calor para explicar su ausencia, y habló del tema hasta agotarlo, evitando la más mínima alusión a los acontecimientos. Cuando Tomasa entró en la sala con el café la saludó como si no hubiera pasado nada.

Tía Eva comenzaba a tomar su café cuando la puerta de la calle se abrió con violencia y vi a Clara de pie en uno de los escalones. Se detuvo un momento, como si tratara de decidir si debía entrar. Por último penetró en la sala, como obligada por algo más fuerte que ella, y se detuvo frente a mi madre, respirando con dificultad. Parecía haber caminado una gran distancia bajo el sol implacable del mediodía. Tenía el pelo suelto y el sudor hacía que se le pegara a la cara y a la frente. Sus ropas, que aunque pobres siempre llevaba tan limpias, se veían ajadas y sucias.

—¿Qué te pasaba? —Mi madre se había puesto de pie—. ¿Por qué no habías venido?

Le ofreció a Clara la mejilla, como siempre hacía pero ésta, al parecer, no vio el gesto.

—Aquí estoy —dijo con voz ronca y un poco ahogada.

—Estábamos muy preocupados con tu ausencia. Siéntate, descansa, estás sudando. Habrás venido caminando. Con este calor.

Por un instante, Clara no se movió, y luego, con el mismo tono de voz, que sacudía la emoción, casi gritó:

—Se me ha ordenado venir aquí. No sé lo que quieren de mí, pero será mejor que se preparen. Hay gente ahí que quiere hablar.

Era una Clara desconocida. Su actitud era desafiante, la actitud de alguien cuya dignidad ha sido herida. De la antigua calma un poco altanera, que sin transición se convertía en untuosidad insoportable, de la familiaridad asumida como por derecho propio, y que tanto me molestaba, no quedaba nada. Sus movimientos eran bruscos y torpes, como si hubiera perdido súbitamente el control de los brazos y del cuerpo, y tuviera que luchar para poder respirar el aire caliente de la habitación.

Tomasa hablaba consigo misma, mientras arreglaba las tazas sobre la mesa. De pronto se dirigió a Clara en un tono agresivo:

–Su hermano está durmiendo en el cuarto. No podemos recibir a nadie ahora. ¿Te has vuelto loca?

–Haz lo que te dicen. Para eso sirve la gente como tú –le gritó Clara.

Tomasa inició la retirada hacia el patio, junto con tía Eva, cuya confusión inicial a la vista de Clara se había convertido en indignación ante su ofensiva actitud con Tomasa. En ese momento, Tono apareció en la puerta del patio. Las voces alteradas lo habían despertado y se había arrojado de la cama descalzo y en calzoncillos.

–¿Qué escándalo es éste? ¿Qué pasa?

Era evidente que le molestaba la visita de Clara y, fiel a su costumbre de no dirigirle la palabra, hablaba conmigo.

Pero Clara contestó por mí, hablándole a Tono por primera vez en muchos años, en el tono ofendido y dramático que había reemplazado su suficiencia habitual.

–Sé que hay quien me odia, aquí y fuera de aquí. Se alegrarán de saber que me acusan de un robo. Pero es mentira. Lo negaré hasta el último día de mi vida. ¡Es mentira!

–Pero nadie te ha acusado. ¿Cómo puedes decir semejante cosa?

Mi madre trataba de calmarla.

–¿Qué es eso? ¿Qué robo? –preguntó Tono.

–¡Mentira! ¡Mentira! –seguía gritando Clara, frenética.

Gesticulaba salvajemente, hablándole a Tono en la cara. El inmenso cuerpo se movía de un lado para otro, pasando ante nuestros ojos atónitos, amenazando aplastarnos a todos con su peso, pero extrañamente débil e impotente.

134

—Me odian, todos me odian, me persiguen desde el último día que estuve aquí, no me dejan tranquila. No puedo dormir. Me tocan·a la puerta por la noche. Y todo es una mentira infame.

Comenzó a sollozar de humillación y de rabia, sin poder controlarse.

Mi madre la ayudó a sentarse en una silla y pidió a Tomasa que trajera agua fría. Pero Tomasa le puso una mano en un hombro y dijo con voz apagada, para que sólo la oyera mi madre:

—Ya están aquí, no hay tiempo. Tenemos que prepararnos para recibirlos.

Mi madre miró a su hermano.

—Ya están aquí —dijo en tono de gran calma—. No podemos darles la espalda. Tenemos que recibirlos. Hemos sufrido mucho con su ausencia.

Tono palideció.

—Tú sabes cuánto odio todo esto —dijo.

—Cállate y obedece —dijo Tomasa mirándolo fijamente—. En este momento mando yo.

—Está bien —dijo Tono.

Tomasa había traído de la cocina la caja de tabacos y el frasco de aguardiente, y con un gesto de la cabeza nos ordenó seguirla al cuarto de desahogo que estaba al fondo del patio, junto a la cocina, al cual no se le daba ningún uso y se reservaba para estos menesteres.

Clara se volvió abruptamente y adelantándose a todos fue derecho hasta su lugar en el extremo de un catre que ocupaba todo el ancho de la pared. Mi madre se sentó en la mecedora grande, cerca de la puerta que daba al patio. Tomasa ocupó su puesto en un banco bajo, situándose frente a mi madre, posición que le permitía gran libertad de movimiento. Tono se sentó en una silla y puso los pies en un travesaño para evitar la frialdad del suelo. Tía Eva se colocó en una butaca pequeña, junto a la puerta que daba al otro cuarto, y agarrándome de la mano me hizo sentar sobre sus rodillas. Aunque yo estaba un poco crecido, me confortó la proximidad de su cuerpo fuerte y tranquilo.

Después de un momento de silencio, Tomasa volvió a hablar.

—Ya están aquí —dijo.

—Recíbelos —dijo mi madre, inclinándose para servirse del frasco, que Tomasa había colocado en el suelo. Pero dio un salto súbito y fue arrojada con violencia sobre las rodillas. Se había puesto muy pálida y respiraba con dificultad, y se sostenía en el suelo con las manos para no caer. Tono se abalanzó a ayudarla, pero Tomasa lo detuvo con un gesto y volvió a su lugar.

—Vienen desde muy lejos, después de muchos días de silencio y tristeza, y quieren hablar con nosotros —continuó Tomasa. Sentada muy derecha, miraba directamente a la pared.

—Diles que esperábamos este momento —repuso tía Eva.

—Tienen sed y necesitan descanso.

—Diles que hemos mantenido los vasos llenos.

—Nadie cruce las piernas ni los brazos. Las manos a ambos lados, con las palmas hacia arriba —dijo Tomasa. Tomó el frasco y echó aguardiente en el vaso, bebió un poco, volvió a llenar el vaso y sin hacer esfuerzo alguno para ayudarla se lo extendió a mi madre que seguía arrodillada en el suelo.

—Las piernas cruzadas o las manos entrelazadas quieren decir secreto y pensamientos ocultos —anunció Tomasa por segunda vez.

Mi madre no vio el vaso que Tomasa le ofrecía. Alzándose un poco trató de sentarse, pero otra vez fue arrojada al suelo. Al caer volcó la mecedora e hizo tambalearse la mesa pequeña de centro. El frasco de aguardiente se cayó y antes de que Tomasa pudiera enderezarlo se derramó un poco de líquido. Abriendo la caja de tabacos que estaba en el suelo, a su lado, Tomasa encendió uno lentamente y se lo ofreció a mi madre. Pero mi madre permaneció indiferente. Sus ojos vagaban por la habitación, incapaces ya de reconocernos. Su respiración se hizo más fatigosa y vi que por las sienes le corrían gotas de

136

sudor. Aunque había presenciado la escena muchas veces, preludio esencial a nuestras reuniones, siempre me causaba fuerte efecto. Sentí mi corazón latir con fuerza.

Miré a Clara sentada en la cama, junto a la pared. Ya no parecía excitada y estaba tranquila, en una actitud casi indiferente. Sólo cuando los ojos de mi madre vagaban en dirección suya, cambiaba inquieta de posición.

Me volví hacia tía Eva y le pedí que me dejara sentar en el suelo, pero me hizo callar con un gesto. Mi madre quería hablar. Abriendo mucho la boca y respirando con dificultad, mientras sus ojos se inmovilizaban ahora sobre Clara, movió la cabeza como si tratara de decir algo, y luego comenzó a mecer el cuerpo. Durante mucho rato no salió ruido alguno de la boca, salvo el de la respiración entrecortada. Trató de articular y escuchamos un sonido estrangulado. Cerró la boca y entonces dejó escapar un silbido largo y agudo, doloroso y penetrante, que salía de modo intermitente.

Sentí que me ahogaban los latidos del corazón y que el sudor me bañaba el cuerpo. El brazo de tía Eva se cerró más en torno a mi pecho. El sonido aumentó de volumen y cuando cesó por un instante, Clara dio un grito. La miré. Temblaba y sollozaba convulsivamente, y señalaba hacia los ojos de mi madre. Agitó los brazos como buscando el aire. Volvió a gritar, levantándose de la cama y corrió hacia la puerta, pero alzándose con rapidez Tomasa la empujó de nuevo hacia la cama con un brazo de hierro. El inmenso cuerpo se derrumbó bajo la mirada que había en los ojos de mi madre, a los que no me atrevía a mirar, mientras el silbido salía de su boca sin interrupción. Comencé a temblar. Me así a las manos de tía Eva que estaban empapadas de sudor y temblaban.

Sabía que era él. Mucho, mucho tiempo había transcurrido desde el primer día que oímos el terrible sonido, que vimos los pobres ojos extraviados, la boca torcida tratando de decir lo imposible. Sí, era Félix que venía de lo oscuro a hablarnos otra vez por boca de mi madre. Pero un Félix que había retrocedido hacia las tinieblas, el dolor y el castigo. El Félix del primer día, la criatura sin voluntad y sin habla. Era como si el tiempo no hubiera transcurrido y volviéramos a vivir la terrible escena del primer día, cuando vino por primera vez a la casa. Peor, mil veces peor, porque ahora no sólo se le negaba la facultad de hablar, sino que sus esfuerzos para ser coherente quedaban reducidos a un sonido sobrehumano y aterrador.

Bajo aquella mirada, los sollozos de Clara se convirtieron en gritos de pánico, pero su cuerpo se negó a moverse cuando quiso ganar de nuevo la puerta. Sus brazos colgaban inermes; lanzaba agudos gritos de terror y sollozaba.

Tomasa se arrodilló junto a mi madre y le bañó la cara con aguardiente, mientras rezaba con rapidez y en voz baja una oración que tía Eva secundaba. Una sola vez me atreví a mirar a los ojos, los ojos terribles que trataba de no ver. Traicionaban la angustia y el miedo tras los dolorosos esfuerzos por hacerse inteligibles, el miedo a lo oscuro, a la proscripción al silencio y al olvido.

Inclinándose hacia mi madre, pero sin tocarla, cosa que evitaba cuidadosamente, Tomasa acercó el oído a su boca tratando de descifrar las palabras que luchaban por articularse, pero tras un supremo esfuerzo de la boca, la expresión comenzó a borrarse lentamente de los ojos de mi madre. Pero los ojos siguieron clavados en Clara, como si fuera la última visión que hubieran querido abandonar, la rara visión del paraíso a la que no pudieran renunciar. La luz siguió desvaneciéndose hasta que se apagó del todo. Mi madre cerró los ojos y la tensión de su cuerpo comenzó a disminuir lentamente. Al fin pudo incorporarse en el suelo. Con ayuda de Tomasa, logró volver a la mecedora y se sentó completamente inmóvil.

Clara empezó a llorar, deshecha y sin fuerzas, ocultando la cara entre las manos.

Me di cuenta de que la presión del brazo con que mi tía Eva me sujetaba había comenzado a disminuir. Me resbalé hasta el suelo y tía Eva suspiró profundamente, se inclinó hacia Tono y comenzó a hablarle en voz baja. Mi tío se movió inquieto en su asiento y se rió con cierto nerviosismo, sin encontrar nada que decir. Entonces tía Eva se volvió hacia los otros y comenzó a hablar en un idioma extranjero que yo no pude descifrar, susurrando con una voz tierna y cálida al mismo tiempo.

—Debe ser Nelly —dijo Tomasa, mientras le salpicaba el rostro a tía Eva con gotas del aguardiente derramado en el suelo.

—Sí, es Nelly —dije yo.

Recuerdo la voz tan claramente que me parece oírla sonar a mi lado, después de tantos años. Al cabo de un rato, dejó de oírse y todos permanecimos en silencio.

Miré hacia mi madre. Se mecía lentamente, y con las manos apoyadas en los brazos de la mecedora reposaba la cabeza en el alto respaldar de la silla. Aunque no podía decir en qué momento exacto sucedió, su rostro había asumido una expresión de profunda tranquilidad, un poco adusta. El pelo negro le brillaba en la luz de la tarde. Estaba fumando un tabaco y el humo, elevándose lentamente hacia el techo, contribuía aún más a la serenidad que la envolvía. Sentí una gran paz, después de todo aquel terror y me invadió un sentimiento muy parecido a la gratitud.

La calma que sentíamos no sorprendió a nadie. Había llegado Casio, y siempre despedía la misma influencia bienhechora en torno suyo. Había algo en el aire que anunciaba su presencia entre nosotros, de la que pude darme cuenta mucho antes de que comenzara a hablar. Inmediatamente la atmósfera se hizo más respirable.

Clara lloraba ahora calladamente, sin el miedo que la había sacudido antes, con una desesperación que me conmovió.

—Dios bendiga a todos —habló Casio, con la voz sacudida por una emoción que a duras penas podía controlar—. Han sido días de confusión y tristeza para todos, pero muy pronto volveremos a ver la luz.

Se detuvo y respiró profundamente.

El sol ya no daba en el patio y estaba oscuro en la habitación. Tomasa encendió un fósforo, alumbró una vela y la colocó sobre el piso, sosteniéndola por un extremo con la cera derretida.

—Ahora, haz lo que se te ha dicho —dijo a Clara.

Clara alzó la cabeza lentamente y sin despegar los ojos del suelo se buscó con la mano en el pecho, debajo del vestido, sacó un paquete pequeño y arrugado de papel de periódico y lo colocó en la mesa, frente a ella. Tomasa deshizo el pequeño bulto y vimos el anillo de oro de mi madre brillar intensamente sobre la mesa, reflejando los rayos de luz que despedía la llama.

—Esta mujer ha pagado por lo que hizo —anunció Casio—. Pero no debe volver aquí.

Guardó silencio durante un instante y luego respondió:

—Pero los otros no habrán lavado su culpa en mucho tiempo.

Su voz se elevó, alterada por ira súbita.

—Félix ha sido desterrado para siempre de esta casa. Yo lo traje aquí hace mucho tiempo. Su vida transcurrió en medio de la violencia y cuando vino aquí estaba en la más profunda oscuridad. Ustedes lo ayudaron con su amistad y consiguió la paz que tanto necesitaba.

—Ya lo has castigado bastante —dijo Clara en voz muy baja, casi sin expresión. Sus ojos miraban más allá de la puerta, al patio vacío.

—Traicionó la confianza de todos, por deseo de esta mujer, y por deseo ocultó su falta. No podía creerlo.

Su voz volvió a alterarse. Guardó silencio, mientras las espesas nubes de humo iban llenando la habitación lentamente.

—Escogió las tinieblas al precio de su propia liberación.

Y luego, tras una pausa algo más prolongada:

—Debe volver a la oscuridad de donde vino.

Temblé cuando Casio pronunció la sentencia. Aunque muy joven para entender los motivos de Félix y la naturaleza del amor y el deseo, no pude dejar de pensar que la severidad de la pena excedía su culpa y por un momento me rebelé contra la finalidad de aquel juicio.

Quedamos en silencio, abrumados por lo que acabábamos de oír. A Félix se le negaba toda ayuda. Había perdido la gracia. Pero nada —y esto debe entenderse muy claramente— nada podíamos hacer para alterar la decisión. La suerte de la casa no estaba en nuestras manos. Casio daba y quitaba. Casio sabía. Su voluntad no era sólo suya; era también de otros a los que nunca conoceríamos.

Había comenzado a caer la tarde y empezó a soplar la brisa. La vela parpadeó. Tomasa estiró un brazo y apagó la llama con los dedos.

—Ahora tendremos paz —anunció Casio—. Me voy.

Después que se fue Casio y Clara se marchó sin decir palabra para no volver jamás y mi madre y tía Eva volvieron a sentarse junto a la puerta del patio, sin duda para hablar de lo sucedido, mientras Tono se afeitaba y cantaba en su cuarto y Tomasa encendía el fogón para la comida, me senté en los escalones frente a la puerta de entrada, a mirar pasar la pequeña multitud de la tarde. Todos parecían agotados por el calor del día. La primera brisa del crepúsculo comenzaba a refrescar los cuerpos cansados. Alguien se rió alto y yo pensé en Félix, a quien ya nunca volveríamos a oír, y en cómo gozaba contando los cuentos sobre todas las mujeres que había conocido, y en su humor irresistible y contagioso. Recuerdo que me sentí muy triste y que estuve llorando mucho rato sin hacer el menor ruido ni secarme la cara, para que no me oyeran dentro de la casa, ni pudieran notarlo los que pasaban.

LA EJECUCIÓN

«–¿Y el proceso comienza de nuevo?
–preguntó K... casi incrédulo–.
Evidentemente –respondió el pintor.»
Franz Kafka
EL PROCESO, capítulo VII

I

Una hora antes de que se produjera la detención, el teléfono sonó.

Mayer se estaba afeitando en el baño. Tenía la piel sensible, sobre todo la del cuello, y cada afeitada hacía invariablemente brotar un poco de sangre.

Se secó con cuidado la mitad afeitada de la cara y comprobó que la espuma que cubría la otra mitad se había secado un poco. Salió al corredor, pero se detuvo indeciso al darse cuenta de que había dejado abierta la llave del lavabo.

Vaciló unos instantes.

El teléfono, en una mesa baja, descansaba sobre un cojín que disminuía el ruido de la campanilla.

Mayer pensó que si regresaba a cerrar la llave, el teléfono podía dejar de sonar. Volviendo sobre sus pasos, la cerró; luego salvó la distancia entre el baño y la habitación y descolgó.

–Oigo.

Nadie contestó.

–Oigo –repitió Mayer.

No hubo respuesta.

–Oigo, oigo –volvió a decir.

Tampoco esta vez obtuvo respuesta. Esperó unos instantes, decidido a colgar. Pero antes de que pudiera hacerlo, oyó que al otro extremo colgaban suavemente.

Contrariado, volvió al baño. Al pasar por el corredor miró el reloj que colgaba de la pared: las seis. Abrió de nuevo la llave del lavabo, se humedeció con la brocha la cara y reanudó la afeitada. Sus movimientos eran metódicos; tenían la presión exacta para que la navaja cortara la barba sin llegar a rasgar la piel.

Mayer concentró la mirada en el mentón, donde la barba formaba pequeños remolinos, casi invisibles, y que era preciso afeitar al sesgo. Afortunadamente aquí la piel era más dura y la presión de la navaja podía ser mayor. Al desaparecer la pasta, pudo comprobar que había procedido con pericia y que el mentón brillaba limpio.

El teléfono volvió a sonar. Mayer colocó la navaja en el borde del lavabo. Volvió a cerrar la llave, llegó al teléfono antes de que hubiera dado el cuarto timbrazo y contestó con voz seca.

–Oigo.

No obtuvo respuesta.

–Oigo.

Del otro lado de la línea reinaba un silencio absoluto. Instantes después, volvieron a colgar con la misma suavidad.

Mayer decidió no inmutarse. No era la primera vez que esto ocurría. El teléfono era inoportuno cuando necesitaba estar más tranquilo. En esos momentos, sobre todo en medio de la noche, lo cubría con cojines, disponiéndolos hasta ahogar casi el timbre.

Pensó en descolgarlo, pero no lo hizo.

Volvió al espejo, confiando en que más tarde o más temprano el autor de la broma acabaría por cansarse y él podría pasar la tarde como lo había planeado, verificando la maquinaria de su reloj, que atrasaba, puliendo y limpiando su encendedor, cuyo niquelado barato tendía a oscurecerse. Mucho más tarde se prepararía la cena y comería. No pensaba salir ni esperaba a nadie; el resto de la noche transcurriría tranquilamente en la lectura, o mejor aún, como hacía con frecuencia, fumando en la pequeña sala, dejando vagar la mente sin objeto preciso, en la oscuridad, abiertas las ventanas y apagadas todas las luces para no ser observado por sus vecinos.

Para aprovechar estas horas había cubierto con papeles opacos los cristales por donde podía filtrarse la luz de la calle. En estas veladas a oscuras, fumaba despacio hasta agotar su cuota diaria de cigarrillos.

Comenzó a afeitarse el cuello, la zona de la barba que más cuidados requería. A través del cojín que había dejado colocado sobre el teléfono, el timbre se dejó oír de nuevo, paciente. Mayer decidió ignorarlo y terminar de afeitarse. La navaja corrió torpemente sobre la piel del cuello y vio cómo la espuma se teñía, primero por un lugar, luego por otro, de una tenue coloración roja. Tiró la navaja contra el lavabo, se enjuagó el cuello y la cara, comprobó en el espejo que las cortadas eran superficiales y decidió interrumpir la afeitada. Esta alteración en el orden de la tarde le contrarió profundamente.

Entró en la habitación y contempló un momento la mesa donde reposaba el teléfono, ahora cubierto. Bruscamente, destapó el aparato, descolgó el receptor y escuchó sin decir nada.

Del otro lado tampoco dijeron nada. Mayer trató de identificar algún ruido dentro del auricular. Pero el más absoluto silencio reinaba en el lugar desde donde llamaban. Largo rato permaneció Mayer con el auricular pegado al oído, tratando de penetrar el silencio.

Reconoció la habitación con la mirada. Sin que pudiera precisar qué exactamente, creyó notar que algo había cambiado de modo imperceptible en los objetos que le rodeaban.

Transcurrieron varios minutos sin que el tenaz interlocutor interrumpiera el silencio.

Con infinitos cuidados, a fin de no revelar sus movimientos, Mayer depositó el receptor sobre el cojín y se alejó. Contempló un momento el aparato. Luego fue despacio hasta la habitación que daba a la calle. No pudo evitar una sonrisa al comprobar que caminaba de puntillas. Cuando llegó junto a la puerta de entrada encendió un cigarrillo. De allí fue hasta la ventana y miró la calle. Había oscurecido un poco. Pensó que con el otoño los días se acortaban. Tras varias bocanadas de humo que le parecieron insípidas, tiró el cigarrillo. Entonces fue a su habitación. Contempló el reloj y el encendedor que al llegar había dejado sobre la cama. El metal reflejaba la palidez de la tarde, ya muy avanzada. Lentamente, regresó a la habitación donde estaba el teléfono. Al acercarse a la puerta, volvió a andar tratando de no ser oído.

De puntillas, se aproximó al aparato, y arrodillándose, sin tomar el receptor en la mano, acercó el oído. Sólo pudo oír el mismo silencio tranquilo e impenetrable. Era evidente que no habían interrumpido la comunicación porque el tono no se había restablecido. Se puso de pie, pero creyó percibir un ruido en el auricular y volvió a arrodillarse apresuradamente. El silencio se mantenía, sin variaciones.

Al poco rato, sintió dolor en los músculos y se acostó en el suelo, descansando la cabeza sobre el cojín. Con sumo cuidado, alejó la bocina para que su respiración no se oyera. Se dio cuenta entonces de que los ruidos de la calle, el claxon de los automóviles, las voces de la gente, entraban sin obstáculo por la bocina y eran oídos por los que escuchaban. Decidido a quitarles esa pequeña ventaja, se sacó el pañuelo del bolsillo tratando de evitar todo movimiento brusco que pudiera delatar su presencia junto al teléfono, y procediendo con extremo cuidado cubrió la bocina con el pañuelo, sin desdoblarlo. Escuchó ansiosamente para verificar si la interrupción de los sonidos había tenido algún efecto al otro extremo. Pero no hubo modificación perceptible en el silencio.

La tarde terminaba y la pequeña habitación se inundaba de sombras. La llegada de la noche traía a Mayer cada día un profundo sosiego. Al desdibujarse lentamente el contorno de las cosas, sentía como una pequeña victoria diaria. Prefería el invierno con sus breves horas de luz difusa, a veces gris, a los días largos del verano en que la noche tardaba en llegar.

Pero por primera vez en muchos años, en la posición forzada en que yacía en el suelo hacía rato, apoyado el cuerpo sobre un brazo y los músculos de las nalgas entumecidos, apretando el pañuelo contra la bocina del teléfono, Mayer sintió que con las sombras no llegaba la acostumbrada sensación de bienestar, y que el corazón le latía desaforadamente en el pecho.

Quiso encender la luz, pero no se atrevió. Se dio cuenta de que si se movía, el roce de la tela delataría sus movimientos y su silencioso interlocutor volvería a penetrar en el pequeño mundo privado que, Mayer sentía, acababa de perder. Quizá para siempre, pensó, quizá para siempre, sosteniendo con fuerza el pañuelo contra la bocina, como una última línea de defensa.

Tenía el cuerpo bañado en un sudor copioso, que le bajaba desde el pecho hundido hasta el ombligo y le rodeaba la cintura empapándole las espaldas. Sentía el sudor de los muslos correrle por las corvas.

Sus ojos exploraron la oscuridad. De nuevo le asaltó la idea, fugaz e inexplicable —aquello no dejaba de ser una broma— de que todo era diferente, de que cada objeto, cada libro de su minúscula biblioteca, cada uno de sus muebles mal pintados y feos, había sufrido un cambio profundo y que lejos de sosegarle como antes, lo amenazaban de una manera vaga pero formidable.

Sentía que si lograba sostenerse todo el tiempo que fuera necesario en su incómoda posición, quienquiera que estuviera al otro extremo de la línea acabaría también por cansarse y todo volvería a la normalidad.

Tres aldabonazos breves pero firmes a la puerta lo sobresaltaron. Casi simultáneamente, sintió que al otro lado de la línea colgaban el receptor.

Se levantó del suelo; cojeando y saltando casi sobre una pierna (apoyar la pierna dormida le hacía sentir un dolor cómico) fue por el corredor hasta la puerta de entrada, la abrió y se encontró frente a tres policías fuertemente armados. Recordó después que uno de ellos era muy alto, rubio, con un hermoso rostro de muchacha adolescente.

—¡El señor Mayer?

—Sí.

—Tiene que venir con nosotros.

Mayer no dijo nada. Alzó una mano hasta el conmutador y encendió la luz.

—¿Podemos entrar?

Mayer notó el tono cortés del más viejo.

—Debemos practicar un registro antes de irnos.

—Pasen. —Mayer se oyó la voz tranquila—.¿Puedo cambiarme de ropa?

—No es necesario —dijo el policía rubio y alto, en mismo tono cortés del más viejo.

Dando golpecitos con el pie dormido, Mayer esperó tranquilo que dos de los policías concluyeran el breve registro, mientras el tercero montaba guardia junto a la puerta. Se sintió invadido de pronto por un cansancio enorme. Sus golpes en el suelo se hicieron más lentos hasta cesar del todo, restablecida la circulación en la pierna dormida.

Miró hacia la ventana. Era casi de noche. Sintió de nuevo el placer familiar que la oscuridad le causaba y estuvo tentado de apagar la luz mientras se efectuaba el registro. Pero pensó que su gesto podía ser mal interpretado y esperó.

Al terminar el registro, uno de los policías llevaba en la mano su chaqueta y varios papeles.

—¿Son éstos sus documentos?

—Sí.

—Entonces, vamos.

El más joven apagó la luz. Mayer echó una rápida mirada al apartamento. En la luz moribunda, todo volvió a adquirir su aire de intimidad y reposo.

Con un sonido seco, el policía más joven cerró la puerta.

II

La comisaría era un lugar sumamente limpio. Hubiera podido tomarse por un hotel o una clínica. Como en los grandes hoteles, cada cierto tiempo pasaba un hombrecillo de uniforme oscuro con un brillante recogedor de basura —Mayer nunca había visto un recogedor tan brillante, posiblemente era de cobre muy pulido– y una escobilla pequeña, y con un movimiento casi imperceptible de la escobilla hacía desaparecer en el recogedor, cuya boca se abría al ser apoyado en el suelo, todo lo que pudiera disminuir la limpieza del lugar: colillas, pedazos de papel, polvo. El lugar olía a desinfectante.

Desde la puerta de la pequeña oficina, donde se detuvieron al llegar para identificarlo, Mayer pudo ver dos largos corredores cerrados por puertas a un lado y otro, que de día iluminaban claraboyas y de noche lámparas adosadas a la pared de trecho en trecho.

El oficial de carpeta extendió a Mayer una pluma y con un gesto preciso le indicó un renglón al final de una hoja de papel que le alargaba con la otra mano.

–Lea el acta y firme aquí.

–¿Dónde?

–Aquí. –Y el hombre señaló con el dedo meñique el renglón exacto.

Mayer firmó rápidamente donde se le indicaba.

–Pero no ha leído el acta –dijo el oficial mirándolo fijamente.

Mayer no contestó.

Los tres policías que lo habían detenido y el de la carpeta se miraron por un breve instante.

–¿Quiere decir que la acepta?

Como Mayer tardaba en contestar, el oficial colocó la hoja dentro de una cubierta de cartulina, abrió un archivo de metal a su derecha, guardó el escrito, cerró el archivo y se volvió hacia él. Después de un momento de vacilación, dijo con voz segura a un guardián que esperaba junto a la puerta:

–Conduzca al detenido.

El guardián, mucho más viejo que los policías, reducido quizá por la edad a trabajar dentro del edificio, lo condujo a través del corredor que comenzaba en la puerta de la oficina de carpeta. Caminaban despacio. Era evidente que el esfuerzo de andar agitaba al guardián. Al principio agarró a Mayer por un brazo; luego, cuando se hizo más fatigosa su respiración, la presión de su mano sobre el brazo de Mayer aumentó. A medida que avanzaban por el largo corredor, el prisionero sintió que el hombre se apoyaba cada vez más en él y su respiración se hacía más penosa.

—¿Quiere que nos detengamos un momento? —preguntó Mayer.

—Sí, por favor —repuso el guardián.

—Apóyese en mí —sugirió Mayer cuando reanudaron la marcha.

El hombre apoyó la mano en el hombro de Mayer, que sintió que el otro descansaba ahora en él todo su peso. Como la posición llegó a hacerse muy incómoda, Mayer lo agarró por el brazo y lo sostuvo firmemente. De esa manera pudieron avanzar mejor.

Después del primer corredor, atravesaron un patio cerrado por ventanas de cristal opaco y alumbrado por un solo foco; luego una especie de vestíbulo en forma de bóveda que daba a un corredor ligeramente más frío, con puertas de metal de pequeñas mirillas con barrotes.

Siempre sostenido por Mayer, el guardián abrió una puerta al fondo del pasillo, separada de las demás.

—Es aquí —dijo el guardián—. Tiene suerte. Estas celdas dan a un patio. Una vez al día vendré a abrirle para que pueda tomar el aire.

—Gracias —dijo Mayer, tratando de sonreír.

Atareado en respirar, el hombre no volvió a hablar. Cerró la puerta, pasó de nuevo el cerrojo y Mayer lo oyó alejarse.

Mayer inspeccionó la celda. Posiblemente no se diferenciaba de muchas otras, aunque quizás estuviera un poco más limpia. Los pisos y paredes despedían el mismo olor a desinfectante que los corredores de todo el edificio.

Mayer se sentó en la cama de flejes de metal, cubierta con un colchón y una sábana, uno de cuyos extremos estaba atornillado a la pared. Pensó que no era demasiado incómoda. Una luz pálida, que venía probablemente de algún foco en lo que el guardián había llamado el patio, iluminaba la celda.

Mayer se quitó la camisa, cubrió lo mejor posible la estrecha ventana de barrotes que daba al exterior hasta obtener una oscuridad casi completa dentro de la celda, se acostó y se quedó profundamente dormido.

III

Cuando otro guardián, más joven y aparentemente saludable, le trajo el desayuno, le anunció que la instrucción de cargos no tendría lugar ese mismo día.

Por la ausencia casi absoluta de ruidos en el corredor exterior, que notó cuando el guardián depositó la bandeja de lata con el desayuno sobre el banco de la celda, dejando la puerta abierta varios minutos, Mayer se dio cuenta de que pocas celdas estaban ocupadas. De otro modo, a esta hora de la mañana se hubieran oído voces, ruido de objetos al caer, pasos. Sólo se oía un murmullo que no permitía decir exactamente de qué celda venía, pero que debía sin duda proceder de alguna de ellas, por la completa incomunicación en que se encontraba la sección adonde lo habían llevado.

Cuando se marchó el guardián, Mayer se lavó cuidadosamente en un lavabo pequeño situado en una esquina de la celda. Luego, con lentitud, tomó su desayuno. Terminado éste, lavó la bandeja, la colocó en el suelo de modo que el agua escurriera y se sentó en el banco.

Algún tiempo después (Mayer calculó que dos horas) el guardián viejo vino y le abrió la puerta de metal que daba a lo que él llamaba el patio, cuyas dimensiones y aspecto Mayer ignoraba, pues no se había ocupado de retirar la camisa de los barrotes ni de mirar al exterior.

—Tiene derecho a media hora —dijo el guardián y se fue.

Mayer salió al exterior y quedó complacido del tamaño del patio. Era bastante amplio, quizá cuatro veces el de la celda. Otras celdas daban a él, pero las puertas de metal y las mirillas estaban cerradas. Evidentemente no había nadie.

Sorprendió a Mayer —que la noche anterior había recibido la impresión de que el edificio tenía una sola planta— que los muros que rodeaban el patio se elevaran hasta una altura enorme. En aquella parte, el edificio debía tener varios pisos, por lo menos diez.

La luz llegaba al espacio descubierto como al fondo de un pozo. Mayer pensó que sólo en verano el sol tocaría el piso, y eso por breves momentos. Luego reflexionó que al dar los rayos sobre la inmensa superficie de los muros, pintada de blanco, producirían un resplandor molesto.

Recorrió varias veces el patio, en un sentido y luego en otro, hasta agotar todas las direcciones posibles. Cuando comenzaba a cansarse, el viejo guardián abrió la puerta interior, y haciéndole una señal le dijo:

—Ya debe entrar.

Al volver a la celda, Mayer se sintió tentado de preguntarle la causa de su mala respiración, pero se limitó a darle las gracias, y se sentó de nuevo en el banco. La puerta exterior volvió a cerrarse.

Dos días después condujeron a Mayer a un salón que le pareció muy distante de aquél en que había firmado el acta, aunque no del todo distinto. Esta vez no vino a buscarlo el viejo guardián sino un funcionario civil que le leyó el acta, le mostró la firma que había estampado tres días antes y lo invitó a acompañarle.

El salón de interrogatorios estaba en el extremo opuesto del edificio. Cuando el funcionario abrió la puerta de cristal, se hizo silencio en el salón donde tres funcionarios civiles y dos de uniforme hablaban en voz baja, sentados detrás de una larga mesa. El lugar estaba tan escrupulosamente limpio como el resto del edificio; lo iluminaban altas ventanas. Todo era moderno y confortable, incluso de buen gusto.

Mayer fue invitado a sentarse en una silla colocada frente a la mesa, pero algo separada de ésta. Inmediatamente notó que frente a él y sobre la mesa, habían colocado un grueso legajo de documentos.

Hechas las confirmaciones de rigor con respecto a los particulares del detenido, el funcionario civil que presidía se dirigió a Mayer abriendo el legajo.

—¿Reconoce las firmas al pie de cada uno de los documentos aquí incluidos?

Mayer se inclinó porque desde donde se encontraba no podía alcanzar a ver las páginas que el funcionario le indicaba. Se paró e hizo ademán de acercarse a la mesa.

—Con permiso.

—El acusado debe permanecer sentado.

El funcionario levantó el legajo y lo colocó verticalmente sobre la mesa acercándolo al extremo para que Mayer pudiera verlo.

—¿Reconoce las firmas? —repitió el funcionario.

A medida que éste hacía pasar las hojas, Mayer pudo ver su firma claramente estampada en el extremo derecho de cada una.

—Sí.

El funcionario volvió a mirar a sus colegas, que asintieron en silencio.

—¿Recuerda en qué oportunidad fueron firmados estos documentos?

—Firmaba con frecuencia documentos similares.

—¿Sabe a qué se refieren?

Mayer no contestó.

—¿Sabe usted que un empleado de una oficina superior, de cuya complicidad se sospechaba, ha sido hallado muerto?

Mayer permaneció en silencio.

El funcionario civil repitió la pregunta sin que Mayer contestara.

Después de consultar a sus colegas con la vista, prosiguió:

—Se refieren a sumas que nunca fueron utilizadas y cuyo destino se ignora.

Mayer pensó que hablaba nuevamente de los documentos.

Se hizo silencio en la sala. El fuerte resplandor que se filtraba a través de los cristales de las ventanas hizo parpadear a Mayer. Los días pasados en la celda habían aumentado la sensibilidad de su retina.

Acercando las cabezas, los que ocupaban el otro lado de la mesa sostuvieron una breve conferencia que Mayer no pudo oír.

–¿El acusado tiene algo que declarar? –preguntó el funcionario.

–No –repuso Mayer.

–¿Desea firmar una confesión?

–Sí.

Terminado el trámite, el funcionario civil que lo había traído recondujo a Mayer hasta su celda. Junto a la puerta esperaba el viejo guardián, que hizo girar la llave en el cerrojo. Mayer entró en la celda.

El resplandor del salón le había producido un vivo ardor en los ojos. Recordó haber leído la historia de un confinado a largos años que había enfermado de la vista, y se la refrescaba aplicando la palma de las manos al suelo húmedo y colocándosela en seguida sobre los párpados cerrados. Hizo esta operación y sorprendido sintió cierto alivio.

Sentado en el banco, recordó detalles insignificantes del lugar de donde acababa de regresar, peculiaridades en los rostros, los gestos y las ropas de los funcionarios que le habían llamado la atención. A uno de ellos le faltaba un dedo de la mano derecha. Como se sentía observado por Mayer, trataba de ocultar la ausencia del dedo, cubriéndose la mano mutilada con la otra. Mayer se preguntó si siempre haría el gesto de cubrirse la mano o si lo había hecho esa mañana al saberse observado.

Pensó en muchos otros detalles de la escena, que de un modo u otro habían retenido su atención, como el rostro de uno de los funcionarios, que encontró infinitamente plácido.

El día pasó sin incidentes. Por algún motivo el viejo guardián no vino a abrirle la puerta que daba al patio, pero Mayer no concedió al hecho mayor importancia. Sentado en el banco, las horas transcurrieron sólo interrumpidas por el ruido de la puerta al abrirse para la comida del mediodía y de la noche.

Después de comer, Mayer se sintió cansado. Segundos antes

de conciliar el sueño, pensó en las firmas, burdamente falsificadas, que aparecían al pie de cada pliego del legajo. Trató de recordar la cara de algún empleado de la oficina superior, pero jamás había visto a ninguno.

Cuando pensó que Lens, su vecino de escritorio, era el único que tenía, además de él, acceso a los documentos que le habían mostrado, ya casi estaba dormido y la cara de Lens se mezcló con las imágenes superpuestas, deformadas y tranquilas que suelen preceder al sueño.

En los días que siguieron, pocos incidentes trascendentales, o que Mayer no esperaba, vinieron a perturbar la vida de la prisión. El prisionero se hizo rápidamente a la rutina de cada día. Algunas veces el guardián olvidaba venir a abrirle la puerta del patio, pero Mayer no echaba demasiado de menos los paseos por el patio, donde a veces el resplandor de los muros llegaba a mortificarlo.

Cuando podía salir, caminaba en una dirección y luego en otra en el pequeño patio. Luego se tendía en el suelo, menos húmedo que el de la celda, y si el día estaba gris miraba al cielo. Pronto consideró su celda como un lugar transitorio, pero nada desagradable.

Pensaba que hubiera podido ser peor, dadas las circunstancias, y estaba agradecido de las pequeñas comodidades adicionales, como el disfrute del pequeño patio que, estaba seguro, no se le concedía a otros prisioneros. En un momento dado, se sintió lleno de gratitud y se enjugó las lágrimas que le corrían por el rostro. Cuando el viejo guardián vino a traerle la cena, se interesó vivamente por él. Hablaron un rato y el hombre prometió comprar ciertos medicamentos que Mayer le había sugerido.

Un día deseó ardientemente que lloviera. Era una de las pocas cosas que alguna vez deseaba. Más que nada, la lluvia lo sosegaba. Recordaba haber emprendido largas caminatas bajo la lluvia fría de la primavera. El recuerdo de los paseos le trajo por primera vez claramente —hasta ahora sólo había pensado en ella de modo impreciso— el recuerdo de Eva. Pero no llegó a ser doloroso, a pesar del agudo deseo que sintió de verla.

Su recuerdo lo visitó con frecuencia y lo distrajo en las largas sesiones del juicio, en las que Mayer, por lo general, guardaba silencio.

La primera vez que vio a Lens desde la detención, fue en una segunda visita al salón de interrogatorios. Durante toda la sesión Lens evitó mirarlo. La segunda fue en la sesión del juicio donde todos los testigos —no eran muchos— declararon, Lens primero, como testigo de cargo. En un momento en que otro testigo prestaba declaración, Lens alzó la vista y tropezó con los ojos de Mayer. Trató de desviar la mirada, pero una y otra vez sus ojos se posaron en los de Mayer, como si no pudieran evitarlo.

Lens se agitó extraordinariamente. Pidió permiso para retirarse por breves instantes. Como ya había hecho su declaración, fue autorizado a ausentarse de la sala. Al pasar cerca de Mayer, alzó la vista, como impelido por una fuerza irresistible. El ujier que lo acompañaba tuvo que sujetarlo para que no cayera al suelo. Casi arrastrándolo, ayudado por otro ujier, pudo sacarlo de la sala. Mayer no volvió a verlo hasta la sesión final. Había envejecido mucho y parecía enfermo. Mantuvo la mirada en el suelo hasta el momento en que, dictada la sentencia, el presidente declaró cerrado el caso, tramitado con arreglo al más escrupuloso procedimiento.

Pero esa última mañana del juicio, Mayer estaba muy lejos de la amplia sala del tribunal. Llovía y Eva estaba a su lado.

IV

Durante todo el tiempo en que Mayer permaneció en la celda junto al pequeño patio, no llovió.

Hacia el segundo mes, oyó decir al guardián que había mejorado, gracias quizás a las indicaciones del prisionero, aunque esto no podía afirmarse con completa exactitud por la gran cantidad de medicamentos que tomaba. Esto fue para

Mayer motivo de gran complacencia. A su vez dijo al guardián que también él había mejorado de salud. No lo decía por contentarlo, ni por agradecer de alguna manera la regularidad con que recibía los alimentos. En realidad había mejorado visiblemente, lo que atribuía sobre todo a que su sueño era ahora tranquilo. Si alguna vez despertaba en medio de la noche, disfrutaba por unos segundos el silencio que reinaba en el inmenso edificio y volvía a quedar rendido.

La mañana en que Mayer abandonó la celda entre el alcaide y un ayudante, seguidos por el capellán, sus deseos se vieron colmados. A medida que el pequeño cortejo avanzaba hacia el gran patio central por pasillos descubiertos que Mayer veía por primera vez, sintió unas gotas de lluvia mojarle la frente y las manos. Luego las gotas se hicieron más abundantes, hasta convertirse en una lluvia fina y refrescante que lo complació sobremanera. Se miró las manos atadas, y como ocurría siempre, las pequeñas gotas de lluvia lo conmovieron. Cuando llegaron al gran patio central, el cielo brillaba, empapado. El cortejo se detuvo.

Sin explicarse porqué, Mayer pensó en Eva. Por una asociación de ideas, repitió varias veces mentalmente: «Mi nardo dio su olor...» Mientras esperaba, las imágenes se agolpaban en su mente, sin perturbarlo. Pensó, sonriendo, que si permanecía mucho rato allí en la lluvia con el recuerdo de Eva, una erección incipiente podía llegar a hacerse visible, lo cual quizá molestaría al capellán.

Pero todo pasó tal como había sido previsto.

Segundos antes de que, girando a gran velocidad y a enorme presión, el tornillo mayor le fracturara la segunda vértebra cervical desgarrándole la médula, en un movimiento sincronizado con el del anillo que cerró el paso del aire, Mayer tuvo, con más claridad que en ningún otro momento, la sensación de hallarse, como una criatura pequeña e indefensa, en el vientre seguro, inmenso y fecundo de la iniquidad, perfectamente protegido —¡para siempre, se dijo, para siempre!— de todas las iniquidades posibles.

III. DISIPACIONES

«Pensé en los inmensos osarios del mundo que se convierten en polvo que el aire dispersa y nosotros respiramos...»

MI TÍA LEOCADIA, EL AMOR Y EL PALEOLÍTICO INFERIOR

A UN VIANDANTE
DE MIL NOVECIENTOS SESENTA Y CINCO

¿A qué teléfonos llamaste y nadie respondió?
¿A qué puerta tocaste que conducía a la nada?
¿Qué ojos buscaste con la mirada vidriosa que tan bien conozco?
¿Qué cuerpos no reconociste con la pupila del obseso?
Sales de las tinieblas para perderte en las tinieblas.
Pasas junto a las murallas resecas sin proyectar sombra.
Te empuja el viento de enero; agosto no logrará aminorar tu marcha.
Donde quiera que estés llegan tus pasos hasta mí.
Cada noche nace la esperanza y cada noche la entierras.
El arco se romperá contigo.
Busca, busca el amor sobre los arrecifes, junto a los muros ásperos.
Desde lo oscuro verás cerrarse la puerta.
Tu último paso será tu último gesto.
Si encuentras a quien buscas y te detienes, rodarás muerto a sus pies.

Septiembre 18, 2778

MI TÍA LEOCADIA, EL AMOR
Y EL PALEOLÍTICO INFERIOR

Para Mundele

La otra tarde entré en ese inmenso almacén de cosas útiles y de cosas inútiles que llamamos en Cuba «el Ten-Cén» y que levantaron los norteamericanos con el nombre de Woolworth's en la fachada, que nunca nadie pudo pronunciar.

En ese gran club donde todos hemos matado tantas tardes, los jóvenes suelen conocerse y mirarse furtivamente por encima de los mostradores para darse quizá los más audaces una cita amorosa en un cine oscuro o en la posadita de Rayo, para luego no amarse más y volver a mirarse furtivamente por encima del mismo mostrador tratando de que los pasillos no coincidan; hay señoras bien vestidas que engullen enormes cantidades de alimentos en medio de una batahola inmensa, mientras se cuentan sus enfermedades con el rostro encendido en una dura determinación de vivir, y hay, entre otras muchas cosas, señores desteñidos que van a deslizar las manos entre el mujerío que se apretuja ante los mostradores.

Yo pensé con lástima, mientras meditaba en la posibilidad de un café con leche, que la gente muy joven tenía la desventaja de no tener recuerdos y que ni siquiera sabía que no hace muchos años el Ten-Cén estuvo en la esquina de Amistad y en su lugar había una tienda de buenos burgueses españoles, con dos torres, y en la otra esquina un café de espejos inmensos donde iban los políticos gordos de jipi a pasar la tarde y que tenía unos reservados de aire cómplice que daban a Rayo, que eran para mí la suma del pecado. Pero luego pensé que la gente muy vieja pensaría con lástima que yo, en comparación con ellos, no tenía recuerdos y ni siquiera sabía qué había en el Ten-Cén cuando el edificio de las dos torres aún no existía, y que a su vez los muertos los compadecerían a ellos por no tener recuerdos de cuando la esquina no tenía aceras y la calle no estaba empedrada y la cruzaban esclavos en sus menesteres diarios o campesinos trayendo las vituallas a la ciudad desde las huertas vecinas, y sentirían más lástima o más envidia aún por los que están por nacer, que no tienen recuerdos y que a su vez, cuando sean viejos o muertos, compadecerán o envidiarán a sus descendientes por la ausencia o la abundancia siempre renovada de recuerdos. Y pensé en una cosa que nunca había pensado mientras una dependienta muy gorda y muy bella me servía el café con leche sentado cerca de la puerta de San Miguel. Pensé que siempre habrá más muertos que vivos, que la suma de los que han muerto siempre será enormemente mayor que la suma de los que en un momento dado viven sobre la tierra, y que el número de muertos se agiganta constantemente, y releí con la mente la necrología del periódico de la mañana y comprendí esa especie de satisfacción que siempre siento al leerla, satisfacción de matemático que ve sus cálculos confirmados con cada día que pasa. Pensé que vivimos rodeados de muertos, sobre los muertos, que en número inmenso nos esperan tranquilos en los cementerios del mundo, en el fondo del mar, en las capas innúmeras de la tierra que nunca volverán a ver el sol, y que posiblemente, sin que nos percatemos de ello, hay cenizas suyas en el cemento con que levantamos nuestras casas o en la taza que llevamos a la boca cada mañana; cenizas de rostros y de ojos y de manos, que permanecen junto a nosotros todo el tiempo que duran nuestras vidas y que nos rodean y están junto a nosotros y debajo de nosotros y encima de nosotros. Pensé en los inmensos osarios del mundo que se convierten en polvo que el aire dispersa y nosotros respiramos, y pensé en el 4 de mayo del año 1894 y en el 28 de agosto de 1903 y en un día del 328 A.C. y en todos los millones de seres humanos que vivían en ese

momento y hacían el amor y desfloraban vírgenes y solloza-
ban y apuñalaban a un hermano y se masturbaban y comían
y compraban miel y pensaban lo que yo estoy pensando ahora
y se iban a guerras y se secaban las llagas, y de cuyas vidas no
queda nada, nada, nada, ni el menor recuerdo, porque los edificios que cobijaron sus vidas ya son polvo y los papeles en
que escribieron sus nombres se volatilizaron y su polvo yace
bajo muchas, muchas capas de tierra que quizás una excava-
dora levantó ayer por la mañana, y un hombre convirtió en
cemento que otro hombre colocó en el muro donde en este
instante reposan nuestras manos.

Yo había estado el día anterior en la Biblioteca Nacional y,
con cuidado porque se me deshacían entre los dedos, me puse
a hojear los números de una revista de 1910 que salía los sábados, en la que un dibujante ilustraba las tragedias de la semana: «el crimen del Guatao», «degollamiento de mujer por
marido celoso en plena función del Payret», «la suicida con
luz brillante», «los guajiros ahorcados desnudos en La Luisa»,
«la puñalada de Tulipán», y otras cosas así, o se iba al Necro-
comio y dibujaba de perfil a los autopsiados del día, que repo-
saban sobre las planchas de zinc, muy tranquilos, con el cráneo hundido o con la zanja que les recorría el cuello de una
oreja a la otra y los labios finos de la herida que permitía ver
el comienzo de la tráquea, o con la cabeza seccionada del todo, serena sobre la plancha de zinc, o con el surco oscuro de
los ahorcados y la boca seca entreabierta y los párpados reposando a medias sobre los ojos o el globo del ojo saltado, o la
cabeza del negro viejo que hallaron muerto en el Cerro y al
que habían encontrado un papel que decía «yo tengo 140
años, nací en el Congo y me vendieron en La Habana en
1787», que quién sabe quién escribió y le metió en el bolsillo para que cuando se muriera supieran que era más que cen-
tenario; y así el dibujante iba llenando la plana con el perfil
de los muertos, y pensando en ellos me pregunté si de ellos
no quedaría nada, no se acordaría ya nadie nunca nunca y los
pocos que se acordaban no tardarían en morir. Y me pregun-

té si del negro Pablo Dupuy y del americano que encontraron en la bañadera del hotel Plaza y del tripulante irlandés Farrel a quien le hundieron el cráneo en la Alameda de Paula y de la muchacha que vi ayer en la esquina de Industria y de las delicadas venas azules de sus senos, y del chino Lon Fuy que quemaron en la calle Soledad y de la blanca Esperanza Otero que se ahorcó y del mulato vagabundo que se quedó dormido en la Ciénaga y el tren le separó la cabeza mientras dormía, de todos ellos ¿no quedaría entonces nada nada? ¿Y de nuestros perfiles tranquilizados por la muerte y de nuestras bocas secas y de nuestros párpados a medio cerrar y de nuestros cuellos yugulados o cuerpos mutilados, o macerados por la enfermedad? ¿Ni habrá nadie que hable de nosotros en el fondo del próximo milenio, a varios metros sobre nosotros, nosotros a varios metros sobre todos los millones de desconocidos que nos precedieron?

Endulcé la leche, y mientras la revolvía lentamente, me puse a hacer un cálculo del número de muertos de la humanidad, pero cuando terminé me di cuenta que me había quedado corto.

Un poco más confortado, miré en torno. El público bullía sin cesar, chocando los que entraban por la puerta de San Miguel con los que venían del interior de la gran tienda. El local estaba super-iluminado. Un hombre en lo alto de una escalera de mano cambiaba, entre la muchedumbre, un anuncio que decía «super-cake gigante de frambuesa» por otro que decía «hot-dogs a 15».

El aire acondicionado, muy fuerte, me hizo temblar un poco. Tragué un sorbo del café con leche, aún caliente, y luego lo endulcé un poco más. Miré el suelo de granito muy limpio que un muchacho barría cada vez que la multitud se hacía menos densa. Imaginé el destino de aquellos pocos metros cuadrados de terreno donde tal vez sólo un siglo antes, cuando el barrio era un suburbio pobre, hubo una casa de madera con árboles y quizás una vaca y otro siglo más atrás una estancia sin fragmentar, mercedada por el Rey, y dos siglos más atrás un bosque de palmas y yagrumas y allí, debajo de la fila de sillas iguales donde las señoras masticaban, habría quizás un sendero y por él correría un hombre que huía de alguien o que tenía ganas de correr, y reconstruí el bosque, que había sido desalojado para dar paso a formas infinitas de vida y por donde sólo pasaban hombres furtivos o tranquilos y antes que ellos sólo animales asustados.

Lentamente, fui cayendo en cuenta que allí mismo, en el espacio donde estaba sentado, rodeado y empujado por el público escandaloso que se adelantaba a la hora del cierre para comprar el último cepillo de dientes, había estado el patio de la casa de mi tía donde ella había sembrado en un gran cantero, contra todas las ordenanzas sanitarias, una pequeña ceiba que creció demasiado para el tamaño del cantero y que subió hasta las habitaciones de la casa de los altos, buscando el sol, y varias matas de albahacas y rosales raquíticos; que en el mismo espacio que ocupaban los lavaderos y las cafeteras brillantes y los anuncios de batidos y helados, frente a mí, había estado su cuarto, el primer cuarto de la inmensa casa, el cuarto del armario de patas altas y luna, lleno de trajes de principios de siglo y ropa de cama muy rica y amarillenta. Un poco más allá, donde un ruidoso grupo de colegiales sorbía grandes copas de helado a la salida de clases, había muerto mi bisabuela que pasaba los días en un sillón junto a la cama, acompañada de su gato que dormía en su regazo todo el día y que desapareció cuando ella murió. De vez en cuando venía una nieta y procedía a la delicada operación de bañar a la anciana.

Por un instante, dejé de oír el ruido incesante del Ten-Cén y me acordé que la habitación daba al patio y que olía a flores secas y a tierra y a hojas podridas y a toallas mojadas y a orinales sin desocupar y a pisos lavados a baldes de agua. Al patio se salía por una puerta; la otra puerta estaba cerrada por una reja, alta como el puntal del techo; sobre el cantero cantaba de vez en cuando un gallo y visto desde el interior de la habitación a través de la reja, el patio tenía esa melancólica intimidad de todos los patios de La Habana. Cada habitación era un mundo aparte separado de las demás por las mamparas de vidrio mate coronadas por un encaje de rosas de madera y cuando el sol llegaba a los canteros del patio cada pieza se iluminaba y de la tierra podrida se desprendía un enjambre de insectos cegados por la luz.

De todo aquello sólo quedaba el interminable mostrador negro y los colegiales masticando y el escándalo inmenso de la tienda y la música indirecta filtrándose a través del bullicio y del frío del aire acondicionado.

Yo conocí a mi tía Leocadia en sus últimos años. En lo que fue la sala de recibo de la vieja casa de San Miguel, un mostrador de cristales rotos anunciaba al mundo que allí se hacían plisados y bordados y que mi tía era modista. Todos hablaban de la rica clientela de mi tía, pero yo nunca vi entrar a nadie por el hueco de la puerta que había sido ventana el siglo anterior y cuya reja yacía oxidada en el patio, detrás de la ceiba. De vez en cuando la sala temblaba con las vibraciones de complicadas máquinas eléctricas. Era que mi tía hacía cadeneta.

Pero mi curiosidad y los misterios comenzaban en su cuarto, que yo sólo podía entrever cuando ella abría las mamparas para sacar el dinero del inmenso armario que nadie más que ella tocaba. Poco a poco fui conociendo los secretos de la habitación. Había una cama de bronce y un encendedor de pera reposando sobre la almohada que conectaba con un antiquísimo bombillo azul que colgaba del techo; un tocador con dos fanales morados que mi tía decoró con sus manos y una motera con patas doradas y dos lienzos comidos por la polilla, porque mi tía había ido a San Alejandro. Cuando recordé que uno de los lienzos representaba el estanque de la Quinta de los Molinos, con la isla artificial en medio del agua verdosa cubierta de hojas de lirios, me reí solo y la dependienta gruesa y bella se me quedó mirando un poco agresiva. Desvié la mirada y recordé aquella vez que mi tía enfermó y me permitieron entrar a verla. Estaba acostada sobre sábanas raídas y poco limpias y reñía a alguien por querer usar la ropa de cama, bordada muchos años antes, que ella almacenaba en el armario y que nadie, nadie podía tocar.

Recordé que mi tía se había visto obligada a alquilar las habitaciones del fondo, y realquilar las del piso alto a inquilinos que no pagaban nunca y que sostenían peleas descomunales donde con frecuencia intervenía el orden público. Un muro separaba la casa de mi tía de la vecina y era posible conocer la vida secreta de sus moradores por la periodicidad de las pendencias, sostenidas a grito herido.

De todo aquel mundo hostil sospecho que mi tía se defendía cerrando su cuarto al mundo exterior. Más de un domingo, la encontré en la enorme casa, completamente sola, repasando la rica ropa de cama de olán y de batista y los trajes pasados de moda. Me imaginaba que su cuarto de virgen sexagenaria sólo se abriría para quien ella quisiera. Luego supe que las mamparas de vidrio mate se habían abierto varias veces con renovada fe, para volver a cerrarse y quedar siempre la ocupante sola.

Yo siempre había oído los cuentos sobre mi tía que se repetían en la familia a través de los años y a mi vez hacía que me los repitieran muchas veces. Una vez en la playa de Matanzas, en los primeros años de la República, había salvado a otra bañista temeraria nadando una distancia enorme con la imprudente rescatada a la muerte. Al surgir mi tía de las olas con la salvada por los cabellos el público aplaudía emocionado, no tanto por el acto como por las formas espléndidas de la salvadora. Volví a reírme, esta vez en voz alta, ocultando parcialmente la cara con la mano derecha. Dos dependientes me miraron, y cuchichearon entre sí.

El primer novio de mi tía murió trágicamente. Alguien le hizo un disparo en los primeros años violentos del siglo. Ella le guardó grandes lutos y jamás volvió a hablar de él. Cuando el tema se rozaba en su presencia se encerraba en el mutismo.

De su siguiente contrariedad amorosa sacó mi tía heridas más profundas que nublaron su discernimiento, que nunca fue muy claro, durante todo un largo y doloroso año. Los rumores de la época, que gustaban establecer un vínculo entre la patología y la magia negra, atribuían su desvarío a unos polvos vertidos en una taza de café. Lo cierto es que a raíz del lance poco afortunado, mi tía Leocadia cayó en un estupor que duró exactamente un año. Los médicos la diagnosticaron sin esperanzas y fue preciso que la familia montara guardia constante para que mi tía, que se negaba a vestir otra cosa que la ropa interior más imprescindible para cubrir su desnudez, no saliera de la casa, para delicia y diversión de la muchachería irreverente de la calle San Miguel y gran nerviosismo de todos los vecinos. Su curación fue tan extraña e inesperada como su enfermedad. Las industriosas mujeres de la familia se encargaron de bordar una capa de luces a un diestro de paso. Llegado a cierto punto, el bordado no pudo avanzar más. Había un error en la trama que rompía la simetría de las figuras. Súbitamente, mi tía salió de su estupor, se puso en pie y señalando los errores del bordado se liberó para siempre de la influencia perturbadora y el diestro pudo seguir viaje. Del episodio mi tía tampoco volvió a hablar jamás y cuando una vez yo aventuré una pregunta me acogió el más frío de los silencios.

No sé cuánto tiempo después (mi tía había prosperado mucho) llegó un hombre a la casa al que ella presentó como su socio y que procedió a instalarse en los confines del patio, mucho más allá del cantero y de los palanganeros de hierro. Traté de recordar si el huésped había llegado a la casa como otro inquilino más y la sociedad había surgido después, o si el pacto se había concertado primero y el socio se instaló más tarde cerca del centro de actividades. Traspuestos ya los cuarenta años, mi tía aún era bella. Ya no iba a pintar al estanque de la Quinta de los Molinos en tardes de domingo. En el optimismo de la fácil prosperidad republicana, ahora creía en las virtudes del dinero y, como siempre, en la posibilidad del amor. Compraba acciones de Bancos que quebrarían muy pronto y que además arrasarían con sus ahorros. Del huésped, cuya aparición aún nadie puede explicar en la familia, mucho más joven que mi tía, nunca se habló bien a mi alrededor. Sé que mi tía lo adoró. De aquella época eran sus batas bordadas y las randas y encajes menos amarillentos.

Pero el hombre tenía malas costumbres, una pasión por los frutos del sudor ajeno, gran admiración por su propia belleza y cierto desmesurado amor al bienestar. Una vez sorprendí a mi tía mirando un viejo retrato. Era de él. Cuando reveló sus verdaderos fines y las utilidades del negocio comenzaron a desviarse antes de llegar al entrepaño del primer cuarto, mi tía lo dejó partir con su bello perfil y sus costumbres dudosas. La ruptura debió ser dolorosa. Muy de tarde en tarde lo mencionaba de repente, cuando ya todo el mundo lo había olvidado, como quien quiere librarse de un mal recuerdo hablando de él.

Un día alguien anunció solemnemente en la familia:

—Tía Leocadia se tocó el trigémino.

Todo el mundo comenzó a hacerse tocar el nervio y como es natural acabaron por sacarle un son. Ni mi tía ni nadie recuperó la juventud y el médico español, que garantizaba que tocar el pequeño nervio en la base de la nariz la devolvía, y además lo curaba todo, dio por terminada su visita a La Habana, un poco más rico de lo que había llegado.

Entonces a mi tía la visitaba un viudo. Recuerdo que los domingos comenzó a extraer sus prendas del armario y los vestidos de colores ya muy desvanecidos, y se ataviaba para esperarlo. El nuevo novio de mi tía era un hombre grueso y escandaloso que se vestía todo de blanco y se hacía almidonar hasta la corbata. Usaba bastones con empuñadura de marfil, leontina, leopoldina, ostentosos alfileres de corbata y un reloj grueso de oro. Vivía de los esplendores mal habidos del último Gabinete conservador, de los que hablaba como Milton del paraíso perdido, pero a diferencia de Milton confiaba en el regreso al Edén. Mi tía lo oía arrobada. El hombre hablaba constantemente de un pasado invisible de riqueza y la familia llegó a entusiasmarse ante la colección de bastones.

En ese momento comprendí que debía irme. Sentía la curiosidad de mis vecinos de mostrador que me vigilaban atentamente, pero sólo atiné a revolver el resto del café con leche con un movimiento terco de la mano y la cuchara, la mirada clavada en el vaso sin agua, mientras el ruido se hacía más denso.

Poco tiempo después se susurró en la familia que el viudo se había instalado en casa de mi tía. Vi claramente su imagen ante mí. Era un hombre áspero y vulgar. El tiempo y la realidad se encargaron de acentuar estas cualidades. Dormía rodeado de las fotografías de la difunta. Lo que mi tía conoció fueron los últimos restos de un bien cada día más remoto. Como los años pasaban y los amigos no volvían a Palacio, pronto desaparecieron la leontina y el grueso reloj, que mi tía sacaba de la casa de empeños cada año para el día del santo del viudo, los alfileres y la famosa colección de bastones, con el resto de los trajes tiesos de almidón, y aparecieron los hijos, becados durante los largos años de orfandad en instituciones públicas. Lentamente se fueron instalando detrás del padre, so pretexto de empleos que nunca aparecían. Mi tía vio la familia aumentarse con tres adolescentes torpes e inmensos que lo devoraban todo y que tenían algo de bestial en su apariencia y en sus costumbres, y con la hermana, una criatura vivaz y desmañada que hablaba a gritos e incesantemente del recién abandonado asilo-convento para niñas pobres, deteniéndose morbosamente en todas las tentativas de violación y rapto ocurridas en el sagrado recinto, y que respondía brutalmente a cualquier insinuación de silencio.

La familia, feliz de hallarse junta nuevamente, ventilaba sus diferencias a gritos, acometiéndose brutalmente en medio de contiendas que hacían a mi tía buscar refugio despavorida en su habitación.

Los nuevos inquilinos y la depresión económica alejaron a la familia y a la clientela, y mi tía se quedó sola, defendida únicamente por el viudo de los ataques de la formidable *ménagerie*.

El ruido en el almacén era ahora insoportable. Las voces del público, obligado a evacuar la tienda por la proximidad del cierre, alcanzaban un volumen ensordecedor a medida que la masa humana se desplazaba en una lenta oleada hacia la salida de San Miguel. Una mujer apoyó por unos instantes todo su peso contra mis espaldas, casi comprimiéndome contra el mostrador. Quise pagar y marcharme rápidamente pero la dependienta gruesa no me oía. Mientras la llamaba tratando de hacerme oír por sobre el ruido ensordecedor, pensé en los años de penuria y de hambre y recordé a mi tía adobando una sopa única para alimentar a los hambreados sargentos políticos del barrio y participando ardorosamente en campañas electorales, convencida ella también del regreso posible al banquete perdido para siempre, y luego ya miembro de la sargentería, reducida su esperanza a que el viudo pudiera volver a trabajar tras los largos años de forzoso descanso. Me acordé que, en un brevísimo paréntesis de la miseria, hizo traer un pesado juego de comedor que inmediatamente procedió a cubrir con fundas, en preparación de unas bodas que no podían tardar. A estos preparativos yo asistía tan entusiasmado como ella, pero las bodas nunca se celebraron porque mi tía las aplazaba con extraña terquedad hasta haber completado lo que ella llamaba su habilitación. Recordé que el viudo arrojó muchas veces a los hijos de la casa en medio de escenas que congregaban a todo el barrio frente a la puerta de mi tía y sumían en la humillación al resto de la familia.

Y recordé otra ocasión en que trajeron a mi tía de una casa de socorros con el rostro traumatizado por una caída. Su andar era ya muy torpe. Venía indignada y lloraba por la irreverencia del mundo. Al bajarla del automóvil, rumbo a la sala de curaciones, una voz más solícita que las demás, entre la chiquillería espectadora de todos los sucesos, había recomendado:

—Abájale el moropo.

Exasperado por mis esfuerzos impotentes para hacerme oír en medio del barullo cada vez más violento, debí hacer un movimiento brusco porque mi vecina de la derecha se hizo a un lado, asustada. Deseé con toda mi alma quedarme solo en el inmenso local como se había quedado mi tía cuando la hicieron desalojar la casa. Cuando tentados por la oferta del Ten-Cén los propietarios vendieron la vieja casa, mi tía enfermó gravemente, ante la inminencia del desalojo. Lentamente, las habitaciones fueron desocupadas y su contenido trasladado a otro lugar. Las máquinas de calar fueron rematadas en su mayoría porque ya nadie calaba, y desaparecieron con el juego de comedor, los tiestos de menta y de albahaca, los muebles en desuso, el baúl del viudo, las fotografías de la difunta, las rosas podridas y los palanganeros oxidados.

Sólo quedaron en la inmensa casa vacía la ceiba y los rosales que nadie podaba hacía años, y mi tía en su cuarto con el armario de luna, del que ella únicamente tenía la llave, los fanales morados y los óleos agujereados. Cuando mi tía sanara entraría la piqueta a demoler la casa.

Pero mi tía nunca sanó. Los hijos del viudo debieron olfatearlo porque súbitamente se reconciliaron con él y se instalaron como pudieron en la casa medio vacía, a defender, según anunciaban a gritos, los derechos del padre. Mi tía tardó mucho en morir. La piqueta se impacientaba en la calle, mientras su enfermedad y su agonía seguían lentamente su curso. Los más allegados nos instalamos cerca de ella, velando día y noche junto a la cama, por turnos, en una especie de guerra sorda con la tribu bestial que gritaba afuera, golpeando las paredes y tirando las puertas. Ante el fin próximo, y los intrusos más próximos aún, todos nos sentimos acometidos de deberes, descuidando nuestras ocupaciones para vigilar solícitos los últimos instantes de mi tía, en un acuerdo mudo de llegar antes que ellos a la llave del armario.

El escándalo dentro de la tienda alcanzó una intensidad insoportable, para luego decaer bruscamente al volcarse gran parte del público en la calle.

Cuando un día yo llegué a relevar a otro familiar, mi tía, perdida la movilidad y el habla, me miró con una expresión de terror en los ojos, que habían sido muy hermosos y el tiempo había hecho protuberantes. El viudo entró en el cuarto y cuando volvió a salir los ojos se clavaron en él, siguiéndolo hasta que la sombra desapareció tras la mampara, y luego de nuevo en mí, para indicar, queriendo salirse de las órbitas, el armario cerrado. Luego regresaron a mí, lentamente, y la cabeza hizo un gesto negativo. Me estremecí. Miré el armario. Estaba en su posición habitual, haciendo esquina, pero un costado se separaba ligeramente de la pared. Los ojos seguían mirándome con insistencia. Me acerqué al armario y pude ver que una de las tablas del fondo descansaba en el suelo, mal oculta por el mueble. Lo separé un poco más de la pared y entonces vi que todas las tablas habían sido removidas y que el interior estaba casi vacío. Las piezas de encaje, las sábanas bordadas, los mantones que olían a alcanfor, habían desaparecido. Sólo los viejos vestidos seguían colgando de sus percheros. Con un violento esfuerzo, volví a mirar el rostro que me observaba desde la almohada. Uno de los fanales arrojaba una tenue claridad sobre los ojos horrorizados y sin luz. Mi tía estaba muerta.

Ya era muy tarde. El Ten-Cén estaba vacío. La dependienta gruesa se había marchado. Un muchacho lavaba las últimas tazas de la tarde, casi exactamente en el mismo lugar donde estuvo su cama de hierro. Dos empleados cuadraban las ventas del día en una contadora, algo más allá de donde creció la ceiba.

Sentí el granito pulido y durísimo bajo mis pies. Me bebí el resto de la leche helada, pagué y me fui.

POLACCA BRILLANTE

Feliz de seguir viaje, he bajado yo mismo mi maleta de mano, he pedido la cuenta que mandé preparar anoche y he pagado a la empleada del Francuski, que me ha despedido sin esfuerzo. Luego, he salido a la fría noche de mayo.

De pie en la acera, miro la calle desierta. Tras unas semanas de primavera, un aire helado se ha abatido sobre la ciudad. Pocos se aventuran a salir a esta hora. Un cielo que casi puedo tocar refleja las luces muertas.

De un momento a otro han de llegar. Me han pedido que esté listo en la acera del Francuski. Miro hacia la izquierda, por donde deben venir atravesando el parque que ocupa casi todo el espacio de la antigua muralla.

Con un gesto, el viejo portero del hotel me indica que puedo dejarle mi única pieza de equipaje, mientras llegan. Accedo, y con la maleta le doy mi última moneda. En el frío penetrante, camino hasta la esquina, cruzo la calle y bordeo la acera de la Galería. Me abotono el abrigo hasta el cuello. Tras la vidriera de una peluquería con un anuncio pintado, el peluquero barre, de espaldas a mí, los cabellos del día. Inclinándome un poco, veo a través del cristal el montón de pelos rubios, castaños, blancos, que la escoba empuja lentamente. Cuando alzo los ojos, me doy cuenta de que el peluquero me observa por un gran espejo. Se cubre el cráneo con una peluca. Piensa que cada noche ha de barrer el piso con nostalgia.

Cruzo la calle del hotel. Caminando despacio junto al lien-

174

zo de muralla que han dejado en pie, llego hasta la calle Florianska. Al fondo, alguien apaga las últimas vidrieras, alineadas en silencio. No hay nadie en Florianska, siempre tan animada. Largo rato contemplo las aceras desiertas.

Con la misma lentitud regreso al hotel, pero evito volver a cruzar la calle hasta haber dejado atrás la peluquería, de la que sale una pálida luz. Cuando al fin atravieso, encuentro la maleta sobre la acera. El portón del hotel está cerrado.

Un ruido del lado del parque me hace dar un salto, agarrar la maleta y precipitarme al borde de la acera con el corazón tembloroso. El ruido se pierde del otro lado de la muralla. Han debido retrasarse; quizá un desperfecto. Nunca se sabe. Pienso que tienen mis documentos de viaje.

Comienza a caer una lluvia fina que no acierta a sacar brillo a la calle. Un viento remueve el polvo del día; huele a humedad.

Pueden bajar por Florianska y a esta hora tardía venir a contramano por la calle del hotel. Si los espero en la esquina de Florianska podré hacerles seña y evitarles una posible multa. Con paso rápido vuelvo a Florianska. La peluquería está apagada.

La caminata desde el hotel me ha hecho entrar en calor. Más tranquilo, cruzo desde la esquina del peluquero hasta el restaurant donde he comido estos días, pero sin perder de vista el hotel, por si vinieran después de todo, del lado del parque. La sola idea de que puedan venir y no verme me pone en la frente un sudor helado.

Me doy cuenta de que el punto óptimo es el lugar donde la muralla se abre formando un arco. Colocándome un poco hacia la derecha para no perder de vista por un solo momento la perspectiva de Florianska ni dejar de dominar la calle, puedo, al mismo tiempo, protegerme del viento y guarecerme de la lluvia bajo el saliente de la muralla.

Así permanezco hasta que un ruido que viene del arco comienza a inquietarme. Leves explosiones, más bien chasquidos, rompen el silencio. Cuidándome mucho de cualquier viento brusco, me asomo al boquete. Comprendo en seguida el origen del ruido: dentro de un vaso la llama de una vela consume chisporroteando la última cera e ilumina dos imágenes asomadas tras vestiduras de cobre ennegrecido, por sobre flores de trapo. La llama crepita por última vez y se apaga. La oscuridad es terrible.

¿Y si vinieran por el costado del hotel y al torcer la esquina y no verme se alejaran en dirección opuesta a la puerta de la muralla y a mí? Bordeando la muralla, elijo un punto medio, desde donde podrán verme, vengan de donde vengan.

Me asalta la duda de que puedan haber venido por la calle donde estoy esperándolos, mientras examinaba el altar, pero comprendo en seguida que hubiera sido imposible no oír el ruido del motor al acercarse. El sol es cegador. ¿Vendrás? ¿Vendrás? Totalmente tranquilizado, decido quedarme en este punto, sin duda el más ventajoso de todos; sí, de todos.

El cansancio de los últimos días comienza a caer sobre mí como una piedra. En el calor del auto en seguida me quedaré dormido. El abrigo es un dogal de hierro sobre los hombros. Siento una fatiga inmensa. Despierto de un salto, como quien se desprende de un lastre. Por unos momentos pienso que han debido venir y no verme, pero pronto comprendo que parado aquí y vuelto ligeramente en dirección del hotel, por fuerza han tenido que verme; por fuerza, por fuerza.

Hace mucho frío. Un viento terrible sopla de Finlandia. Al asomarme otra vez a Florianska el vendaval me empuja contra el muro. Resbalo y caigo sobre la capa de hielo que cubre la acera. El contacto con la costra helada me obliga a levantarme. Detrás de la vidriera sudada, el peluquero me observa fijamente. Los ojos le brillan en la oscuridad. Embriagados por el perfume de las acacias, los mirlos cantan en el parque inundado de luz. Atravieso las sombras espesas. Miro hacia Wawel. El ventanal ha desaparecido. Vuelvo sobre mis pasos. En el boquete de la muralla hay un resto de vela pegado a un pabilo polvoriento.

–Sancta Maria, Regina Poloniae.

–Sancta Maria, Regina Poloniae...

Meski Damski. Frente a mí se abre un yermo sin límites. Inmensas hojas amarillas caen de los árboles y un olor tibio a hojarasca humeante llega desde el otro lado del río. Agobiada por el verano la gente abandona la ciudad. El calor aniquila. Un copo de nieve me rueda por la nuca, siento el primer escalofrío: de la costra de hielo sube un aliento helado. Una luna amarillenta brilla sin fuerza. A pleno sol, el mirlo repite su llamada. Los ojos me miran entre las acacias. Meski Damski.

No hay nadie en la ciudad. Amparo está en Milán. Théo también. Clemente en Noruega. Aunque sé que no responderán marco sus números. No saldrá nadie, pero en la penumbra tibia, detrás de las cortinas corridas, allí, allí, sonará el timbre, un ruido provocado por mí. Es algo; mejor que nada, mejor que nada.

—¡Sancta Maria, Regina Poloniae!

¿Quién estuvo en la casa? ¿Quién encendió la luz que yo dejé apagada? ¿Quién derribó la maleta de cuero? ¿De quién es el cigarro que dejaron ardiendo?

—¡¡Sancta Maria, Regina Poloniae!!

—¡¡Sancta Maria, Regina Poloniae!!

Seguiré caminando entre el hotel y la calle Florianska cuando de la villa oculta en el parque donde la señora y el sobrino me ofrecen té, de los niños que corrían mañana hacia el Groteska, del tren helado, de los títeres, de la huella mojada de un solo pie enorme en la habitación que yo dejé apagada (seguro, apagada, encendí la del vestíbulo, todo se había puesto tan oscuro, pero la de la habitación no, ésa la apagué, seguro, mucho antes que los otros, seguro) de los hermanos aristocráticos que me llevarán a cenar anoche, del Bronzino rojo, del castaño de Indias inmenso, del contrabajista, del mutilado que nos propondrá postales obscenas, de la muralla, de los ojos del peluquero, del lecho del río, del billete para el dancing, del dancing, de la Sala Leopoldina, ah de la espléndida Sala Leopoldina (seguro) de la espléndida Sala Leopoldina sólo queden cenizas deslumbrantes.

NOTAS DE UN SIMULADOR

I

Para poder descansar por la mañana decidí cambiar mis horas de trabajo. De ese modo, estaría más alerta, menos agotado después de la medianoche.

Pero esa mañana me levanté con el alba y me apresté en seguida para salir. Decidí dejar el desayuno para más tarde.

Tenía pensado explorar el edificio donde vivía, luego la cuadra; después pensé que era mejor alejarme un poco y comenzar varias cuadras más allá.

En un primer momento me sentí desanimado. Luego me sorprendió lo fácil que resultaba todo, a pesar de ir vestido corrientemente. La gente es mejor de lo que uno cree. Pensé que vistiéndome con ropas maltrechas lograría mejores resultados, pero a última hora me faltó el valor. De cualquier modo, no hubiera sido necesario porque los resultados fueron más bien halagüeños, casi espléndidos, por lo menos al principio.

A la primera casa que llamé salió una mujer joven. Me miró con la amabilidad desconfiada del que abre una puerta.

—Buenos días.

—Buenos.

—Perdone que moleste a esta hora.

—Diga...

—¿Tiene algo que le sobre?

—Veré si tengo algún menudo.

—No, dinero no, ropa usada, zapatos viejos.

Pareció dudar, no sé si de mis intenciones o de la posibilidad de darme lo que le pedía.

—Un momento —y tras una corta vacilación cerró la puerta.

Cuando volvió traía varias prendas de vestir en la mano, muy usadas pero limpias, y un periódico.

—Es lo único que tengo. Mire a ver si es lo que usted quiere.

—Cualquier cosa.

Tomé la ropa y comencé a envolverla temiendo que fuera a arrepentirse.

—No sabe cuánto se lo agradezco.

—No, si me hace un favor, no sabía qué hacer con ellas. Mi esposo gasta tanta ropa.

Sentí curiosidad y me atreví a preguntarle.

—¿Está bien su esposo?

La pregunta pareció sorprenderla. Dudó por un momento y por algún motivo enrojeció y se rió.

—Sí, está bien, pero gasta mucha ropa.

· No comprendí la relación entre las dos afirmaciones, pero temiendo ir demasiado lejos no pregunté más.

—No sabe cuánto se lo agradezco.

—No es nada.

Me miró por primera vez fijamente, pero sin dejar de sonreír. Bajó la cabeza, como si disfrutara de una broma que sólo ella conocía. Por un momento sentí que nos comunicábamos, pero no insistí.

Inicié la retirada.

—Muchas gracias.

—Por nada.

Comenzó a cerrar la puerta. Me di cuenta de que, algo tardíamente, establecía relaciones entre mi aspecto y la petición que le había hecho. Pero su pensamiento debió variar de curso; desvió la mirada y alisándose el pelo cerró la puerta con una expresión absorta, los ojos fijos en el suelo.

—Hasta otro día.

—Adiós.

En el piso inferior —mi instinto me aconsejó comenzar por

los pisos superiores e ir descendiendo— la casa estaba vacía a pesar de lo temprano de la hora. Tomé nota mentalmente. Volvería.

Pero en el primer piso los resultados me sorprendieron más aún. Me abrió la puerta una mujer vieja. Parecía agitada y sudada. Me examinó de arriba abajo con ojos hostiles.

—¿Qué desea?

Formulé mi petición lo mejor que pude.

Sin responderme, la mujer desapareció de la puerta. La hoja entreabierta me permitió ver parte de la habitación, casi a oscuras. Montones de periódicos atados con cuerdas estorbaban el paso. La habitación despedía un olor a humedad. De la pared que la separaba de las interiores, colgaba torcido un cuadro. El reflejo de la luz que venía del otro lado y daba sobre el cristal me impedía ver la superficie. Con cuidado, empujé un poco la puerta.

Junto a la pared había un piano con la tapa del teclado abierta. Sobre las teclas descansaban más periódicos y revistas cubiertos de polvo. Por la claridad que iluminaba débilmente la pieza deduje que había una ventana. Metí la cabeza y pude confirmar mi deducción. Un sofá, un sillón, una mesa sin mantel y con restos de comida, completaban el mobiliario. Volví a mi posición original antes de que la mujer, que regresaba agitada del interior de la casa, llegara a la puerta.

—En este momento no puedo encontrar nada.

—No importa, puedo volver otro día.

De una habitación interior llegó insistente una voz de hombre, que pareció irritarla en extremo.

—¡Ya voy!

—De veras, puedo volver en otro momento —repetí.

La voz volvió a dejarse oír desde la habitación invisible, con cierta violencia ahogada. La mujer hizo un gesto de ira y desapareció de nuevo del marco de la puerta. Cuando regresó parecía agotada.

—Espero a que abran la farmacia para bajar a comprarle la medicina. Estoy sola, no tengo a nadie. —Sentí fatiga y despecho en su voz.

Comprendí que no podía perder tiempo.

—Ya abrieron. Cuando entraba vi una, cerca. Voy a comprársela.

—No, no, de ninguna manera.

—¡No lo deje solo!

Volvió a lanzarse al interior de la casa. La oí hablar con violencia a otra persona y regresó con un frasco y un billete.

—Qué vergüenza, por Dios.

Le arrebaté el billete.

Cuando volví la puerta estaba abierta. Esperé unos instantes a que la mujer regresara. Del interior de la casa no llegaban ruidos. Entré.

II

Enderecé el cuadro torcido. Confirmé mi primera impresión de la pieza, pero me pareció aún más angosta, con las paredes sin pintar. Montones de periódicos tapaban los muros y llegaban hasta la mesa. Levanté varios libros de las teclas del piano, que no volvieron a su lugar.

Miré hacia el corredor que llevaba al interior de la casa. Como no había nadie llamé con los nudillos. No obtuve respuesta. Decidí entrar. A un lado del corredor había un pasillo suspendido sobre un patio; al otro, habitaciones de dormir. Pasé frente a una puerta cerrada. Toqué de nuevo, sin éxito. Pensé que la mujer estaría al otro extremo, en el fondo de la casa y la llamé. Avancé un poco más hasta encontrarme frente a la segunda habitación. Sobre una cama de hierro había un hombre. La cama estaba atravesada en medio de la habitación, posiblemente para aprovechar al máximo el aire del corredor. Con los ojos fijos en mí, el hombre respiraba con dificultad. Lo observé un momento desde la puerta.

—Su mujer me encargó esta medicina.

No obtuve respuesta inmediata. Tras unos momentos, el

hombre me indicó con la mirada una mesa de noche sobre la que había un vaso con agua. Destapé el frasco, vertí un poco de la medicina en el vaso y se lo extendí, pero el hombre no hizo el menor gesto. Me senté en la cama y lo ayudé a incorporarse. Tragó entonces a sorbos lentos.

Sin dejar de sostenerlo contra mi pecho con el brazo que me quedaba libre, di vuelta a las almohadas para refrescarlas, las acomodé de nuevo y con cuidado lo deposité sobre ellas. Por un momento respiró aliviado, pero a los pocos instantes volvieron los movimientos espasmódicos del pecho. La piel alrededor de los labios se había oscurecido.

En ese momento regresó la mujer. Sentí el piso estremecerse con los pasos pesados de sus pies, ahora descalzos.

—Le he dado la medicina.

Se rió como avergonzada.

—Estoy preparando la comida, no tengo quien me haga nada.

—No se ocupe, verá como mejora.

—Qué molestia para usted.

—Deberíamos inyectarlo, lo veo muy agitado.

—Aquí está el reverbero. Voy a hervir la jeringuilla.

—No se ocupe, tengo práctica —y con suavidad la empujé fuera de la habitación.

El reverbero estaba debajo de la mesa de noche. Como la mecha estaba seca, le di vuelta para que el combustible afluyera, volví a colocarlo en el suelo, pero lejos del enfermo, apliqué una llama y esperé a que el agua hirviera en una cazuela pequeña cubierta de una costra de magnesia.

El enfermo cambió otra vez de posición. Volví a enderezarlo sobre la cama. Al suspenderlo, sentí que trataba de sostenerse de mis hombros. Comprendí que desde que lo había sentido gritar por primera vez había perdido fuerzas. Humedecí el pañuelo en alcohol y se lo acerqué a los labios. Lentamente abrió los ojos.

—Voy a inyectarlo. En seguida respirará mejor.

El hombre permaneció indiferente.

Cuando el agua hirvió en la cazuela la vacié y casi abrasándome los dedos aspiré con el émbolo de la jeringuilla el contenido de un ámpula de varias que estaban sobre la mesa de noche.

De pie junto a la cama, vi que poco a poco la respiración se hacía más tranquila. El pecho desnudo, cubierto por una piel dura, de pergamino, cesó en su movimiento agitado.

Palpé una mano bañada en sudor. Sentí que muy lentamente el calor afluía a ella. Con el pañuelo sequé el cráneo despoblado y lustroso. El pálido anillo violáceo que había aparecido alrededor de la boca se aclaró hasta desaparecer en la amarillez general de la piel. Lentamente se dilataban las fosas nasales y los vasos de las sienes se reanimaban. El hombre parecía haber pasado sin transición de la asfixia al sueño. Apliqué el oído en el lugar del corazón. Percibí un sonido débil y trabajoso que me recordó el de un vehículo viejo y lejano que puede pararse de pronto por haber triturado todas sus piezas. Le cubrí las piernas con una sábana y abrí bien la ventana y las puertas que comunicaban con el resto de la casa. Dormía profundamente. Lo observé un rato. Una contracción en la boca, que creía permanente, había desaparecido.

Oí correr agua al fondo de la casa; la mujer trajinaba en la cocina. A la habitación que ocupaba el hombre seguía un baño, cuyas paredes nadie había lavado en largo tiempo. Cerré bien las llaves, que se salían. A pesar de mis esfuerzos, una quedó goteando. El suelo estaba cubierto de periódicos dominicales ilustrados. Pensé que habían sido puestos allí para distracción de quien ocupara el retrete, o quizás para no tener que lavar el piso.

Toda una pared de la pieza siguiente estaba cubierta por un enorme armario de grandes lunas. Bultos de ropa, en espera al parecer de ser lavada, ocupaban el resto de la pieza. Me miré en el espejo. Tenía el pelo en desorden y me peiné con cuidado en la media luz que entraba con trabajo por una ventana, a través de cristales pintados de oscuro.

Asomándome al último aposento de la casa, vi que la mujer, siempre descalza, cocinaba algo absorta, de espaldas a mí. La contemplé un instante. De la brusquedad de sus gestos, de todo su cuerpo, se desprendía una vitalidad áspera.

Al pasar de nuevo frente a él, vi que el hombre dormía con un descenso brusco del pecho.

Abrí la puerta de la calle y toqué el timbre, como si llegara por primera vez. La mujer acudió, con la misma expresión de curiosidad.

—Su esposo se ha quedado dormido.

—Dios se lo pague.

—¿No tiene quien lo inyecte cuando se pone así?

—Mi prima viene algunos días.

—Yo podría venir de cuando en cuando.

—Es que mi prima no me cobra.

—Yo tampoco. Lo que quiero es que me dé alguna ropa que no necesite.

—Espere.

Salí de allí contento, con los donativos de la mañana. Salté a la otra acera y entré en el edificio de enfrente, que me pareció más próspero. Al cruzar el umbral pensé que si tenía el mismo éxito no podría llevármelo todo.

Pero contra todas mis suposiciones, la suerte no me acompañó. En algunas casas en que toqué la gente aún dormía. Algunos me tiraron la puerta, airados. En otras no había nadie. De un hombre a medio vestir recibí una corbata; un niño sentado en un corredor me dio un muñeco casi destrozado por el que parecía sentir particular afecto. Una señora me extendió un envase de hojalata vacío.

—Por lo menos tiene en qué poner lo que le den.

Me di cuenta de que no había comprendido mis intenciones.

Regresé exhausto a mi habitación. Examiné lo que había recogido: dos camisas viejas, una toalla, la corbata, el muñeco, medias rotas aunque limpias, una sábana, la lata, un vaso.

Encendí la radio y me eché un rato en la cama. Cuando desperté, sobresaltado, me di cuenta de que había dormido casi una hora. Pero después que comí algo, pensé que en el rato que me quedaba antes de marchar al trabajo tendría tiempo para repasar los resultados de la expedición.

III

Poco después de medianoche el despertador me arrancó con violencia del sueño. Tardé en levantarme. Estaba muy fatigado por el recorrido de la mañana y un día intenso de trabajo en la oficina.

Con la mano puesta en el botón de la campanilla del despertador volví a quedarme dormido. Tuve vagos sueños y una pesadilla. Desperté varias veces, sobresaltado y con miedo de volver a dormirme y no despertar hasta la mañana. Cada vez que lo miraba tras largos y complicados sueños el minutero apenas había avanzado la mitad de un minuto. Con un esfuerzo de la voluntad logré arrancarme de la cama.

Cuando llegué a la plazoleta con las pocas cosas que había conseguido, ya habían llegado algunos.

El padre y el hijo dormían en su lugar habitual. En la recova más cercana al muelle la mujer de Joaquín le hablaba en voz baja. Con una mirada reconcentrada y hosca, Joaquín miraba al vacío.

Me acerqué. Les extendí las cosas que había conseguido, dando a entender que podían elegir.

Joaquín siguió mirando al vacío con la misma expresión. La mujer alzó la cabeza y me observó un momento, sin curiosidad. Indiferente, revisó lo que le ofrecía, reservándose lo mejor. Luego se aseguró bien bajo la barbilla el pañuelo que llevaba puesto en la cabeza, cruzó los brazos y apoyó la espalda en el muro.

Me senté en el suelo, cerca de ellos. Al poco rato, la mujer se inclinó, sacó un frasco de un saco, echó en un jarro algo que me pareció sopa y se lo extendió a Joaquín, que bebió lentamente, sin mirarnos. Luego volvió a llenar la lata y me la extendió. Sentí hambre y me bebí todo lo que me había servido. Cuando acabé sentí un profundo bienestar. Me acerqué al padre y al hijo y dejé cerca de ellos el resto de las cosas.

Junto a la acera vi un pedazo de cartón con un poco de barro ya seco adherido. Lo limpié bien, lo extendí cerca de Joaquín y la mujer y me senté. Sentía una fatiga sobrehumana, más allá del sueño.

La plazoleta estaba vacía. Hacía un calor pegajoso y no corría aire. La antorcha de la refinería, al otro lado de la bahía, brillaba con más intensidad que otras noches. Las columnas de la arcada alta se teñían de un color amarillo que se hacía más intenso cuando un poco de aire avivaba la llama. En el calor húmedo, todo parecía impregnado de grasa. Un carro de incendios volvió sin ruido a la estación. Pensé que el practicante, sin trabajo esta noche, leería junto a su lámpara en el puesto de auxilios. Me tendí completamente en el suelo.

Cuando desperté por unos instantes, los perros de la vieja que viene muy tarde a dormir, muy limpios, recién bañados con jabón de olor, me olfateaban y se apretaban contra mí con la intención de pasar la noche. La mujer de Joaquín había desaparecido. Joaquín fumaba sentado. Me ofreció tabaco, que acepté con la indiferencia que tan bien he aprendido.

Miré hacia el lugar del negro joven, en la arcada alta, pero no había llegado. Posiblemente habría encontrado otro dormitorio, aunque sé que le quedan pocas fuerzas. Esto me inquietó. Es a él a quien no debo perder de vista. Todos mis preparativos del día convergen hacia él, a estar, cada noche, lo más cerca posible de él.

IV

Ahora que todo ha terminado, mis pensamientos derivan con frecuencia hacia la plazoleta, la veo en sus más pequeños detalles. Podría nombrar su última piedra.

Los primeros en llegar —aunque los he perdido y todo se aleja, prefiero hablar en presente, estoy seguro de que aún existen— son el hombre joven y el más viejo. Vienen siempre del lado de la ciudad. Atraviesan con lentitud la plazoleta, cargados de bultos; el más viejo hurga en los grandes latones de basura y de vez en cuando pasa algo de lo que encuentra al más joven, que devora en silencio.

Su lugar habitual es el portón de un almacén siempre cerrado. Dejan con cuidado en el suelo los bultos de periódicos, papeles de envolver, piezas de ropa, un zapato, un saco, y descansan, esperando quizás que la plazoleta se vacíe del todo. Luego, con largos intervalos entre uno y otro movimiento, se descalzan y se acercan al borde de la acera, donde hay un grifo.

El más viejo fuerza un poco la rosca del grifo, que gotea día y noche, y en el débil chorro los dos se bañan.

Nunca los he oído hablar. He podido saber que son padre e hijo. Se ven fuertes, y a pesar de las vendas del viejo, relativamente sanos. De ellos tengo muy poco que esperar.

Un poco más tarde llegan los demás. El dipsómano de pelo blanco, Joaquín, llega siempre solo. Va directamente a su esquina de la arcada menor, donde ésta forma un rincón muy abrigado, se tiende sobre un quicio y se duerme. Anoche vino la mujer y lo cubrió con papeles.

El negro joven y flaco grita un rato antes de quedarse dormido. Está muy enfermo. No sé como puede encontrar fuerzas para dar esos gritos.

Mucho antes de que llegue lo oigo venir por el lado del puerto. Le gusta discutir en voz alta. Se instala siempre en la arcada alta, junto a la puerta de una casa de familias —a veces en el zaguán, pero de allí lo echa el último vecino que llega. Pienso que en el invierno ha de sufrir con el viento del Norte pues los arcos, tan altos, no lo protegen.

Con un brazo apoyado en la rodilla levantada, echado sobre sus cosas, discute un poco. En cuanto alguien lo manda callar se acuesta y se queda dormido.

La última en llegar es la vieja. Viene cuando ya los otros se han dormido. La acompañan tres perros de lana muy limpia, con cintas de colores atadas al cuello. Avanza trabajosamente con un gran bulto bajo el brazo. Tiene la piel dura y muy arrugada, como una piedra, y los puños engarrotados que sostienen el bulto o amenazan a los perros nunca se abren. Los animales beben en el grifo y después bebe ella.

Algunas noches vienen otros, casi siempre hombres, ya no muy jóvenes, que tienen varios dormitorios por la ciudad y cuando sienten sueño van al más cercano. Hay algunos que descubren los soportales de la plazoleta y se aficionan a ellos para luego abandonarlos por otros sitios y desaparecer largo tiempo, o no volver nunca. Hay noches animadas en que al irme a acostar encuentro las arcadas pobladas de bultos que duermen.

Contar, sólo puedo contar con el padre y el hijo, el negro, Joaquín, la mujer, la vieja y los animales. Si al volver a casa no han llegado, sé que pronto llegarán. En las noches de calor bajo a la calle para aprovechar la escasa brisa, que sopla y muere en seguida.

Paseo lentamente por la arcada alta. Vendrán pronto. Es más de medianoche. Ya no pueden tardar.

A lo lejos oigo la voz del negro joven y flaco que discute en voz alta. Algún grupo alegre rezagado lo remeda y eso lo exaspera hasta lo indecible. Tardará mucho en quedarse dormido. Joaquín llega traído por la mujer. Ella se queda un rato hablándole en voz baja, luego se marcha.

Tras los visitantes ocasionales, que llegan más temprano, vienen los perros con su dueña. Después –mucho después– el padre y el hijo.

Oculto tras la columna más alejada del farol central, cuidando de que no adviertan mi presencia, los veo llegar uno a uno y quedarse dormidos.

V

El negro joven y flaco duerme ahora casi continuamente y apenas come. Ya no abandona el dormitorio. Algunas veces, cuando voy a mi trabajo por las mañanas, veo que ha logrado sentarse y traga un poco de leche que le ha pasado Joaquín. Descansa el brazo en una rodilla doblada y mira al vacío. Duerme sobre un cartón y se cubre con una toalla grande que he podido conseguirle. He pasado noches enteras cerca de él, temiendo que una de ellas sea la última. Debo estar allí cuando todo concluya. No ha vuelto a hablar después de una noche en que deliró varias horas. Acostado boca arriba, gesticulaba moviendo las manos sin cesar.

Trato de pasar mucho tiempo junto a él, porque el final se acerca. Respira con gran esfuerzo y a veces su respiración se interrumpe más de lo normal, para volver a reanudarse cuando parece que todo ha terminado. Debo colocarme muy cerca, porque las columnas obstruyen la luz que llega del único farol de la plaza y con dificultad puedo verle la cara.

Mañana mandaré aviso a la oficina de que no me esperen en varios días. Así podré dormir de día y pasar las noches a su lado. Un descuido y todo se perdería. Se acerca el momento en que debo concentrar todo mi poder de vigilancia y observación, no descuidarme ni un solo instante. No me perdonaría nunca que todo terminara sin estar yo allí, atento.

De día no hay peligro. El día tiene el extraño poder de reanimarlo, y por las tardes, cuando me levanto y bajo a tomar café y a darle una vuelta, veo que se ha sentado, que descansa con el brazo extendido sobre la rodilla, y que a sus ojos amarillentos ha vuelto el brillo. Posiblemente la mujer le da algo de comer por la mañana, después que yo me retiro, seguro de que podré ausentarme confiado hasta que caiga la noche.

La noche lo socava, lo deja sin fuerzas; siento que es la hora de mayor peligro, un momento de descuido sería fatal, o peor aún, imperdonable. Es incómodo el suelo y hace frío, pero el día es bastante largo para dormir y recuperar las energías. No sé cuántas noches durará esto. Debo estar preparado; he cumplido con mi deber. Le he traído medicamentos y hasta logré que el practicante viniera a verlo. Ahora sólo me resta observar.

VI

La otra noche pensé que había llegado el fin. De la garganta comenzó a salir un ruido, como si algo obstruyera la respiración y el aire al salir raspara el obstáculo. Me había alejado un poco y el ruido me avisó que algo anormal ocurría. Me inmovilicé junto a él, observándolo sin perder detalle. La cara se le había afilado mucho, y tenía la boca entreabierta y los labios secos. Sé que la sequedad de los labios es un síntoma infalible de que el fin se aproxima. Esto a veces ocurre cuando el fin es rápido, pero cuando viene despacio los labios se separan gradualmente y luego se retraen y se alzan un poco sobre los dientes, que se secan antes que los labios. He notado que —si el proceso no se detiene— todo el interior de la boca se reseca y la lengua, que trata en vano de humedecer los labios, no puede articular. El aire que penetra en el cuerpo es mínimo, apenas llega a los pulmones, se detiene en los bronquios. Poco después el ruido cesa, de un momento a otro se producirá el momento imperceptible a veces para los profanos, jamás para el ojo adiestrado. Es el instante que requiere un esfuerzo sobrehumano de concentración; un pequeño descuido y la vida se habrá escapado ante mis ojos, la habré perdido.

El instante presenta una variedad infinita. Hay un movimiento de la cabeza hacia atrás, seguido de la inmovilidad total. La palidez que avanza desde las orejas hacia la boca suele, en algunos casos, anunciar el instante preciso y los momentos que le siguen, cuando aún la rigidez no se ha iniciado. Instalada ésta, toda observación será innecesaria. Lo más común es el hundimiento gradual de la mandíbula, que es atraída hacia el pecho a medida que los músculos pierden su capacidad de sujeción. En estos casos, la experiencia me indica que es preciso vigilar atentamente, porque ningún movimiento brusco traicionará el momento final, que tratará de disimularse lo más posible.

La llama de una bujía permite una exactitud de comprobación que ningún otro método puede superar. Empujada —cada vez menos, es cierto— por la débil corriente de aire que sale de la boca, la llama dará las señales con gran precisión. Aplicada con cuidado muy cerca de los labios, preferiblemente si se la hace descansar sobre el pecho, dará sólo lugar a un margen estrechísimo de error. Mientras la vida persista, la sensible llama, a la que tanta exactitud debo agradecer, mi más delicado instrumento de precisión, se dobla ligeramente sobre sí misma, para volver a brillar erecta, cuando ya no sopla sobre ella el menor aliento. Ella permite determinar el momento de tránsito, el más elusivo, que sigue al último y más preciado de todos, vigilar su avance, sus paradas, la reanudación del avance. A su luz es posible observar el rostro que revela detalles sutilísimos: el temblor de los párpados, el hundimiento de la piel dentro de las sienes, el aguzamiento gradual de los pómulos, el desplome de las mejillas, el oscurecimiento inexplicable de las fosas nasales, que se han agrandado, y luego, traspuesto el instante, el empequeñecimiento general de las facciones.

Debo confesar, sin embargo, una ventaja en el uso del espejo. Muchas veces el aliento ha dejado de empañar el cristal, y cuando creemos que va a iniciarse la agudización extrema de las facciones, señal del fin, un movimiento subrepticio del rostro —que siempre se revela en los párpados— nos ofrece la espléndida sorpresa: la vida no ha terminado. Qué amplia recompensa entonces. Cuando considerábamos agotadas las posibilidades vernos obligados a reanudar la vigilancia porque el proceso puede seguir. Tales sorpresas, desgraciadamente, están excluidas de la observación por medio de la llama. Cuando ésta, casi pegada a los labios, se yergue y se afina, y deja de vacilar durante varios segundos, podemos concluir que todo ha terminado y entregarnos, aunque completamente agotados, a la observación de otros detalles que van a iniciarse inmediatamente. Pero éstos —la blancura extrema, el afilamiento increíble de las facciones, que suelen alcanzar un grado indecible de hermosura, la fijeza de la expresión, el cese de todo cambio, la irrupción de una serenidad profunda— pueden observarse con más calma, desaparecida la tensión extrema que precede al último momento, cuando no es posible perder detalle. Sabemos ya que las sorpresas serán pocas, que las etapas demorarán más o menos, pero que ineluctablemente se cumplirán. Se produce una distensión en los nervios del que observa, es posible respirar profundamente. Pudiera decirse que es la etapa de la contemplación serena, de la comprobación melancólica de detalles fácilmente previsibles. El llanto de los demás, las imputaciones, las voces airadas, los ayes, sirven de fondo a la resignada serenidad de estos momentos, previos a aquéllos en que la rigidez, la ausencia de la vida, la aparición de la primera amarillez y otros detalles deleznables comienzan a hacerse visibles, y es preciso emprender la retirada.

VII

¿Necesito decir que la fuente de las mayores frustraciones las encontré en los accidentes y en los fines inesperados? Los acontecimientos sobrevenían sin el menor preaviso, excluyendo toda posibilidad de tomar las medidas oportunas. En todos aquellos meses, esto sucedió, por desgracia, en varias ocasiones.

Más de una vez trabé amistad con un vecino en quien no sospechaba la menor indisposición. Un día, su ausencia de mi calle y de las calles aledañas, o la pequeña conmoción que se producía en torno a su puerta me indicaban que todo había terminado. Así, de la manera más inesperada y abrupta, sin una señal, sin un indicio, nada que pudiera haber sugerido el fin próximo. Qué sensación me sobrecogía entonces de futilidad, de pérdida irreparable, de impotencia, de frustración sin remedio posible.

Otras veces era el accidente, no por inesperado menos irritante, una brusca agitación en la calle que anunciaba que algo grave había ocurrido. Aunque siempre preveía un margen para estas eventualidades y procuraba estar disponible y alerta al menor indicio de que sucedía algo anormal, solía ocurrir que, por muy rápidamente que acudiera, todo se había producido con la rapidez del relámpago y llegaba tarde a la escena del acontecimiento, cuando ya se observaban los últimos síntomas. Eso aumentaba mi sentimiento de inutilidad, porque de haber acudido a tiempo hubiera podido prestar ciertos servicios, sostener la mano temblorosa, enjugar el sudor helado de la frente. Algunas veces, sin embargo, menos de las que yo hubiera deseado, logré acudir a tiempo y compartir con otros, menos escrupulosos, menos atentos, los cuidados imprescindibles a los últimos instantes, los que preceden al momento. En tales tareas, tropecé con individuos torpes, que en un deseo frenético de prestar auxilio, sólo consiguieron precipitar un fin que hubiera podido sobrevenir de modo lento y comprobable. Para individuos así, nacidos bajo el signo de la torpeza y del apresuramiento, todo mi desprecio era poco.

Con Jacobo fue diferente. Era un viejo amigo y de haber ocurrido todo como yo esperaba, sin los contratiempos que sobrevinieron más tarde, hubiera podido estar junto a él.

Supe que había sufrido un accidente. En un primer momento pensé que grave, luego sentí cierta decepción al saber que era cosa de poca monta, pero que por la necesidad de guardar cama durante largas semanas sin cambiar de posición habían sobrevenido complicaciones.

Fui a verlo. Un pariente me abrió la puerta y sin dejar que me anunciara entré directamente hasta la última habitación de la casa, donde sabía que reposaba.

Jacobo dormía, muy pálido. Me acerqué a él para observar su respiración. Aunque ligeramente agitada en ciertos momentos quizás por los sueños, era casi normal.

Me acomodé en una silla junto a Jacobo, esperando que despertara. Cuando el pariente vino a ver si necesitaba algo, quizá un poco intrigado por nuestro silencio, lo despedí con un gesto. Rápidamente hice un cálculo de los días que duraría aquello, comparando la experiencia de casos parecidos. Las horas mejores –por todos conceptos– son las de la noche. Son las horas en que flaquea la voluntad de los más allegados, a los que acaba por rendir la fatiga. Son las horas del gran silencio, cuando los ruidos de la ciudad cesan por completo, se oye el sueño pesado de los que descansan en otras habitaciones, las alas de los insectos atraídos por la única luz.

Decidí trabajar de día para dedicar las noches a Jacobo. Para casos como éste disponía de una insospechada reserva física. Creo que ya la he agotado. El solo recuerdo de aquellas jornadas es, en estos momentos, capaz de causarme un cansancio indecible. Ahora que mis días transcurren en el ocio, duermo largas horas en un esfuerzo inútil por compensar las horas de descanso perdidas para siempre. Llegué a ser capaz de trabajar días enteros, dormir unas horas y luego pasar la noche en vela, sin un minuto de desmayo. Llegué a poder dormirme y despertar a voluntad sin el menor esfuerzo, como por un resorte, en una adaptación prodigiosa de mi organismo a cada nuevo caso.

¿Y a quién mejor que a Jacobo podría dedicarle tan señaladas dotes? Si el permiso me era negado abandonaría el trabajo.

Como la habitación estaba mal ventilada, trepándome a una silla logré abrir del todo una ventana alta que estaba, inexplicablemente, casi cerrada. Arranqué una cortina de confección casera que obstruía el aire, rodé un mueble viejo e inútil hasta una habitación contigua. Jacobo respiraría mejor. Haría traer una butaca para pasar las noches, algo con que cubrirme en las madrugadas. Noté que Jacobo despertaba y volvía a rendirse. Inclinándome sobre él le tomé el pulso y observé su respiración. Era aún más tranquila que al llegar. Evidentemente respiraba mejor. Me sentí satisfecho.

–¿Qué haces aquí?

La voz gruesa y desagradable me hizo dar un salto. Alcé la vista y tropecé con el cuerpo alto y corpulento de Lucrecia, tan cerca de mí que casi me impedía todo movimiento.

Confieso que la había olvidado. Otros han hablado mejor de

194

lo que yo podría hacerlo del mecanismo secreto que nos hace olvidar lo que nos desagrada, y que me había borrado de la memoria el rostro desagradable de la mujer de Jacobo.

—¿Quién arrancó la cortina? ¿Por qué han cambiado la habitación?

Preguntaba sin inmutarse demasiado, con esa calma adiposa que la define, fingiendo un asombro infantil mal avenido con su figura.

Traté de serenarme y de explicarme lo mejor posible.

—Pensé que en esta pieza tan pequeña le faltaba el aire.

Lucrecia me miró fijamente.

—¿Desde cuándo estás aquí?

—He llegado hace un rato. Vine para relevarte, debes estar agotada, los enfermos exigen tanto.

—Jacobo exige muy poco y lo que tiene es cuestión de tiempo, no te molestes.

—Puedo quedarme para que duermas, pasarás malas noches.

Una luz burlona comenzó a aparecer en el fondo de los ojos de Lucrecia.

—No es necesario, pasa bien las noches. No hay que velar.

El inmenso cuerpo se acercó más aún.

—Voy a despertarlo para que te vea antes de que te marches.

—Por favor, no lo hagas, está tranquilo.

Me puse en pie, nervioso. La expresión burlona se acentuó en el fondo de los ojos, que ahora estaban muy cerca de mí.

—Está bien, vuelve otro día —y me señaló la puerta de la calle, empujándome ligeramente con el cuerpo.

—Se alegrará cuando sepa que has venido —me dijo mientras yo me alejaba en dirección a la puerta. Lo último que vi fue el humo espeso de un cigarrillo que acababa de encender, ya olvidada de mí.

VIII

Lo primero que hice la mañana siguiente cuando me levanté fue llamar a casa de Jacobo desde un teléfono público.

—Jacobo está perfectamente. —Noté un acento de triunfo en la voz que me respondía. Era Lucrecia—. Ha mejorado mucho, el médico está asombrado.

—Menos mal.

La conversación se prolongó trabajosamente unos minutos más. Estaba desolado; realmente no sabía qué decir.

—Cuídate. No te conviene preocuparte tanto.

—Tienes razón.

—En cuanto pueda saldremos de la ciudad. La casa lo pone mal.

—Me alegro.

Y luego la estocada a fondo:

—Vete a un cine.

—Adiós. —Colgué.

Comprendí que tenía ante mí un día sin objeto. Maldije ese restablecimiento tan rápido y a Lucrecia, que me negaba la posibilidad de estar junto a Jacobo, de devolverlo lentamente a la vida. Tendría que volver a la oficina con la secreta humillación que me había infligido la voz de ella en el teléfono.

Pensé en el largo día que transcurriría inútilmente, sin pretexto, viéndome vagar por la ciudad, sin nadie a quien hablar.

Me sentía derrotado. Una vez más la torpeza de un pariente —en este caso los celos estúpidos, la mezquindad de un deseo frustrado de posesión— derrotaba mis fines.

¿Y si me aparecía en la casa inesperadamente y los sorprendía y trataba de averiguar lo que había de cierto en todo? Me di cuenta de que sería una imprudencia. A lo sumo podría dejar pasar dos días, mejor tres, antes de volver a verlo, llevarle un regalo, ofrecerme a acompañarlo, en ausencia de su mujer, a dar un corto paseo juntos.

Subí al primer autobús que pasaba en dirección contraria a la casa de mi amigo. Miré pasar las calles, las esquinas, las avenidas, los puentes. Lentamente me fui recuperando.

Como la tarde se extendía desolada frente a mí, decidí entrar en un cine y salté del autobús. Caminaba por una calzada de árboles en dirección al centro de la ciudad cuando caí en cuenta que podía visitar a unos tíos que vivían cerca, a los que nunca veía. Vivían muy retirados. Gozaban de buena salud, pero hacía largo tiempo que no los visitaba. ¿Cómo saber que no necesitaban mi ayuda y que mi llegada no resultaría providencial? Quizás era yo el que esperaban al final de vidas muy borrosas.

Vagamente recordaba a mi tío, un hombrecito agradable que con el menor pretexto se reía con una risa nerviosa, y que usaba una prótesis frontal que constantemente se ponía o se guardaba en el bolsillo. Fue él quien me abrió la puerta.

Cuando lo vi con su pequeña cresta de pelo gris, sus ojos miopes cubiertos con gruesos cristales, la camisa que llevaba siempre abotonada hasta el cuello, pero sin corbata, los pantalones de andar y el olor a ropa usada que se desprendía de su cuerpo, y oí su voz cascada y un poco burlona, la risita constante que podía llevarlo hasta las lágrimas, comprendí que también de él me había olvidado completamente. Pensé que si no lo hubiera visto esa tarde no me hubiera acordado de él jamás.

Abrió la puerta del zaguán, cerrada con doble llave y me invitó a pasar. Me había reconocido en seguida. Noté en él cierta reserva, pero la atribuí a alguna peculiaridad de su carácter desarrollada con los años.

Mirándolo, mis recuerdos se restablecían lentamente. La circulación de vehículos en la calle atronaba la casa; recordé que cuando era pequeño oía atónito a los esposos y a sus visitantes hablarse a gritos cada vez que pasaba un tranvía, mientras muebles, visitantes y anfitriones se estremecían.

—No, ahí no, por Dios ¡aquí!

Agarrándome con fuerza de un brazo mi tío me impidió sentarme en una de las dos butacas que ocupaban casi todo el espacio del pequeño zaguán y me colocó de espaldas a un patio pequeño y oscuro. Al sentarme noté que miraba con alarma hacia el interior de la casa.

Casi inmediatamente una voz pastosa y dura preguntó desde una habitación interior:

—¿Quién está ahí?

Mi tío se abalanzó hacia el interior de la casa, quitándose y poniéndose la prótesis a gran velocidad.

—¡Quien menos te puedes imaginar! —contestó con voz que quería ser conciliadora, y desapareció tras la puerta del estudio, que daba al pequeño zaguán.

Me quedé solo. La brisa entraba desde la calle hasta el pequeño patio. Por primera vez en toda la tarde sentí cierta sensación de bienestar y me olvidé de la voz horrible de Lucrecia. Casi me alegraba de encontrar a mi tío gozando de buena salud. La luz, deslumbradora en la calle, bajaba tamizada hasta el cubículo donde mi tío recibía a sus visitantes. Cuando llegaba al patio, estrecho y hondo, se suavizaba hasta alcanzar un sedante gris verdoso que le comunicaban las paredes húmedas que jamás habían visto el sol.

Cuando mis ojos se acostumbraron a la escasa luz del interior, tuve un sobresalto brusco. Frente a mí, muy opaco y gastado pero enorme, había un automóvil. Me costó trabajo aceptar la presencia del vehículo ocupando casi todo el pequeño salón contiguo al zaguán.

Reconocí objetos que no había visto desde hacía muchos años y que ahora surgían como aplastados contra la pared por el enorme automóvil: un sofá esmaltado, dos láminas con escenas romanas, un jarrón panzudo que sobresalía por encima del capó. La esquina de un piano vertical salía por detrás de la puerta delantera del automóvil, impidiendo toda posibilidad de abrirla.

Al poco rato reapareció mi tío. Hablando con mucha rapidez y en voz muy baja me dijo:

—Cuando ella venga no le des la mano.

—¿Por qué no?

—Cree que todo el mundo quiere contagiarla.

Oímos pasos que se acercaban y mi tío se refugió en su butaca. Cuando su mujer apareció en el estrecho espacio que quedaba entre el parachoques del automóvil y la puerta del estudio tardé en reconocerla. Yo la había visto quizás tres veces en toda mi vida.

Llevaba guantes blancos y una banqueta plegable de lona, sin respaldo. Cuando apareció me hizo un gesto imperioso con la mano:

—No te levantes.

Mi tío me hizo sentar. Ella colocó la banqueta plegable sobre el piso, apoyó un pie en el eje de la rueda delantera del automóvil y con un movimiento rápido se sentó sobre el guardabarros. Luego atrajo con los pies la banqueta y los colocó encima. Cruzó las manos enguantadas sobre el regazo y se quedó en actitud expectante.

La encontré avejentada. Cambiamos los saludos y frases de rigor. Mi tío recordó cosas de sus familiares desaparecidos. Observé que hablaba con temor, mirando mucho hacia su mujer, que hablaba poco sin mirarlo y tenía un vago aire impaciente. La conversación llegó a un punto muerto y se paralizó.

—¿Tocas el piano? —pregunté a mi tío por decir algo.

Ella contestó por él.

—No se puede, habría que quitar el automóvil.

Mi tío, que al principio de la visita parecía animado, se agitó en su butaca y luego enterró la barbilla en el pecho.

Comprendí que había hecho la pregunta indebida. Traté de borrar el mal efecto.

—¿Pasean mucho?

La mirada de ella se clavó con insistencia en el suelo. Tras una pausa contestó:

—Muy poco.

—¡Jamás! —gritó mi tío saliendo de su silencio del mismo modo brusco en que había caído en él. La mujer se agitó sobre el guardabarros. Comenzó a quitarse los guantes, pero recordando mi presencia se los ajustó de nuevo con rapidez.

—¡No me deja salir nunca! —Mi tío era presa de una agitación extraordinaria—. He estado esperando que vinieras para contarte.

Había saltado de su butaca y me agarraba un brazo con fuerza. El ruido de los ómnibus que arrancaban frente a la puerta abierta del zaguán ahogaba la voz.

—¡No te pongas así! —tronó ella, y su voz dominó el ruido de la calle.

—¡Me pongo! ¡me pongo! —Aferrado a mi brazo mi tío parecía un niño histérico.

—¡Siéntate!

—Me alegro que hayas venido. ¡Tú no sabes lo que pasa aquí! No me deja salir porque agarro microbios en la calle. Cierra la casa a cal y canto cuando estamos solos. Ha desmontado el motor para que no podamos salir en el auto.

Noté que se ahogaba con un movimiento más convulsivo que los demás.

—Vamos, siéntate... —con suavidad comencé a empujarlo hacia su butaca.

—¡Y tampoco puedo tocar!

Agotado por el esfuerzo mi tío comenzó a sollozar y se dejó caer en la butaca.

—Estas cosas no tienen importancia, siempre ocurren —fue lo único que se me ocurrió decir para calmarlo y calmar mi propio malestar.

Mientras le pasaba la mano por la espalda miré a la mujer con el rabo del ojo. Un poco pálida pero muy erecta sobre el guardabarros no había perdido nada de su aplomo. Una y otra vez se ajustaba los guantes blanquísimos.

Sentí unos deseos terribles de regresar a la habitación y de poner fin a aquella jornada desastrosa, que había comenzado con la voz hiriente de Lucrecia.

Me despedí como pude.

—¡Vuelve! —oí decir a mi tío con una voz cansada al alejarme rápidamente de la casa.

Pero comprendí que vivirían mucho tiempo. El aborrecimiento mutuo los mantenía. Decididamente no tenía nada que hacer allí.

IX

Mis pasos me llevaron de nuevo a mi cuarto. Pero al entrar en el edificio pensé en el estrecho espacio encerrado entre cuatro muros que me esperaba.

Caminando despacio, di vuelta a la esquina y salí a la plazoleta. El sol comenzaba a descender. La sombra de los edificios había avanzado hasta la mitad de la calle. Fatigado, caminé hasta el arco más distante y me senté en los escalones.

Con la caída de la tarde empezó a soplar un poco de brisa desde el puerto. Poco a poco me fui tranquilizando. Desde la conversación con Joaquín y su mujer no había estado en la plazoleta. Me parecía más limpia que de costumbre, como si las lluvias recientes y el aire del otoño la hubieran lavado.

Eché una mirada en torno y tuve un sobresalto. No había caído en cuenta que a dos pasos de mí, detrás de la columna en que me apoyaba, estaba acostado el negro joven que discutía a voz en cuello consigo mismo. Parecía dormir profundamente, o más bien yacer en un sopor que estaba más allá del sueño normal.

Lentamente, tratando de no ser observado, me acerqué a él, deslizándome sentado hasta el lugar donde descansaba. Por primera vez podía observarlo a tan corta distancia. Debía tener algo menos de treinta años. Desde la última vez que lo había visto la desintegración se había precipitado. Conozco este rápido desplome de todas las reservas, que se observa con más frecuencia en los más jóvenes. Cuando era un simple principiante me descuidaba en casos parecidos. La experiencia me ha enseñado que el proceso puede hacerse más lento en los más viejos y precipitarse de un modo atroz en los más jóvenes. Comprendí que aquel día amargo tomaba un curso inesperado y me deparaba una espléndida oportunidad que no podía descuidar. Si era paciente, tal vez aquella noche terminaría todo. La suerte no me abandonaba. Los desagradables acontecimientos de la jornada culminaban en este encuentro inesperado, en pleno día.

Como la columna oscurecía el lugar donde estaba, me acerqué lo más posible a él tratando de no ser notado. El latido del cuello había disminuido hasta hacerse casi imperceptible. Acerqué el dorso de la mano a sus labios. Noté que su aliento era débil.

En ese momento pasó alguien que detuvo gradualmente sus pasos hasta casi inmovilizarse junto a nosotros. Alcé la vista. Era una mujer joven. Me enfrenté a su mirada inquisitiva.

—Está borracho —dije pronunciando despacio.

La mujer lo miró un momento, con una expresión de vaga curiosidad no exenta de complacencia y siguió su camino.

Comprendí que no debía exponerme a atraer la atención de los desocupados; son mis enemigos personales, enemigos torpes, contempladores estúpidos, gente que sólo tiene tiempo que matar. Regresé a mi primitivo lugar y me dispuse a esperar los acontecimientos. Desde allí vi que el hombre hacía leves movimientos con la cabeza y la boca, como si tratara de aspirar una mayor cantidad de aire, y luego caía de nuevo en su profundo trance. Tenía los rasgos muy afilados y una expresión de tranquila serenidad en el rostro, un poco abotargado. Largo rato debatí conmigo mismo si debía interponerme en el curso de los acontecimientos. Anocheció.

Los soportales comenzaron a vaciarse de gente. Cuando oscureció del todo volví a acercarme. La respiración se había hecho más pausada, con pequeños suspiros. Por alguna coincidencia inexplicable el proceso se había interrumpido.

Al poco rato el hombre despertó lentamente y se desperezó. Echó una lenta mirada a su alrededor. Luego, volviendo la cabeza hacia donde yo estaba, a la luz escasa que lo iluminaba, me miró con una expresión fija y socarrona.

X

Todo me induce a observar con cuidado los síntomas de los que me rodean. De ese modo, en la medida de lo posible, quedan eliminadas las sorpresas. Una palidez que se acentúa puede ser un índice valiosísimo de muchas cosas, desde una contrariedad económica hasta el descenso mortal de las energías.

Vigilo la mirada que se enturbia, la piel que se mancha, las uñas que se agrietan, la respiración que se acorta, el lunar que se oscurece, el cabello que cae en cantidades inesperadas, el paso vacilante, la jaqueca pertinaz, el peso en merma, el pensamiento que flaquea, la palabra lenta, las ideas que se repiten, la mancha que se agranda, la expresión grave, el gesto torpe, la mano sudada, la epidermis fría, el apetito en retroceso, la mejilla que se hunde, el colapso de los hombros, el afinamiento de las caderas, la transparencia de los lóbulos. El menor detalle puede ser un indicio. Cualquier descuido es imprudente. Una pista perdida y habremos desaprovechado una oportunidad quizás única.

Debidamente investigadas, una frase, una palabra oídas al pasar, una carta abandonada sobre una mesa o caída de un bolsillo, fragmentos de la conversación escuchada en el breve trayecto de un tranvía, un cruce en las líneas telefónicas, pueden darnos espléndidas claves, tantos son los que sufren desatendidos.

Con un mínimo de habilidad es tan fácil estar al tanto de todo. Recuerdo que en cierta época, en el barrio más pobre de la ciudad, logré establecer un servicio de avisos sobre casos de urgencia. Era en el verano y por una bagatela los colegiales de asueto venían a avisarme a la oficina sobre posibles casos en el vecindario. Fue un verano fructífero, bien empleado. Lo recuerdo con nostalgia. Cuando los estudiantes volvieron a las aulas yo estaba agotado. La apertura del curso puso fin a tan rica veta de observación. En las vacaciones siguientes no me animé a repetir la experiencia. Pensé en la mujer de Lot, en el destino de las segundas partes. ¿Para qué utilizar dos veces la misma vía si las oportunidades eran tan inagotables como la vida?

A poco que con cierta frecuencia visitemos a los conocidos, que llevemos con cuidado una lista de casos posibles, descartando los improbables para ahorrar tiempo y esfuerzos, que indaguemos sobre amistades y parientes, que con discreción empleemos el teléfono —ese útil invento al que tanto debo, economizador por excelencia de esperanzas mal colocadas— para enterarnos al pasar, sin curiosidades excesivas, sin precipitaciones innecesarias, del estado exacto de una situación, para establecer la verdad sobre otras; a poco, en fin, que dócilmente nos dejemos llevar por una pista colocada por el azar en nuestro camino, que no cerremos nuestra mente, que reconozcamos la infinitud de las posibilidades que con tanta generosidad la vida nos muestra, seremos más que recompensados.

XI

Por aquellos días empecé a visitar los establecimientos de salud. ¡Cuánta incomprensión y cuánta hostilidad hallé a mi paso! ¿De qué otro modo hubiera podido renunciar a tan inagotable fuente de observación? ¿Cómo sostener el insulto de las miradas aviesas y cargadas de sospechas que mi sola presencia llegó a provocar en parientes devorados de remordimientos?

Pienso sobre todo en los solitarios, los abandonados, los miserables, de los que nunca tuve un mal gesto, que me acogían al final de su soledad con una expresión de infinita gratitud, sin atreverse a dudar por un instante de los motivos de mi presencia, por improbables que fueran, aceptándola como la cosa más natural del mundo. De ellos nada desagradable recuerdo, ningún gesto de impaciencia ni de asombro. Mi presencia se justificaba por sí sola, y cualquier pretexto baladí servía para explicársela. Sólo para ellos era natural. En cambio si había extraños, éstos se mostraban de un egoísmo desenfrenado, como si quisieran acaparar para ellos solos el último minuto, el más precioso de todos, defendiéndolo con una exclusividad feroz, dispuestos a no compartirlo con nadie. Cuán diferentes los ancianos, los tristes, los desvalidos;

ellos parecían no querer otra cosa que compartirlo.

Ante que me fuera vedada la entrada a los establecimientos de salud utilicé varias artimañas para poder introducirme en ellos con pretextos plausibles.

Apreté un estuche de madera y compré varios artículos que me parecieron útiles y atractivos: peines, navajas de afeitar, servilletas de papel, frascos pequeños de perfume, jabones, creyones labiales, polvos, espejos, limas, esmaltes para uñas, pinzas, presillas para el pelo, desodorantes y algunos renglones de bisutería.

Con parte de las compras dispuse en el estuche una pequeña exposición ambulante. Con la exposición colgando del cuello para mayor comodidad entré una mañana en uno de los pabellones más grandes de lo que por un eufemismo extraño suele llamarse una casa de salud.

—Peines, navajas, grasa para el cabello —anuncié con voz discreta a la puerta de la primera habitación que encontré. Con la misma discreción retrocedí. Su ocupante satisfacía en ese momento necesidades íntimas. Desde donde estaba me dirigió una mirada incierta, como la de un animal resignado a su suerte en el fondo de su jaula, más allá de toda duda y de toda certeza.

—Peines... —anuncié en la habitación siguiente. Tropecé con una sonrisa beatífica que se mecía en una mecedora. La cara de su dueño, un hombre de mediana edad, no registró ninguna impresión.

—Esencia, jabones, cigarros...

La sonrisa siguió inalterable en su vaivén como si la causa que la había provocado, mucho rato antes, continuara, desconocida para mí, pero viva, quizás eterna.

Le acerqué un espejo pero la cara, que con cada vaivén de la mecedora se reflejaba en él, no dio señal alguna de reconocerme y la sonrisa continuó yendo y viniendo, entrando y saliendo del espejo. Sobre la comisura de los labios brilló un hilo de saliva.

—Espejos...

La habitación siguiente me deparó mejor suerte. La compartían un hombre joven y un anciano, aparentemente sanos, que para distraerse echaban una mano al póker. El más viejo me encargó talcos, que ofrecí traerle en mi visita siguiente.

—Venga siempre los jueves —me dijo.

Me sentí contento. Había hecho mi primer cliente, que además me pedía que lo visitara periódicamente, quizás para poder esperar a alguien.

—Los jueves, todos los jueves a las cuatro en punto —repitió mientras cortaba el mazo de cartas.

El más joven siguió absorto en sus sotas.

En las otras habitaciones que visité tuve igual o peor suerte. Al final de un corredor vi un grupo de mujeres ancianas sentadas al sol, y me dirigí a ellas esperando subir mis ventas. Me recibieron con una mezcla de indiferencia y desconfianza. Los frascos más pequeños de perfume excitaron la curiosidad de algunas. Los destapaban con manos temblorosas, los olían, se ofrecían olores entre sí.

Acabaron por hacerme abrir todos mi pequeños pomos, que no eran muchos, y que fueron pasando de nariz en nariz y perdiendo parte de su contenido porque más de una, con una sonrisa temerosa que pedía aprobación, derramaba unas gotas en un pañuelo o sobre las ropas. Fue necesario recoger la mercancía.

Con los lápices labiales me fue un poco mejor. Para ofrecer una muestra, pinté un poco sobre una mano rugosa, una garra vacilante de uñas esmaltadas. Esto causó general alborozo. Fue preciso ensayar distintos tonos sobre otros tantos dedos, ya muy resecos. Tras amplios debates sobre los tonos inusitados que entraban en sus vidas casi al cerrarse, la más vivaz del grupo procedió a perfilarse con cierto arte la boca sumida. El éxito de la operación decidió a otra, que nos observaba desde el fondo de una silla de extensión. Coloqué la caja sobre sus rodillas, revisó lentamente el contenido, artículo por artículo, y después de un largo debate consigo misma eligió una lima que se guardó con cuidado debajo de las ropas.

La mirada escrutadora de una enfermera que vestida de blanco de pies a cabeza venía, jeringuilla en ristre, a administrar las inyecciones de la mañana, me obligó a cerrar mi caja y a suspender las operaciones del día.

Tuve más de una sorpresa decepcionante. Cuando tras mucho conquistar a un comprador posible lograba establecer una relación, conseguida no pocas veces con pequeños regalos, al llegar una mañana encontraba que había desaparecido de su lugar habitual.

—No rebasó la madrugada —comentaba brevemente el vecino.

Así, al señor de los talcos sólo pude verlo dos jueves consecutivos a la hora exacta que él me había pedido que fuera. Al tercer jueves encontré a su compañero haciendo solitarios junto a una cama sin tender y vacía, cubierta sólo por la colchoneta y por las almohadas sin fundas, amarillas del último sudor de innúmeras cabezas. Seguí mi camino.

En otra ocasión, tras una búsqueda afanosa de un tono improbable de polvos por toda la ciudad, la ausencia brusca de la difícil cliente hizo imposible toda posibilidad de entrega.

Pero además de despertar poco interés, la quincalla sólo permitía relaciones muy superficiales. Realizada la operación de venta, había muy poco que comentar fuera de alguna alusión banal al tiempo. Existía, además, una especie de contradicción irreductible entre la novedad de mis mercaderías y la grisura del mundo en que me movía. Lo que yo proponía como pretexto para observar de cerca el final de aquellas vidas era fresco y nuevo, daba escaso pábulo a las conversaciones crepusculares, introductorias a la descripción detallada de sufrimientos físicos que suele propiciar amistades tan súbitas como efímeras. No lograba la confianza de mis vacilantes clientes.

En vista de mi limitado éxito y como el muestrario de las quincallas abultaba mucho y podía verse desde lejos hasta el punto de hacerse muy conocido del personal facultativo, siempre alerta, decidí deshacerme de él.

XII

Con los libros, en cambio, mi éxito fue notable. Tuve la idea súbita de una pequeña biblioteca circulante. Me sorprendió el interés postrero que en ciertos casos despertaban los libros. Sospecho que en algunos enfermos se trataba de un redescubrimiento. Creo que fue mi idea más feliz.

Sin hacerme mayores ilusiones y operando en librerías de ocasión logré reunir por poco dinero una colección limitada pero bastante variada de ajados tomitos en rústica. Nada espectacular y mucho menos de gran contenido. Pensé que como el interés de la prensa diaria y los semanarios frívolos con que debían contentarse los pacientes se agotaba rápidamente, los libros les ofrecerían una distracción más prolongada.

Decidí –y la experiencia demostró que mi decisión fue sabia– cambiar de lugar de actividades y explorar un gran hospital, donde la vigilancia era menos estricta. Cierta laxitud en los reglamentos me permitió instalarme en el sótano. Desde allí organicé mis actividades.

Mi plan tropezó con muy poca o ninguna resistencia. Por un centavo diario, pacientes devorados por la soledad podían conocer el interior de salones brillantes o asaltar grandes haciendas con articulaciones artríticas. Sospecho que en algunos de mis clientes propicié el sentimiento de redimir existencias ya sin remedio, durante ese breve lapso entre una y otra rutina o entre una rutina y la eternidad que yo les brindaba. Ciertos casos me conmovían en extremo. Penosamente, algunos deletreaban los grasientos tomitos, pero sin abandonarlos, como aferrados a un mundo tardíamente entrevisto. Quizás, cuando ya no importaba, habían encontrado un sentido que sólo ellos eran capaces de medir, un paraíso privado y tembloroso, un infierno absorbente.

Recuerdo con nostalgia una mañana en que, pasada la enojosa revista médica y administrados edemas, sueros e inyecciones, obtuve mi más bello triunfo: una sala entera de menos graves leía absorta. Por un momento me sentí dueño de destinos. Ciertas coincidencias que revelaré más tarde me confirmaron en este secreto y delicioso poder.

El primer suscriptor a mi biblioteca circulante fue un anciano que tosía. Sospeché que la tos era una forma de recordarse a sí mismo que aún vivía y de llamar la atención. Contestó ansiosamente a mi saludo, sin que la menor duda sobre los motivos que me acercaban a él enturbiara su mirada. Examinó gravemente los tomos que le propuse. Le expliqué el plan, me miró con cierta perplejidad y le prometí volver al día siguiente a cobrar la suma de un centavo, correspondiente al primer plazo, y a saber si la lectura le era grata. Esto pareció complacerlo en extremo. Cuando me despedí ya estaba enfrascado en la lectura. Quizás fingía interés por un simple deseo de parecer cortés; quizás me agradecía que por primera vez en mucho tiempo alguien se prestara a escuchar la historia de sus males, el curso tortuoso y complicado de un proceso que al parecer interesaba a muy pocos. No sé. Preferí no inquirir en sus verdaderos motivos.

El largo esfuerzo para establecer lo más precioso y deseado, la relación personal, la dependencia, había culminado en un éxito, insignificante y parcial si se quiere, pero innegable. Sentí que mi campo de observación estaba a punto de ampliarse enormemente, que había descubierto posibilidades sin fin.

El tiempo confirmó mis esperanzas. Lentamente, por la simple imitación, o mediante la persuasión en los casos más reacios (sólo tropecé con dos o tres negativas), logré implantar firmemente mi pequeña biblioteca. Ahora sólo me restaban la asiduidad, la observación, la paciencia.

Sospecho que la vida del hospital se enriqueció y que sin saber de dónde procedían exactamente los libritos que inesperadamente aparecían entre las manos amarillentas, el personal facultativo me agradecía la súbita tranquilidad de tantos cuerpos absortos en remotas empresas, que cesaban de desgranar quejas molestas y sin mayor oposición ofrecían a la aguja un glúteo exangüe e indiferente.

Al alquilar un libro por tan módico estipendio como era el

mío, cuál no sería mi sorpresa cuando comprobaba que la pequeña operación había provocado una demora en el proceso de decadencia. Con los libros voluminosos podía prolongar ciertas vidas, y si mis más modestos tomitos lograban reavivar el interés podían también alejar el momento, o prolongarlo.

Me di cuenta también de que en ciertos casos la simple precaución de vigilar atentamente el número de páginas por leer me permitía predecir los acontecimientos y evitar sorpresas, y al mismo tiempo distribuir mis volúmenes sin preocupaciones ni sobresaltos innecesarios.

Otros se apegaban curiosamente a un volumen sin decidirse a abrirlo, sosteniéndolo entre las manos hasta el último instante, en un goce delicado de esta última e inesperada pertenencia que yo les proporcionaba. Cuánta gratitud en sus últimas palabras, cuánta comprensión en sus miradas, y cuántas veces un inoportuno pariente surgido de la nada, aparentando una preocupación tardía, vino a interrumpir nuestro diálogo, con frecuencia mudo.

Un caso me parece especialmente digno de mención. Se trataba de un desahuciado, alguien que por mucho tiempo había estado entre los casos desesperados, sin que su nombre llegara a figurar en la lista final.

¿Cómo adiviné en él un espíritu afín? No lo sé; una fuerza instintiva debió guiarme hacia su cama. Mejor que nadie pareció intuir mis motivos para estar allí. Plácido y tranquilo, de excelente carácter, joven aún, logré establecer con él una amistad no menos cordial por efímera, o quizás por ello mismo.

Tal vez el deseo de estar junto a él lo más posible me hizo hacer lo imposible por conseguirle un volumen grueso. Le pedí que olvidara el estipendio convencional; si lograba llegar al fin, la suma pesaría demasiado sobre sus huesudos hombros.

Me estaba reservada una agradable sorpresa. Se produjo una coincidencia conmovedora, cuya posibilidad había previsto secretamente, sin esperar, ni en mis momentos más optimistas, que cristalizara.

Su estado pareció mejorar muy poco en los primeros días,

pero de modo muy perceptible a medida que la lectura avanzaba. Fue para todos una sorpresa inesperada. Al llegar al punto medio del volumen ya hablaba animadamente. Una mañana lo encontré dando pasos cortos por la habitación. Logré mantener ese estado hasta muy avanzado el tomo. Hacia las últimas páginas comenzó a perder fuerzas. Con gran trabajo lograba sostener el libro entre las manos.

Cuando acabó yo estaba junto a él. Terriblemente pálido, respiraba con un esfuerzo enorme del pecho, pero con una lucidez admirable su mirada aún lograba concentrarse en los signos. No me perdí uno solo de sus movimientos, de los angustiosos cambios de postura, de la variación en los colores de su piel. Me pareció inútil llamar a nadie. Si había logrado, aunque fuera por un mero juego del azar, prolongar su vida más allá de lo que nadie hubiera podido hacerlo, reavivar su interés, ¿a qué dejar que otros vinieran torpemente a estropear nuestros últimos instantes juntos? A Dios gracias, sus parientes rara vez lo visitaban y aplicando, después de todo, una moral estricta ¿acaso esos momentos no me pertenecían? Abandonando a los demás, había podido concentrarme en él casi exclusivamente. Más que en ningún otro momento, junto a su lecho de dolor, me sentí dueño de la vida y de la muerte.

Penosamente, su mirada se detenía en cada palabra de la página, que yo iluminaba con la lámpara de noche. Previendo el final próximo, había instalado un foco más potente. Vi sus párpados entrecerrarse; a las manos ya heladas apenas llegaba la sangre. Hacía mucho rato que yo debía sostener el libro. Guardo la más firme esperanza de que su mirada no se nublara para siempre antes de haber alcanzado el último signo.

Tanto me conmovieron las condiciones en que se produjo el fin de mi amigo que cuando reanudé mis operaciones deseché un pequeño sistema de multas que había ideado por demoras en la devolución de los libros.

Menos afortunada —y menos placentera también— fue mi relación con un anciano que una mañana en que lo hallé solo y desanimado recibió mi propuesta con amabilidad.

No había nadie junto a él, pero al día siguiente, cuando volví a visitarlo encontré dos parientes. Nos miramos con recíproca desconfianza. Una larga experiencia me dice que de los parientes hay que esperarlo todo. Mi nuevo cliente leía tranquilo en su cama. Del bolsillo del pijama extrajo un centavo, que me alargó sin decir palabra, y volvió a sumirse en la lectura. Expliqué a los familiares mi modesto plan, insistiendo en la intención de distraer a los enfermos. Parecieron aprobar. Uno de ellos me acompañó hasta el corredor.

—Mi padre se ha reanimado mucho —me dijo cuando estuvimos fuera de la habitación.

—Sí, casi siempre reaccionan así.

—¿Hace mucho que tiene el negocio? —La vulgaridad de la pregunta me estremeció.

—No, no mucho.

—Ya veo.

Y tras otra mirada más fría y escrutadora volvió a entrar en la habitación.

Al día siguiente la guardia de parientes se había doblado. Sentado en una mecedora, mi cliente parecía ignorarlos. Cuando me vio alargó otro centavo. Por breves instantes, hablamos con animación ante los familiares silenciosos.

En ningún otro caso la mejoría llegaba en forma tan evidente. Pensé que un puro golpe del azar me permitía devolver el interés a ciertas vidas y prolongarlas brevemente. Una lógica muy simple me hizo pensar que el azar también tenía sus leyes y que una vez establecido podía ser llevado hasta sus últimas consecuencias. Habiendo excitado el interés en la vida ¿no podría abolirlo retirando simplemente su objeto? ¿no equivalía esto a abreviarla? La amplitud de mis poderes me dejó absorto.

Al cuarto día me vi confrontado por los dos parientes y un funcionario del establecimiento. Me acusaron airados de haber perturbado al enfermo, que había vuelto a la cama y tenía la misma desolada expresión del primer día. Se le había prohibido todo esfuerzo.

Era evidente que en cualquier discusión yo llevaba las de perder. El funcionario dio la razón a los parientes, que seguros de su victoria y con un aire de virtud ultrajada proclamaban su indignación a gritos. Comprendí que mis sencillas actividades habían aplazado un final que ellos deseaban. La victoria era suya.

Ominosamente, fui expulsado del hospital. De un modo u otro pronto hubiera tenido que liquidar el negocio. Mi pequeña biblioteca circulante se agotaba rápidamente. Sentía que en pago de los últimos momentos que me habían ofrecido debía dejar a mis efímeros amigos los sobados tomitos como un pequeño recuerdo sentimental, e insistía en que los acompañaran al último albergue. Después de que todo había terminado, me sentía sin valor para recuperar la mercancía. Tuve que liquidar la empresa.

Otras apariencias que asumí después tropezaron con un rotundo fracaso. No lograron cruzar la barrera que me oponía el personal de guardia que, a pesar de mis precauciones, siempre se las ingeniaba para descubrirme al cruzar yo por el fondo de un corredor. Creo que llegué a ser muy conocido.

XIII

Una noche, ya de retirada, pasé junto a un edificio de varios pisos cuya fachada me pareció reconocer. El recuerdo del lugar se fue abriendo paso en mi memoria, desplazando a muchos otros similares; había estado allí semanas, quizás meses antes.

Reconstruí la escena mientras subía las escaleras oscuras que olían a humedad. Cuando llegué al último descanso encontré a la mujer que salía, siempre atareada, sudorosa y confusa. La miré un poco avergonzado. Le había prometido volver, pero deberes mucho más urgentes me habían hecho olvidar mi promesa. No pareció reconocerme. Me hizo a un lado con su gran cuerpo y se precipitó escaleras abajo dejando la puerta abierta.

Nada había cambiado en el interior de la casa. Los mismos libros seguían oprimiendo las mismas teclas vencidas de donde yo los había levantado en mi visita anterior. Mal alumbrados, los restos de algún desayuno reciente o remoto descansaban sobre la mesa, aún sin mantel. Los bultos de periódicos eran quizás más numerosos.

Enderecé otra vez el cuadro. Al fondo del pasillo la cama atravesada, pero ahora vacía, seguía aprovechando la última gota de brisa. Por segunda vez atravesé habitaciones que me eran familiares. Iluminado por una lámpara de pie, en una esquina de la habitación, como en un nicho, estaba el ocupante del lecho, con la barbilla hundida. Tardé en reconocerlo. Los meses transcurridos lo habían consumido.

Temí haber perdido una oportunidad preciosa; al acercarme confirmé mis temores; ya era muy tarde. Con infinitos cuidados, alcé el cuerpo y lo deposité en la cama. Era ligerísimo, como el de un niño; su peso parecía haberse reducido extraordinariamente. Tenía la expresión de alguien enfrascado en alguna idea profunda, pero observado desde otro ángulo parecía un niño desconcertado, aburrido quizás ante la negativa de algún placer. Sentí que entre nosotros se entablaba un diálogo mudo, libre de exaltaciones, en que las palabras sobraban. Pensé que de haberle hecho alguna pregunta me hubiera respondido cortésmente desde el fondo de su eterno sueño.

Para cumplir un viejo rito, inicié la búsqueda de un cirio por toda la casa. Llegué hasta la cocina, pero todo fue inútil. La falta de preparativos era absoluta. Cuando regresaba a la habitación, vi a la mujer entrar de nuevo, jadeante. Desde la puerta miró al cuerpo colocado sobre la cama. El cambio inesperado pareció contrariarla y se precipitó airada en la habitación.

—¡Ya has vuelto a las andadas! ¡Hasta cuándo!

—No se ha movido de donde usted lo dejó.

Mis palabras parecieron aumentar su habitual confusión. La inmensa masa de carne trastabilló y tuvo que buscar el apoyo de la cama. Su mirada se posaba en mí para luego volver al cuerpo cubriéndolo de injurias. Luego, sin transición, me agarró por un brazo y comenzó a vapulearme con fuerza.

—¿Qué le ha hecho? ¿Qué le ha hecho?

Cuando al fin comprendió lo que sucedía comenzó a dar grandes gritos que hacían retemblar la habitación. Arrojándose sobre la cama la hacía estremecer y vacilar sobre sus patas, no muy firmes. Sentí voces en el piso de abajo, pasos apresurados por las escaleras. Comprendí que había venido en un mal momento. Debía marcharme lo antes posible.

Cuando llegué a la puerta tropecé con varios vecinos que entraban.

—¿Qué ha sucedido?

—Voy a buscar ayuda ¡no se separen de ella!

Y eludiendo las preguntas y las miradas me precipité escaleras abajo.

XIV

Verifico las últimas señales, a medida que se producen, en forma que pudiéramos llamar escalonada. La ruptura es siempre gradual y comprobable. Los profanos suelen hablar de un desgajamiento súbito; los que por larga experiencia conocemos la lenta instalación de las señales sabemos que no hay tal, que la interrupción se produce en su momento y seríamos incapaces de proferir observación tan superficial, a todas luces frívola, indignante.

Los detalles secundarios pueden ser sumamente útiles para el observador, pero debemos depender sobre todo de la mirada para comprender el proceso en toda su amplitud. Ella y sólo ella nos dará la pauta de lo que sucede, anuncia lo que sucederá y, por la súbita ausencia de toda expresión, nos revelará que el instante ha sido traspuesto. Un fulgor inesperado marca algunas veces los instantes previos al último, los que más poder de observación requieren. Las pupilas se iluminan despacio, como si lo vieran todo por primera vez. Aparece entonces una expresión definida de reconocimiento, que dura un instante y luego se apaga con todas las demás. Es un instante revelador, que puede prolongarse y que compensa las largas horas de alerta. La conciencia se ilumina, los ojos miran en derredor, parecen comprender el significado de las horas de semioscuridad, del largo laberinto que ha tenido que recorrer la mente. La conciencia sale a la superficie para tomar nota de cada detalle: la luz del sol en la pared, el metal de la cama, la blancura de las sábanas, los cristales de una ventana, vasos sobre una mesa, frascos, rostros que miran, los pies cruzados y cubiertos, una toalla, un libro, una puerta que se abre, un cuerpo que se acerca y luego se aleja, la sombra de un pájaro al cruzar entre la pared y el sol.

La mirada suele iluminarse con lentitud; poco a poco pierde su fijeza. Diríase que la fijeza se diluye y que es sustituida por otra expresión más flexible, dentro de la cual comienza a abrirse paso la inteligencia. En esos momentos, el poder de observación debe intensificarse hasta lo indecible, ningún ruido, ningún incidente debe distraernos cuando nos es concedido este raro privilegio. Conozco demasiado bien el valor de estos momentos, que con tanta avaricia suele escatimarnos la suerte. Son los instantes preciosos en que la vida vuelve. Una expresión de lucidez, débil en un primer momento, más acentuada a medida que transcurren los instantes, aparece cuando se han disipado los últimos vestigios de la fijeza. La mirada reconoce un objeto, después otro. Los párpados se cierran en un movimiento rápido, más tranquilo. La mirada registra ahora detalles: el repliegue de un paño, el filo de un vaso. Luego pasa a otro detalle, se pasea lentamente. Quizás aún no reconoce rostros, pero es indudable que los objetos sobre los que se posa le son familiares. Terminado el reconocimiento, ya es capaz de abandonarlos para fijarse en otros, en un movimiento pausado y semicircular. La expresión, menos concentrada, indica que el grado de lucidez se ha intensificado. La retina transmite rasgos familiares, omite otros. Hay un movimiento casi imperceptible de las manos, que se frustra en seguida; todas las energías se reservan para el esfuerzo de la mirada. Es evidente que la memoria ha vuelto a instalarse y que recobra sus fueros parcialmente. Si los labios pudieran moverse pronunciarían nombres.

La mirada ya no se pasea, ahora descansa en un punto; hay una evidente asociación de ideas, que se interrumpe cuando la atención se traslada. Ya los ojos son capaces de apartarse de un punto y regresar a él sin extraviarse. Sin duda establecen comparaciones. Quizás el esfuerzo los fatigue porque se cierran un instante para después posarse largo rato en un mismo lugar.

En ese momento, prolongado y engañoso, una mano torpe es capaz de abatirse sobre ellos antes de que nadie pueda impedirlo, y agitarse a uno y otro lado, para luego, ignorando la oportunidad y la exactitud minuciosa con que es necesario calcular los preciosos instantes, llevar un dedo a los labios y recomendar silencio temiendo la agudeza que suele asumir el oído en tales momentos, y con una indignante falta de tacto, con un movimiento que quiere ser firme y mesurado pero que es en realidad desatinado e inhábil, encender un fósforo. Los ojos abandonan su punto de transitorio reposo, recorren las paredes, después los rostros, con una expresión en que la lucidez se ha intensificado de modo indecible, en un recorrido inquisitivo y circular que, si en un primer momento es lento, luego llega a hacerse vertiginoso.

¡Dios mío! ¡Dios mío!

XV

Volví a casa de Jacobo. Tenía una necesidad urgente de verlo, de estar junto a él. Desde el día en que su mujer me dijo en forma tan abrupta que me fuera a un cine no me había atrevido a volver a llamar. Su insinuación, más que un aviso velado de que mi presencia podía llegar a ser desagradable, me pareció una ofensa burda a mis sentimientos de sincera amistad por mi amigo.

Largo rato dudé junto a la entrada sobre la conveniencia de subir. Cuando Lucrecia dobló la esquina y comenzó a acercarse a la casa, me oculté rápidamente. Comprendí la torpeza que había cometido. Si hubiera subido en seguida y llamado, alguien, algún pariente, me hubiera franqueado la puerta y ya hubiera sido demasiado tarde para que ella me negara la entrada. Ahora era tarde, había perdido la oportunidad. Con su paso lento y pesado, Lucrecia llegó al portón de la calle, entró y desapareció dentro del edificio.

Me sentí indeciso. Si subía, seguramente me exponía a otro desaire. Ahora bien, ¿no cabía la posibilidad de que mi imaginación me llevara a construir situaciones que no existían? Largo rato luché entre estas dos ideas hasta que el sentido común acabó por imponerse.

Subí tranquilo. Cuando llegué frente a la puerta toqué el timbre, que resonó en el fondo de la casa. Sentí pasos apresurados que se acercaban y luego se alejaban en distintas direcciones, pero no en la de la puerta. Mi llamada pareció producir un desconcierto dentro de la casa. Creí oír voces ahogadas, carreras sofocadas y breves. Una puerta se cerró con estrépito.

Volví a llamar, esta vez con más fuerza. Una última carrera ahogada y de nuevo el silencio. Apreté el timbre casi con violencia. Comencé a golpear con los puños. Era preciso tener una explicación con Jacobo. Me daba cuenta de que estaba en poder de su mujer, capaz de inventar cualquier cosa para desacreditarme. Volví a golpear, frenético; me respondió la más obstinada ausencia de todo sonido. Bajé.

Permanecí un rato junto al portón, esperando vagamente que alguien bajara o subiera, y de alguna manera entrar en la casa. Me senté en el quicio para descansar. Estaba demasiado nervioso. A los pocos momentos crucé la calle y me alejé. Antes de torcer la esquina me quedé mirando hacia el balcón de la casa de Jacobo. Estaba cerrado, pero al cabo de unos minutos vi la persiana entreabrirse y luego cerrarse otra vez, muy despacio.

No podía explicar cómo llegué hasta la plazoleta. Caminando absorto, anonadado por lo ocurrido, de algún modo logré llegar hasta ella, animado tal vez por la esperanza de que el ambiente familiar me devolviera la tranquilidad.

Era temprano. Las primeras luces se encendieron contra un cielo rojizo. En los breves momentos en que el día y la noche se superponían, todo se intensificaba y adquiría un aire de irrealidad y de violencia.

Alguien habló cerca de mí. La mujer de Joaquín llegaba. Se acomodó cerca de él. Tranquilizado por su presencia, me acerqué a ellos. La mujer no se percató de que yo estaba allí hasta que me detuve casi junto a ellos. Al verme, se quedó mirándome fijamente. Siguiendo la dirección de su mirada, Joaquín alzó los ojos hasta encontrarse con los míos. Se puso en pie tambaleándose y se quedó en silencio, mirándome con una expresión agresiva en sus ojos inyectados.

Tras breves instantes opté por alejarme.

XVI

Antes de anoche tuve una revelación extraordinaria.

La inesperada hostilidad de Joaquín y la mujer, la mirada de odio que me dirigieron el padre y el hijo, que llegaban cuando me marché, me produjeron una depresión que me duró todo el día. Trabajé maquinalmente en la oficina, indiferente al reloj, libre de impaciencia, de finalidad. ¿También de la plazoleta debía excluirme? ¿Qué recurso me quedaba? ¿Adónde ir?

Regresé a la habitación. Preparé algo de comer, que no toqué. Largo rato anduve de una a otra pared; luego me eché sobre la cama. Desperté sobresaltado. Era de noche.

Entorné la persiana y vi la plazoleta llena de público. Durante el día habían instalado una feria. De dos altoparlantes situados frente por frente a mi ventana salía una música atronadora. Traté de leer, luego de volver a dormir, pero era imposible. La música penetraba a través de la persiana cerrada y de la almohada que me apretaba contra el oído. También de mi único lugar de reposo debía marcharme.

Salí de la habitación. Las escaleras del edificio estaban desiertas. Pensé que mis vecinos estarían en la feria, imposibilitados como yo de permanecer en sus casas; otros, más insensibles, conversarían o dormirían.

Al comenzar a bajar me acometió el deseo de subir. ¿Qué habría en la azotea? La idea de que estaría deshabitada hubiera eliminado cualquier interés por visitarla, que por otra parte nunca había sentido.

Qué alivio al abrir la puerta del último piso. Atrás quedaba un mundo cerrado y estrecho; a la azotea no llegaban los ruidos de la calle, ni la música de la feria. Me sentí rodeado de silencio, calmado por la brisa apacible que venía del lado de la bahía.

Me asomé al muro que daba a la calle. Las luces de los puestos brillaban bajo los techos de latón, iluminando el pavimento con una luz sucia. La música había cesado por un momento. En el inesperado silencio, el público parecía entrar y salir de las casetas sin objeto. La gente se movía como sombras.

Atrás, hacia los muros más alejados que separaban la azotea de las casas contiguas, la oscuridad era casi completa. Caminé hasta el muro más apartado y me senté en el suelo, que aún conservaba el calor del día. El lejano clamor de la ciudad llegaba hasta allí, pero muy apagado.

De un cajón de ventilación que se abría en el suelo subía una claridad. Me asomé. Una luz amarillenta me tiñó las manos. Del pozo subían voces. En el fondo, un poco de agua olvidada emitía un fulgor remoto. Alguien tosió con una tos dura, una voz cantó; oí risas, más voces. Una puerta se cerró a lo lejos. Subía olor a vapor y a humedad.

Los muros de la azotea eran bajos. El medianero, que separaba los edificios, muy espeso. Pensé que muchas casas se habían apoyado en él, que permanecía en pie mientras tarde o temprano las casas acababan por caer derribadas.

A un mismo nivel se extendía la azotea contigua. Vacilé un rato antes de saltar, pero cuando me encontré del otro lado me volvió el ánimo. Pisando con suavidad recorrí la azotea y me asomé a un muro lateral que miraba a un terreno abandonado. Varios gatos que jugaban se me acercaron y por un rato recorrimos juntos la azotea, en silencio. Luego desaparecieron.

Tiré de un tablón, abandonado entre un montón de escombros, y con cuidado lo deslicé por encima del muro hasta apoyarlo sobre el techo de la casa vecina. Ésta era más antigua, con una larga abertura central que correspondía al patio y a los pasillos de los pisos altos. La recorrí en toda su extensión. Del fondo del patio subía el ruido de un instrumento. Cuando cesaba oía conversaciones y risas calmadas. Por el patio cruzaban figuras con un taconeo apagado.

Todo el piso alto estaba a oscuras, menos un cuarto. Me acerqué. Una luz potente lo iluminaba.

Por una puerta y una reja que se abrían al pasillo pude ver parte del interior. Todo tenía aspecto de gran pulcritud. El brazo de un sofá y un pedazo del piso brillaban bajo la luz cegadora que debía colgar del techo. Sobre la mitad visible de una cómoda de espejo había frascos, un ángel de loza; debajo del cristal, fotografías. En el suelo, también muy limpio, cojines pintados. La baranda de metal de una cama emitía un brillo pálido.

Por el hueco abierto que remataba la ventana, unos ojos me miraban fijamente. Me desplacé un poco para observar mejor el interior. La mirada me siguió hasta que desaparecí de su campo de visión, para volver a desplazarse conmigo cuando volví a entrar en él. Las sábanas ocultaban unos pies. El resto de la casa, a oscuras, permanecía en silencio. Volví a mirar los ojos abiertos bajo los párpados inmóviles.

Varias veces recorrí la azotea adonde ya no llegaban ruidos. Sentí la frescura de la medianoche. Regresé al punto de partida. La feria languidecía abajo, vacíos ya los puestos. Los altoparlantes habían dejado de sonar.

Cuando volví a asomarme al patio, tropecé otra vez con la mirada inmóvil bajo la luz cegadora.

Anoche vi luz en el fondo de la casa; dos personas conversaban junto al pasillo. No había oscurecido del todo y ya la luz brillaba con intensidad en el cuarto. Quizás no se apagaba nunca. Como la noche anterior, no había nadie más en esa habitación.

Largo rato sostuve la mirada de los ojos alzados hacia mí desde el fondo de la cama. Salvo un leve agudizarse al entrar yo en su campo de visión, no observé cambio alguno en ella. Pensé que quizás la cabeza no se había movido en todo el día, esperando mi aparición en la azotea.

Súbitamente las voces de los que conversaban junto al pasillo se elevaron. Sin ninguna razón aparente, lo que parecía una conversación íntima y sosegada estalló en un torrente de mutuas injurias. Eran un hombre y una mujer. La casa, casi apagada, comenzó a iluminarse; una a una las habitaciones se encendían. Debajo, en el patio, oí gente taconear, no pausadamente como la noche anterior, sino como quien corre.

Por encima del ruido subieron voces asustadas:

—¿Qué pasa? ¿Qué pasa?

El pasillo y el patio más abajo se fueron llenando de gente que entre sobrecogida y regocijada asistía a la reyerta, como si la tranquilidad de la noche hubiera pesado demasiado y agradeciera este inesperado alivio, esta brusca ruptura.

Los que discutían pasaron sin transición de la palabra a la violencia. El hombre asió a la mujer por un brazo, la acorraló en el recodo del pasillo y poniéndole ambas manos sobre las orejas y mirándola en los ojos fijamente, como si fuera a besarle los labios, comenzó a golpearle la cabeza con el muro.

Desde donde yo me había situado, exactamente encima de los dos, podía ver los ojos de ella cerrarse aturdidos cada vez que se aproximaba un nuevo golpe.

Los espectadores del pasillo comunicaban los detalles de la escena a los que no podían verla de cerca e inquirían ansiosos desde el frente de la casa o desde abajo:

—¿Qué le hace, eh?

La mujer logró liberarse y la riña continuó, ya con menos violencia. Se gastaba de la misma manera inexplicable que había comenzado. Oí carcajadas.

Volví a mi posición encima del cuarto, siempre iluminado. Los ojos se habían cerrado. Esperé a que se abrieran. Cuando lo hicieron, habían perdido algo de su expresión inhumana. Con gratitud, vi que la luz del reconocimiento los iluminaba gradualmente.

Quizás como reacción a lo que acababa de presenciar, sentí correrme las lágrimas sin hacer nada para contenerlas, casi con placer.

Largo rato permanecí de codos en el muro, consciente de que la mirada que llegaba desde el fondo de la habitación no se apartaba de mí. Sentía que mientras yo permaneciera allí, inmóvil en la semioscuridad, le prestaba una especie de protección contra la violencia que podía volver a desencadenarse.

Muy cansado —ya era muy tarde— emprendí la retirada. Con un brazo hice un gesto de despedida. Bajo la luz dura del techo, los ojos asumieron un resplandor de burla.

Otra vez esta noche, como anoche hasta muy tarde, recorrí las azoteas atraído por su vasto silencio. Me exalta este mundo que acabo de descubrir, este mundo aparte, ajeno al de abajo, este universo remoto de losas calcinadas que despiden en la oscuridad el calor acumulado durante el día.

Sin temor a que me oyeran lo recorrí gozoso corriendo a veces en toda la amplitud que me permitían los muros, mirando a la calle como a una amenaza ya lejana, menos inmediata, pegando el oído a las escotillas de ventilación para oír los ruidos confusos que subían por ellas.

Otra vez, por largo rato, volví a sostener la mirada de los ojos que entre burlones y agradecidos me esperaban. Pensé que durante largas horas habían vigilado mi aparición en la azotea. Quizás, con enorme alivio, verían caer la tarde y disolverse la luz, esperando la sombra que débilmente iluminada se asomaría al muro, desaparecería y reaparecería y con un gesto del brazo les haría una señal amistosa, al cual sólo podían corresponder con la inmovilidad.

Debí dormirme sentado en la azotea porque cuando desperté ya comenzaba a aclarar. Antes de retirarme me asomé por última vez. La luz eléctrica implacable alumbraba los ojos muy abiertos, que parpadearon con un saludo de despedida.

XVII

Todo se ha perdido. Una mano criminal clausuró la puerta de acceso a la azotea. Durante tres noches traté de abrirla y tuve que interrumpirme al sentir pasos que se acercaban.

Al fin logré forzarla. Corrí hasta el fondo de la azotea, crucé el muro y la azotea contigua. Habían quitado el tablón que puse la primera noche para cruzar y tuve que dejarme caer hasta la casa del patio, agarrándome de los salientes del muro.

Cuando llegué frente a la habitación, vi consternado que por primera vez la luz se había apagado y estaba cerrada. La oscuridad ocultaba la puerta. Era muy tarde y todos dormían. El corazón me latió con fuerza. También estos ojos se apagaban, esta puerta se cerraba.

Esperé toda la noche apoyado en el muro, con la esperanza de ver iluminarse el lecho. Cuando me sentía muy fatigado, dormía un rato sobre las losas de la azotea. Quizás la ocupante estaba peor y alguien había cerrado la puerta para que pudiera descansar mejor.

Pero con la luz de la madrugada comprobé que sobre la puerta habían echado un cerrojo.

XVIII

Ahora que por fin conozco el reposo, comprendo hasta qué

punto llegué a agotarme. Las ausencias continuas, la fatiga de las noches en blanco, acabaron por hacerme perder el empleo.

El gerente me miró con pena cuando me extendió el último sobre y una carta de recomendación. Era, en el mejor sentido de la expresión, un hombre bondadoso, un alma recta. Sentado ante su escritorio algo pomposo, en una butaca de cuero demasiado amplia, me habló con calma, casi con afecto.

—No tenemos nada contra usted, pero ha ido demasiado lejos. —Y luego añadió en tono familiar—: Siempre había trabajado tan bien.

Le di las gracias, pero preferí no explicar nada. No hubiera logrado hacerme entender. Mientras hablaba noté que sus orejas eran muy blancas, hasta casi transparentarse a la luz que entraba por una ventana situada detrás de él. Le miré a los labios, de un color rosa muy débil. Las uñas no revelaron nada mejor: manchadas de nicotina, se veían muy cuarteadas. Lo recordaba, no obstante, como un hombre saludable. Pensé que no debíamos perder contacto.

—¿Me permite llamarlo?

—Cuando usted quiera.

Vacilé un momento.

—A su casa, si es posible...

Pareció sorprenderse.

—No creo que sea necesario.

Preferí no insistir.

Varios días vagué sin objeto por la ciudad, tratando de no volver a mi cuarto, que me producía una depresión invencible. Caminando la ciudad de uno a otro extremo visité lugares ya demasiado familiares en un homenaje silencioso a rostros amables y desaparecidos, a amigos para siempre ausentes. Reviví los fracasos de los últimos meses, los escasos éxitos, las humillaciones. Sentí que habían valido la pena, pero no pude evitar un desaliento profundo.

Una tarde en que decidí regresar al lugar donde dormía tropecé con un cuerpo voluminoso y torpe que pasaba. Pedí excusas y seguí andando. Segundos después sentí que era empujado, luego arrastrado por una mano que se aferraba a mi cuello.

—¡Es éste! ¡Es éste! —gritó alguien casi dentro de mi oído. Vi a la gente detenerse, sorprendida, y a su vez gritar, correr arrebatada. Cuando al fin pude volver la cabeza reconocí la figura achatada y corpulenta, los gestos bruscos, la vitalidad áspera y torpe desbordando fuera del vestido. Recordé como en un sueño las teclas aplastadas, el cuadro torcido, el hombre dormido como en un nicho.

En un vértigo, oí las acusaciones absurdas, vi cabezas asomarse a los balcones, brazos agitarse, rostros que agradecían casi el espectáculo.

Tembloroso y bañado en sudor, acogí con gratitud los brazos del policía que se me tendían desde dentro de un auto oscuro, libre al fin de la mano que entre el estrépito y la confusión no dejaba de vapulearme, bestial e iracunda —quizás justiciera.

XIX

Encerrado aquí, sin otra interrupción en las largas horas de forzado reposo que las necesarias para comer lo que el guardián me trae y para practicar esa otra forma de meditación que es el dormir, puedo dedicar largas horas a revisar mis actos.

A falta de pruebas que sustenten el cargo de homicidio formulado contra mí en un primer momento, han debido atenerse al de abuso de confianza y premeditación. No son graves, pero espero la pena máxima que les corresponde. Pasaré varios inviernos entre estas paredes húmedas, con salidas reglamentarias para ver el sol y tomar un baño ocasional. Como la pena no conlleva trabajo, el tiempo me será largo. Pero nadie tiene interés en que me sea breve. Desde su punto de vista, la razón les asiste.

También desde su punto de vista abusé gravemente de la confianza o de la inocencia de los demás. Debo prepararme para oír las versiones más truculentas y disparatadas de mi conducta.

He visto una foto del fiscal. Esa gordura en hombre tan joven, ese cerco demasiado oscuro que bordea sus ojos, los vasos de la esclerótica tan pronunciados, que si el lente no captó yo adivino, no anuncian, por cierto, nada bueno. De algún modo debo pasarle aviso, quizá el propio letrado...

La mente es rica en invenciones cuando la comprensión no la ilumina. Al menos yo, debo entender. Las reglas de este establecimiento son severas, pero no tanto que no pueda haber hallado la manera de redactar estas líneas. La descripción de mi vida en los últimos meses distrae mis ocios forzados. Trabajosamente –mi aliento literario es corto, desigual– me he relatado a mí mismo lo sucedido.

Los hechos llevarán a mis jueces a una conclusión segura que yo no trataré de desmentir. Será interesante oírla. En el fondo, las apariencias no engañan.

Tampoco he aprovechado las oportunidades que se me han brindado. Cuando la otra mañana un joven alto y pálido que hacía grandes esfuerzos para inspirarme confianza vino a verme, le di con voz tranquila todas las respuestas que él no esperaba. Algo desalentado, me dijo que le era imposible ayudarme. Lo despedí con un gesto afectuoso, no desprovisto de ternura. Era el psiquiatra.

De todas las acusaciones, la de homicidio es la única que consiguió indignarme. Tolero la incomprensión, pero no si entraña la calumnia.

Debajo de la verdad que revelan las apariencias hay otra verdad más profunda que es preciso que se conozca. No me hubiera preocupado mucho si la posibilidad de ser calumniado no me hubiera deprimido primero, enfurecido después. La historia se hace con la verdad y con las mentiras. A las toneladas de papel y los ríos de tinta que narrarán mi caso, impreso junto a otras deformaciones de la verdad para que lo lean millones de ojos extrañamente ávidos de novedades, sólo puedo oponer estos párrafos que redacto con dificultad a la mala luz que llega hasta donde trabajo. Los obstáculos son tremendos, pero sé que alguna vez llegarán estas líneas a conocerse. Esperemos.

La afirmación de que he tratado de poner fin a vidas ajenas no podría ser más torpe. Revela una incomprensión absoluta de mis preocupaciones y una lamentable confusión entre el fin y los medios.

Veo entrar cada mañana al guardián que me trae el desayuno. Varias veces en el curso del día repetirá su visita. Es joven y fuerte, respira energía. Saludo en él al bien supremo del vivir, el más incierto y amenazado, y no obstante el único con que realmente contamos, por breve que sea su plazo.

No es la muerte lo que me obsesiona, es la vida, el humilde y grandioso bien siempre amenazado, siempre perdido. Me intriga el momento en que se extingue para siempre; aún no he podido explicármelo, está más allá de toda comprensión. He tratado de sorprenderlo. Siempre se me escapa, es evasivo.

Un instante estamos vivos, el siguiente la vida se ha extinguido. En vano he tratado de sorprender el momento en que efectivamente cesa. ¿Cómo es posible que se nos prive del bien supremo? Es como una blasfemia cuyo significado desafía todas las explicaciones, una atrocidad, un ultraje sin nombre. Por tratar de desentrañar una explicación me he quedado solo, he desechado todos los contactos normales con mis semejantes, y por último he perdido la libertad para la cual —ahora lo sé— no hay sustitutos.

Estoy contento. No lamento lo vivido, los lances que a muchos podrán parecer sórdidos y que quizás lo sean. Si recuperara la libertad volvería a empezar. Mi obsesión no requiere ser justificada, está en el fondo de todas las acciones humanas. Volvería a tratar de sorprender el momento; algún día tal vez me sería revelada su desconcertante explicación.

El guardián acaba de entrar. Presiento que seremos amigos. Es lástima que tenga este oficio. Todo en él respira deseos de vivir. En él saludo a la vida. Pero nunca se sabe...

EN LA AVENIDA

Cuando abrió el balcón, la luz dura de una mañana sin sol lo hirió en los ojos.

Cubriéndoselos del resplandor excesivo, contempló la ciudad extendida sobre una llanura monótona, de elevaciones pequeñas que terminaban al comenzar.

La avenida, muy ancha, se abría varios pisos más abajo. Un falso monumento romano, pretencioso y pesado —columnata en arco con héroes, matronas, vestales, auriga y carroza, todo protegiendo al prócer casi invisible, un hombrecito de chaqué tallado en mármol— la coronaba, y daba la ilusión de que la avenida arrancaba allí para ir a morir al mar.

Pensó que el monumento era espantoso. Visto así, en conjunto, presidiendo desde una elevación que terminaba abrupta detrás de él, tenía algo de teatral, de desagradablemente operático, sobre todo en días claros o por la noche, cuando de los otros barrios de la ciudad subía un fulgor y el cielo daba sensación de un telón de fondo iluminado para destacarlo, en espera del tenor tirado por el cisne: *Leb wohl, du wilde Wasserfluth...*

Debajo del balcón la avenida se convertía en un intento de jardín, de arbustos raquíticos podados con terquedad, en medio de parterres pisoteados y tristes, para cubrirse más allá de árboles opulentos y oscuros y seguir su carrera a un mar siempre hermoso, de un añil intenso que en ciertas tardes lo exaltaba.

Miró al auriga, las matronas, las vestales, los ángeles y la proa de galera ridículamente pequeña. Impulsada por remos diminutos de mármol, daba la impresión de que el enorme monumento iba a emprender de un momento a otro la navegación sobre la hierba, avenida abajo.

Luego, hostigado por la luz lívida e hiriente, cerró el balcón y regresó a la habitación.

Rendida sobre el lecho, a la media luz que entraba por las persianas entornadas, se veía casi hermosa. La contempló largo rato, temeroso de destruir la expresión absorta, concentrada en el total olvido del sueño, indiferente al ruido que ensordecía el ambiente y que subía de la intersección, debajo de la ventana.

Viéndola dormir, pensó que ésos y aquellos otros en que guardaba silencio eran sus mejores momentos. No porque su conversación, en la que ponía la misma dosis innecesaria de intensidad que dedicaba a cada acto, lo molestara. Lejos de ello, le intrigaba la capacidad de derrochar tanta energía en las afirmaciones más triviales, en los actos más cotidianos, y le parecía reveladora de una actitud para el apasionamiento digna de causas infinitamente más valiosas, de tesoros ocultos que tal vez jamás llegaría a descubrir, de posibilidades sin fin para la bondad, para el trabajo, para el rencor.

Pero cuando guardaba silencio, con el cabello alisado junto a la mejilla, absorta en la conversación de los demás o en la lectura, una profunda serenidad descendía sobre ella que a él le hacía desearla más que a ninguna otra cosa. O quizás desear sobre todo su compañía. En las últimas semanas se decía que eso era todo lo que deseaba desde la mañana en que mientras se acercaba al sitio donde ella lo esperaba pensó, ardiéndole los ojos, por qué todo se había gastado tan rápidamente, por qué todo se gastaba tan rápidamente. Pero el deseo de ella o el de su compañía ¿no eran casi la misma cosa?

Se preguntó si aquellos dones para la devoción, la energía avasalladora que dominaba todos sus actos y que había trope-

230

zado con él como con un poste, amenazándolo con su ímpetu, inundándolo de ternura con la misma decisión con que hubiera podido sumergirlo bajo incontables capas de aborrecimiento, se trocarían alguna vez en una capacidad para el odio, y si la misma adoración que en un primer momento halagó su vanidad acabaría sin transiciones por destruirlo mediante una simple alteración de fanatismos.

Le puso una mano en el hombro tibio y redondo, dorado por el sol de todo el verano, que cedió bajo la presión de los dedos. Gradualmente, ella despertó.

—Me marcho —le anunció, acariciándole los cabellos húmedos de sudor. Realmente estaba hermosa así, semidormida en la penumbra—. Es tarde, levántate —insistió.

Ella no abrió los ojos, y se limitó a sonreír vagamente.

—Adiós. —Volvió a rozar el hombro con los dedos. Ella se los tomó con una mano delgada y suave, caliente, casi ardiente por el contacto con el cuerpo dormido bajo las sábanas. Primero los apretó con la presión temblorosa del que despierta, luego jugó con ellos y al fin terminó por abandonárselos.

Esperó la pregunta que sabía que ella temía formular, pero que torpemente formulaba siempre, y que él deseaba oír por un secreto deseo de contrariarla, quizás de atormentarla.

—¿Cuándo vuelves?

—Uno de estos días.

Siguió un silencio en que él paladeó su pequeña victoria con un poco de pena. Ella no hizo ademán de moverse ni de decir nada.

—¿No te levantas?

La respuesta tardó un poco.

—Ahora. No me gusta que me veas por la mañana.

—Qué tonta.

Ella hizo un gesto, como quien se resigna a un destino. Él le rozó de nuevo los cabellos y se inclinó para besarla, pero desistió de hacerlo.

—Adiós —repitió, y salió del cuarto.

Caminó por el corredor cuya oscuridad perenne lo molestaba y que encendía siempre al pasar, con un puñetazo en el conmutador. Pero esta vez no reparó en la oscuridad. Abrió la puerta, salió al rellano de la escalera, bajó sin esperar el ascensor y ganó rápidamente la salida, ansioso de respirar de nuevo el aire de la calle.

—¿Cuándo vuelves?

La pregunta se la hacía ahora otra mujer desde el rellano de otra escalera. Inofensiva y banal, tenía el poder de irritarlo de una manera descompasada.

Había llegado al primer descanso. Se detuvo, tratando de identificar el origen de su irritación. ¿Qué era exactamente lo que se la producía, la implicación del deber de volver, la exigencia velada que no iba más allá del marco milenario de las obligaciones familiares o la voz cascada y temblorosa, el cuerpo de pie en lo alto de la escalera, apoyado con torpeza en la pared?

La figura se llevó una mano a la cintura con un gesto reminiscente de lo que medio siglo antes debió ser una postura elegante, una coquetería. Sintió una piedad atroz.

Viéndola allí, varios escalones por encima de él, alisándose el cabello con una mano temblorosa donde las venas se marcaban mucho, pensó en los recuerdos que tenía de ella, que las fotografías que a veces le pedía como para una comprobación febril de una realidad cada vez más dudosa y elusiva, le ayudaban a confirmar. Sobre todo las más antiguas, las anteriores a su nacimiento, que lo habían deslumbrado cuando ella se las había mostrado por primera vez.

Evocó el primer recuerdo que tenía de esta mujer, su madre: la figura esbelta, el gesto firme, el paso decidido (para él majestuoso), la mirada a menudo agresiva, la voz tranquila, que podía con tanta facilidad hacerse dura, la risa con frecuencia sarcástica, la ropa que él creía más allá de todo reproche, los paseos, los hombres que rara vez reaparecían.

Su relación con ella oscilaba entre la compasión y la ira, entre la desesperación impotente y el arrepentimiento. No había puntos intermedios, neutrales o indiferentes que la hicieran llevadera, que aliviaran la constante tensión.

La comprobación de una inteligencia en retroceso, delatada por las historias mil veces oídas que ella repetía tercamente como si acabaran de suceder, lo sumía en una desesperación hosca que se traducía en violencia, en exabruptos mal dominados. Las reacciones pueriles, la mezquindad de una vida en retirada, las tretas infantiles, la curiosidad mal encubierta, casi malsana, la incipiente maledicencia, las mentiras patéticas, las pequeñas miserias fisiológicas... Pensó que sus relaciones con ella se habían reducido a la observación de ese proceso inicuo. Cerró los ojos.

«¡Corre, trae las fotos!» —estuvo tentado de suplicar a la figura devastada que inquiría desde lo alto de la escalera— «¡vamos a verlas juntos otra vez!»

Pero sólo le contestó:

—Pronto.

Y siguió bajando.

Contempló largo rato el movimiento de la calle, la masa de agua color pizarra de la bahía que se extendía frente a él y luego se adentraba en un recodo, invisible desde su punto de observación.

¿Qué tendría este día que le obligaba a mirar las cosas como si no las hubiera visto nunca? Había días así, cuando hasta los objetos nos obligaban a considerarlos de nuevo.

Miró las paredes de la habitación donde trabajaba. Era un cuarto feo y vulgar, que no había visto pintura en muchos años, pero no del todo desagradable.

Oyó llegar a la mujer que venía a hacer el almuerzo. Llegaba tarde; venía desde el otro extremo de la ciudad. La sintió meter la llave en la cerradura, abrir la puerta, cerrar con cuidado y entrar en el pequeño vestíbulo sin hacer ruido, para que él no la oyera. A mediodía sentiría hambre, pero esperaría a que ella terminara los preparativos y comería sin reñirle, fingiendo que no la había oído llegar, sobre todo hoy, cuando el mundo estaba cubierto por aquel cielo bajo que ponía un resplandor en todo y destacaba hasta los detalles más insignificantes.

Pensó en los que vendrían a ocupar el espacio en que él estaba. Alguien pintaría la habitación para luego abandonarla, amantes, niños, viejos, muchachas, solitarios —para recibir a las generaciones las paredes cubriéndose de sucesivas capas de color que inevitablemente se marchitaban y terminaban por ennegrecerse.

Sobre las losas del piso, de un mal gusto anonadador, caminarían cuerpos que él no conocería nunca y que no sospecharían que él había pasado por allí. Pies hermosos y jóvenes, pies infantiles, pies cansados o deformes, pies abandonando lechos tristes y fríos o tibios y alegres, multitudes de pies entrando por primera vez o marchándose para siempre; hombres o mujeres yendo a abrir la puerta para la alegría o a cerrarla para la tristeza —todo sobre las mismas losas sólidas y feas, sin sospechar nadie nunca ¡jamás, jamás! que él había sufrido, amado, pensado allí.

Caminó toda la tarde. El calor lo aplanaba todo. El estrépito innecesario en que la ciudad se complacía se intensificaba a medida que el sol —invisible todo el día pero implacable— comenzaba a descender. Molesta por el intenso resplandor, la multitud de hombres y vehículos elevaba el diapasón y sólo conseguía irritarse más.

Bruscamente relampagueó y el cielo comenzó a oscurecerse, casi sin transición. La luz cedió un poco, pero el calor aumentó y el aire se hizo más espeso. Seres humanos, vehículos y truenos competían ahora entre sí para producir ruidos. La atmósfera estaba pegajosa.

—Quizás llueva —pensó—. Ojalá.

Cuando llegó a una bocacalle miró hacia el Sur. Una nube negra había cubierto gran parte de la ciudad y avanzaba lentamente, entre truenos.

Se detuvo en plena acera, anticipando el alivio inminente

de la lluvia, la humedad, la frescura.

—Va a llover —dijo en voz alta.

La calle adquirió un tono oscuro, un gris plomizo muy cercano al negro. El viento se agitó y arrastró nubes de polvo sobre el asfalto. La nube estaba ahora sobre su cabeza.

—Menos mal, va a llover —comentó con un hombre que pasaba—. Menos mal.

El hombre lo miró y siguió de largo.

Mucho rato, parado en la acera, esperó la lluvia, pensando atravesar la ciudad a pie, lentamente, dejándose empapar.

Pero el viento cesó y poco a poco el cielo comenzó a despejarse, aunque no aclaró del todo. Sobre la ciudad quedó colgando la misma nube espesa, de un resplandor lívido.

Caminó al azar. Luego, entre mil gestos posibles hizo el que menos dificultad ofrecía: echó una moneda en un teléfono y esperó.

La abrazó bajo los árboles, en un recodo que hacía la avenida, detrás del monumento donde eran menos visibles. Volvió a ver el hombro desnudo y tibio.

Más allá del monumento, donde el terreno se hundía abruptamente, habían hendido una loma para dar paso a la avenida, que ahora avanzaba entre dos altos muros de tierra caliza, de un blanco amarillento. En algún lugar había leído que las largas vetas de muchos tonos de blanco y amarillo eran margas del eoceno inferior.

Pensó, sintiendo el cuerpo de ella apretarse temblando contra el suyo, que quizás un geólogo, al hendir el polvo con su pico miles de años después, destrozaría su sexo, ahora erecto.

La idea primera lo entristeció pero después lo exaltó. Mientras este planeta que vagaba en el espacio sin objeto aparente no estallara, quedaría incrustado para siempre en alguna marga. Y aun si el planeta estallaba, convertido en partículas de polvo él seguiría flotando en el vacío.

Comprendió que era eterno.

Ya he entrado en tu corriente sanguínea. He rebasado la ori-
na, el excremento, con su sabor dulce y acre, y al fin me he
perdido en los cálidos huecos de tu cuerpo. He venido a quedarme. Nunca me marcharé. Desde este puesto de observación, donde finalmente he logrado la dicha suprema, veo el
mundo a través de tus ojos, oigo por tus oídos los sonidos más
aterradores y los más deliciosos, saboreo todos los sabores con
tu lengua, tanteo todas las formas con tus manos. ¿Qué otra
cosa podría desear un hombre? De una vez para siempre «em-
paradisado en ti». «Envejecemos juntos, dijiste», y así sucederá.

Mi suerte será envidiada por generaciones de amantes de
todo el tiempo venidero, hasta el final de los Tiempos.

Se me ocurrió mientras te estabas afeitando un día, en una
tregua de nuestros momentos de odio mutuo. La hoja te hizo
un pequeño pero profundo corte en la barbilla. Mientras pre-
sionaba la herida para limpiarla, y tu sangre manaba de las
venas cortadas, sentí un tremendo impulso de probarla.

A partir de ese instante, mi mente se deslizó por una pen-
diente irresistible, fuera ya de control. Esa noche y muchas
noches más, mientras tú respirabas plácidamente en tu sueño,
a mi lado, pensé en los rojizos y descarnados tejidos del estómago, cruzados y entrecruzados por venas, segregando sin cesar sus jugos a la menor provocación. Me vi a mí mismo to-
cando con temor los duros y rojizos tendones, el blanco interior de la espina dorsal, tu cerebro, tierno y palpitante, los

musculados y carnosos tejidos de tu corazón, el revestimien-to externo de tus huesos, tan rosado y sedoso, donde los vasos sanguíneos se entrelazan, haciendo surgir incesantemente nuevas células que reemplazan a las ya muertas. Vi los acce-sos de tu boca, la oscura incrustación de la lengua, y más allá, los frágiles cartílagos y cuerdas vocales de donde tu voz brota. Me preguntaba cómo sabría y olería todo ello, qué se sentiría al morder los tendones: lamer los huesos, mascar la tierna y delicada carne, desollar el escroto, vaciar la vejiga, hacer una incisión en el pene; tras haber desalojado previamente los pulmones, dejar que mi mejilla repose eternamente junto al tejido sanguinolento y descarnado de la caja torácica; desple-gar los largos y macizos músculos de las nalgas y muslos, ali-mentarme de ellos, llegar a probar todas tus glándulas, estar durante semanas a dieta del fluido genital; cada vez más ansioso, más anhelante, alimentarme, alimentarme lentamen-te de los tímpanos, los ojos, la lengua, roer la abertura rectal, utilizar tu pelo y todo el vello de tu cuerpo como seda den-tal, morder hasta el fondo de tus axilas, recobrar en los gan-glios las energías perdidas, empezar a comer lentamente desde la punta de los dedos hacia arriba, hasta que los brazos desaparezcan, destapar la rótula y beber con paciencia y cui-dado (no sea que se pierda una gota) los ricos lubricantes con-tenidos en sus junturas, desencajar el muslo, rajar el hueso y alimentarme de su médula toda una temporada deliciosa, en-gullir los ojos como se engulle un huevo, mirar las cuencas vacías noches y más noches, desquiciar los tobillos, alimen-tarme de los pies semanas y semanas, sacar fuerza de los liga-mentos, lamer los tendones hasta que pierdan su color, arran-car las uñas de los pies y de las manos, mordisquearlas y sacar-les el calcio una vez agotadas las reservas de los dientes. Pero, sobre todo, comer lentamente, deliberadamente y en un rapto fervoroso, desde el interior, allí donde el corazón late impasi-ble, el sabroso tejido, rojo vivo, bajo los pezones ya hace tiem-po digeridos.

Pero entonces cambié de opinión. Como ya dije antes, generaciones de amantes de todos los siglos venideros se morirán de envidia. *Nos pudriremos juntos.* Mientras escribo, viajando a placer, con indescriptible regocijo, por tu corriente sanguínea, después de un prolongado verano en los mastoides, siempre dispuesto a renunciar a los vasos linfáticos por las parótidas, sé que voy a estar contigo, viajar contigo, dormir contigo, soñar contigo, orinar y defecar contigo, pensar, llorar, alcanzar la senilidad, calentarme, enfriarme y calentarme otra vez, sentir, mirar, hacerme una paja, besar, matar, mimar, tirarme pedos, perder el color, sonrojarme, convertirme en cenizas, mentir, humillar a otros y a mí mismo, quedar desnudo, acuchillar, agostar, aguardar, aquejar, reír, robar, palpitar, trepidar, eyacular, entretenerme, escabullirme, rogar, caer, engañarte con otro, engañarte con dos, comerte con los ojos, comisquear, atizarte, chupar, alardear, sangrar, soplar contigo y a través de ti.

Mi proeza es tan completamente nueva y sin paralelos que aún no ha sido igualada. No tiene precedentes en la historia, y quedará en los anales de la humanidad, para que no se olvide, hasta que toda huella de la existencia humana haya sido borrada de la tierra. Mi libertad de elección y residencia no tiene límites. He conseguido lo que todo sistema político o social siempre ha soñado, en vano, conseguir: soy libre, completamente libre dentro de ti, por siempre libre de todas las cargas y temores. ¡Ningún permiso de salida, ningún permiso de entrada, ningún pasaporte, ninguna frontera, visado, carta d'identità, nada de nada! Puedo establecerme a gusto mío en el pezón derecho, donde el remate de las venas y los nervios florece en una punta rosada, tierna y delicada. Allí puedo esperar indefinidamente. No tengo ninguna prisa especial. El tiempo ha sido obliterado. *Tú eres el Tiempo.* Fue tan sólo el siglo pasado cuando me agarré como un loco a las viscosas paredes de tu vejiga para evitar el ser arrastrado fuera. Así que puedo esperar, con máquina de escribir y todo, arrullarme hasta conciliar el sueño, bajo ese velloso y maravillosamente suave montículo de tu pecho, y esperar a que algún idiota me despierte y me haga cosquillas. Puedo escalar tu lengua y lamer y apretujarme en otra boca, alcanzando todas las delicias que el cielo reserva. Y es entonces cuando me lanzo de cabeza por la espina dorsal, despidiendo un escalofrío tras otro de placer divino, hasta que tus pulsaciones laten de forma tan salvaje que me dejo arrastrar por el torrente y viajo a la velocidad de la luz dentro del espeso y vivificante fluido de tu sangre.

Pero sin prisa, sin prisa. A lo largo de días, semanas, meses, puedo alojarme en tu retina, emprender viajes de placer por la pupila con objeto de echar una ojeada al mundo exterior, mientras organizo metódicamente la más compleja e infinitamente más exigente excursión a tu cerebro. Qué placeres entonces, y qué gozo a medida que penetro en el laberinto gris, en el palpitante dédalo, aprovechando la ocasión para lamer los blancos tabiques membranosos, cuyo sabor difícilmente puede igualarse. La mayor Bolsa del mundo en el día del Crack, la estación ferroviaria más grande del mundo jamás podrían aproximarse a lo que está pasando dentro de tu cabeza.

¡Los deleites de la medulla oblongata! ¡Las ramificaciones infinitas de los arborum vitae! ¡Las ásperas caricias de la duramadre!

¿Cómo voy a empezar? ¡Cómo voy a empezar! ¿Cómo puedo entrar en ese aparente caos, en esa anarquía soberanamente ordenada, sin ser mortalmente aplastado (todo a su tiempo) por los millones de destructivos temblores, más veloces que el rayo y mucho más mortíferos? ¡Cómo voy a empezar! ¡Con amor! ¿Cómo, si no? ¡Con amor! Que el amor guíe mi exploración, mi viaje fabuloso, el viaje que ningún hombre ha emprendido hasta ahora; que él sea el hachón y la brújula que me ayuden a orientarme a través del espantoso laberinto rebosante de vibraciones, brincando y rebotando sin parar a una frecuencia fantástica.

Con muda reverencia inicio un viaje que a veces me va a llevar muy cerca de la superficie, a veces al corazón de una inmensidad perfectamente organizada. Consumiendo días, semanas, meses incluso, me meto en las profundidades; el periostio, la tabla externa, el diploe, la tabla interna, las suturas, la calvaria (próxima a la duramadre, en busca de calor y compasión). Pero una vez más: sin prisa, sin prisa. A su debido tiempo (¿qué importa el tiempo?) llegaré a la hoz del cerebro, a la encantadora blandura de la meninge, me doblaré por el nervio óptico, me estrujaré en el infundíbulo (¡el infundíbulo, oh Paradiso!), iré tanteando como un ciego la substancia negra, utilizando los dos brazos como antenas, como un murciélago, cruzaré a galope el puente de Verolio, como un niño feliz y juguetón, y, después de una larga zambullida en el acueducto de Silvio, iré a caer exhausto en la silla turca, faltándome ya el aire. Dormir, dormir es lo único que quiero después de esta primera etapa fatigosa de mi viaje. ¡El tálamo, el tálamo! ¿Dónde está el tálamo después de los horrores del claustro, y la luz lunar del globus pallidus? Tremendas reverberaciones me suben por todo el cuerpo, cargadas de electricidad. Dormir, dormir... ¿Quién es capaz de dormir cuando el patético está tan cercano, y he de tomar un largo desvío con tal de no eliminar para siempre tus fuentes de compasión?

Si la emoción me vence, siempre puedo encontrar refugio en el silencio de la substancia gris. Pero no por mucho tiempo, no por mucho tiempo. ¿Quién desea silencio ahora que he llegado a lo más hondo de tu cerebro? Que las rugientes ondas que vienen de los tímpanos me ensordezcan para toda la vida. ¡Qué más da! ¿Acaso no he dicho que he venido a quedarme? Siempre estará el nervio olfatorio para guarecerse cuando falle todo lo demás. ¡Qué riqueza de olores para triscar eternamente! Y siempre están los senos para una completa protección. Alguien está martilleando en la porción petrosa. Que martillee. Hay sitio para todos. Y si se pone desagradable, una buena patada en el culo y que se pierda en la insondable profundidad de las fosas. ¡Sería una tumba bulliciosa! Nadie ha llegado aquí; nadie ha ido tan lejos y sobrevivido a las ondas destructivas de las neuronas, que llegan de todos lados, a la presión tremenda, la terrible carga y descarga, el soberanamente armonioso, soberanamente enloquecedor tutti. Nada más salir sano y salvo volveré a entrar una y otra vez en el infierno gris, el cielo sofocado, para escuchar el mortífero rugido que nadie ha oído sin ser por ello asesinado.

Pero, como dije antes, es en tu corriente sanguínea donde logro el estado de dicha suprema reservado a los elegidos y a los justos. Me revuelco en su interior, retozo, trisco, me elevo a míticas alturas, alcanzo lo definitivo, me transformo, dejo de ser. Ya no soy yo mismo. Soy tu sangre: alimento tus pulsaciones, cruzo y vuelvo a cruzar el umbral de tu corazón, me deslizo arriba y abajo, me abalanzo del ventrículo al aurículo, hago tiempo en el atrio, paso de la vena a la arteria y regreso a la vena, hago el recorrido de los pulmones y emprendo de nuevo el camino de tu corazón. ¡Tu corazón! ¡Por fin soy yo tu corazón! No sólo el vello suave de tu pubis sino también tu corazón. Sono il tuo sangue! Quello che senti rimbalzarti dentro, questi brividi, questa strana gioia, questa paura, questa bramosia, sono io, sono io, galleggiante nelle tue arterie, e la carne che rammenta, dorenavanti rammentiamo insieme per l'eternità, amore, amore, pauroso amore mio! No has de tener miedo, nunca volveremos a sentir la soledad, la terrible, vergonzosa soledad de la carne. La soledad se ha ido para siempre, desechada, expulsada, suprimida, quemada, enterrada. ¿Me estás oyendo? ¿Me oyes surcar tu sangre a toda velocidad, cantando y gritando a pleno pulmón, entonando extrañas canciones de gozo, sollozando, gimoteando, gimiendo en un frenesí de felicidad que ningún ser humano ha conocido antes? Sono io, sono io! Moriré contigo, me convertiré en substancia inanimada, recorreré toda la gama de la existencia pre-orgánica y post-orgánica, y renaceré una y otra vez, un millón de veces, ad infinitum, contigo.

Cuando estoy de un talante menos intelectual, más emprendedor, me adentro en largos safaris por tu flora intestinal.

La vena porta abre sus puertas de par en par, y yo me cuelo en la copiosa oscuridad. Podría tomar un atajo por el mesentérico, pero prefiero el camino menos recto, que me hace estremecer de expectación.

Después de un largo descenso me encuentro en el más profundo misterio. Ni las cuencas amazónicas ni las vertientes nigerianas podrían nunca igualar su caudal. Para hallar algo semejante uno tendría que retroceder a los días en que las fuentes del Nilo eran desconocidas, o incluso antes, mucho antes, cuando el gran río empezó a fluir, al principio sólo una estrecha corriente, que serpenteaba por el fondo de una espantosa hendidura, y que después crecía, algunos millones de años después, hasta convertirse en un tranquilo arroyo de mediano tamaño, eternidades antes de que el hombre llegara con los ojos vidriosos.

A medida que voy penetrando en las profundidades de la jungla, me siento incesantemente atraído, ceñido y rechazado por las miríadas de formas, los seres tentaculares del bosque inexplorado, las minúsculas y monstruosas flores, el interminable proceso de creación y destrucción, los mil círculos kármicos que nadie habría sospechado encontrar aquí abajo, repitiéndose millones de veces a lo largo del largo descenso.

Podría seguir escribiendo sin parar sobre mi travesía de los pliegues semilunares, la luz opalescente donde las criaturas más extrañas, medio-animales, medio-vegetales, se abren y se cierran, se degeneran y regeneran, se abren las entrañas en suicidios masivos, sólo para intercambiar fragmentos y reunirse, segundos más tarde. Esa parte de mi viaje dura años, de tan fuerte como es la fascinación del destello malsano, que adopta sutilmente matices diferentes bajo cada pliegue. Me dejo abrazar por los billones de criaturas que pululan en mi interior, apiñándose en el espeso jugo en el que yo nado silenciosamente. Elegí una al azar, tal vez la más atractiva, tal vez la más horrenda, y dejo que me sumerja y me trague como un corpúsculo devorado por una célula blanca. Qué quietud infinita, qué paz ahora... ¿Cómo es posible que nunca hubiese pensado en esto? ¡Esto sí que es felicidad! No hay otra palabra. En la profundidad del pliegue más recóndito la he encontrado. Esto cancela y borra años de búsqueda inútil. Soy feliz. ¡Al fin!

Ni un sonido, ni una simple regurgitación se escapa del lugar remoto adonde he llegado. Es el silencio de los abismos oceánicos, siempre conjeturados, siempre inescrutables. Únicamente aquí puedo ser yo mismo. Apacible e interminablemente, giro entre los silenciosos tropeles que entran y salen por cada orificio de mi cuerpo. Millones de muertes y nacimientos se suceden sin un lamento, sin un estertor, sin nada.

En un cruce, después de resbalar a lo largo de meses en una agonía mortal por el casi impracticable sigmoide, el paisaje cambia abruptamente. Qué quietud de la Umbria entre estos árboles del tamaño de un mamut, repentinamente desproporcionados respecto a cualquier especie imaginable de cualquier reino. El interminable proceso de tragar y devolver se detiene, y otro, mil veces más mortífero y más majestuoso, comienza. Me siento perdido en este bosque de gigantes que avanzan lentamente abrazando a traición, ignorándome completamente en su grandeza. Camino pegado a lo que tomo por un muro del bosque hundido, hasta que descubro que he despertado a otro gigante y tengo que salir disparado para salvar la piel. (Ahora podría tomarme un respiro antes de que fuese demasiado tarde, y hacer el largo viaje de descenso a la punta de tu polla, con una breve escala dentro de los testículos, que podría llegar a convertirse en una prolongada estancia, primero en el derecho, después en el izquierdo, ya que siempre es grato un cambio de altitud. ¿Quién podría detenerme, excepto la muerte, y sería, en ese caso, *nuestra* muerte? Y si decidiera hibernar en el glande, dormir para siempre dentro del prepucio, reservar un espacio debajo de la túnica, podría hacerlo, pero tomo otra decisión). La muerte está aquí mismo, al igual que la vida, y es aquí donde me siento más próximo a ti. Podrían poner en pie de guerra ejércitos enteros, legiones de carros blindados, aviones muy bien abastecidos y muy modernizados vomitando fuego para desalojarme de aquí. De nada serviría. Esto es el Paraíso. Lo he hallado. Al contrario que a Colón, no se me reexpedirá atado de pies en una sentina. Tampoco habrá un Canossa para mí. He entrado en el

Reino de los Cielos y he tomado posesión de él con todo orgullo. Ésta es mi concesión privada, mi heredad, mi feudo. No
me marcharé.

* El presente texto llegó a la redacción de Quimera con este título
Algunas referencias cubanas indican que el título podría ser *Piazz
Morgana* en lugar de *Piazza Margana*. (*N.del editor*)

IV. NOTAS CRÍTICAS Y PAISAJES

«¿Qué es la capacidad de morir sino
la capacidad de ordenar?»

DIÁLOGOS DE VIDA Y MUERTE
(*José Martí* citado por *Calvert Casey*)

DIÁLOGOS DE VIDA Y MUERTE

A la gran obsesión con la vida en Martí, responde otra obsesión igual, o más poderosa aún, la de la muerte. Desde que su producción literaria comienza a fluir en abundancia en México, no cumplidos aún los 25 años, hasta pocas horas antes de Dos Ríos la idea de la muerte estará alimentando su pensamiento.

La suya es la muerte del héroe romántico en su más puro aspecto. Quien tenía la certeza del reino de este mundo, de la felicidad posible, alcanzable por la simple fórmula de la generosidad y el amor, sintió toda su vida —y es la nota que remata muchos de sus pensamientos— el deseo de la muerte, en contraste con la otra gran vertiente del pensamiento martiano: el amor a la vida, la fuerte pasión por el goce de los sentidos, la posibilidad de ver los más mínimos detalles de un mundo que para él es esencialmente hermoso y sólo pasajeramente afeado por lo menos noble que ve en sí y en sus semejantes.

La contradicción no es aparente. Surge de la más somera lectura de una gran mayoría de textos martianos, y es uno de sus rasgos más intrigantes.

Una formidable (y envidiable) pasión literaria, casi única en las letras hispanoamericanas, que le hacía pensar escribiendo como otros piensan en voz alta y que lo obligaba a escribir como la manera esencial de pensar, nos revela las dos grandes obsesiones de Martí: la de la vida, y por encima de ésta, la de la muerte. Fuga, diría un psiquiatra moderno, tendencias suicidas, autodestrucción, duplicidad del ego u odio a sí mismo. Todo es posible. Preferimos contrastar las dos tendencias para obtener la visión de un cerebro pensante de rara honestidad, y de una originalidad que impulsa grandemente su tradición. Indudablemente se nutre del naturalismo, lo admira y lo cita constantemente. Pero su yo interior es otra cosa. Los constantes estallidos de un cerebro atormentado e inmensamente fecundo denuncian al héroe romántico rezagado, el mismo que permanecerá sumergido y en silencio en medio de la inundación del positivismo y sus secuelas literarias hasta volver a consultar la muerte en lenguaje surrealista. No es casual que sienta «el misterio de Poe» y comprenda su mundo tenebroso.

La suya no es la obsesión existencial con la muerte, que exige el compromiso como la única justificación de una vida cuyo significado no debe preocuparnos porque no es aparente. Sería pueril negar que a la inmanencia Martí prefiere la trascendencia.

Por admisión explícita desde los primeros artículos de México, es un convencido de ésta, y mantendrá la convicción hasta última hora. Rara vez habla de Dios y detesta la religión organizada, pero cree, como anota Vitier, en una vida preexistente y en la venidera. ¿Explica esto su obsesión con la muerte? Difícilmente, porque al otro lado de la balanza está la intensa pasión por la vida, la capacidad apasionada para gozar de la tierra («contigo renazco», le dirán una y otra vez sus mujeres), un amor por la justicia y la bondad humanas muy difícil de conciliar con el desasimiento del trascendentalista activo.

El ensayo sobre Walt Whitman nos inicia en la fascinación de Martí con la vida y con la muerte. Admira con pasión al Whitman de la «persona natural», de la «naturaleza sin freno en original energía», de las «miríadas de mancebos hermosos y gigantes», al Whitman «satisfecho», pero abre su ensayo citando al Whitman que cree que «el más breve retoño demuestra que en realidad no hay muerte», para enseguida convenir con él: «la muerte es la cosecha, la que abre la puerta, la gran reveladora»... «lo que (y ya esto es Martí) siendo, fue y volverá a ser; porque en una grave y celeste primavera se confunden las oposiciones y penas aparentes... la vida es un himno; la muerte es una forma oculta de la vida... los hombres al pasar deben besarse en la mejilla; abrácense los vivos en amor inefable; amen la yerba, el animal, el aire, el mar, el dolor, la muerte». ¿Deseo de negarla? No en quien escribe que «la muerte o el aislamiento serán mi premio único» o que «la muerte es júbilo, reanudamiento, tarea nueva», para rematar con que «la muerte es la vuelta al gozo perdido, es un viaje».

Las tres afirmaciones, dichas en los años de México, y ahondadas hasta llegar al enigmático «¿Qué es la capacidad de morir sino la capacidad de ordenar?», alcanzarían por sí solas la categoría de obsesión. Pero dichas por un profundo gozador de la vida y por uno de los grandes creadores políticos del siglo XIX en el continente americano revelan a un hombre más misterioso y extraordinario aún de lo que habíamos supuesto. Su actitud desmiente todo el pensamiento moderno de que el supremo mal es la muerte, viniendo como viene de uno de los más grandes comprometidos del siglo XIX, capaz de un grado de compromiso que haría palidecer de envidia al más *engagé* de los héroes sartrianos y de un hombre que no deja de sentir admiración por el pensamiento materialista: «La filosofía materialista, que no es más que la vehemente expresión del amor humano a la verdad, y un levantamiento saludable del espíritu de análisis contra la pretensión y soberbia de los que pretenden dar leyes sobre un sujeto cuyos fundamentos desconocen...»

¿Quién puede dejar de sentirse intrigado ante el gran espíritu capaz de pensar que «adelantar por las sendas de la muerte es una forma de la vida, como el arte es una forma del amor», mientras dedica la vida entera a asegurar óptimas condiciones materiales y políticas a todo un pueblo?

Explicar este aspecto de su personalidad limitándolo al viejo culto hispánico de la muerte que se hermana con la pasión por la vida sería injusto. Martí es mucho más complicado. Hay algo que lo convierte en el héroe existencial de nuestros días: su negativa a aceptar *a priori* nada que no haya podido experimentar directamente. Pero Martí excede al héroe existencial en que si éste se niega a discutir la muerte porque lo aniquila y la ve como una enorme amenaza, Martí trabaja con ella en todo el curso de una de las vidas más plenas posibles, trata de controlarla, de dirigirla, de expresarla en términos vitales para restarle su carácter definitivo, de incorporarla a la vida, negado a la última exclusión, desde una de las vidas más fragorosas de su tiempo: «Es un crimen oponer a la muerte todos los obstáculos posibles»... «así, siento que muero y alzo la cabeza, tiemblo de un espantoso frío, y sigo adelante». Es la actitud dualista, respaldada por una de las vidas más fecundas y extraordinarias con que nos hayamos puesto en contacto.

En sus últimos momentos, su obsesión por unir los opuestos, por salvar las contradicciones aparentes deja de ser una expresión literaria para convertirse en sus actos póstumos. El viaje de Monte-Cristi a Cabo Haitiano, de Cabo Haitiano a Dos Ríos es un fervoroso canto a la existencia por un espíritu que ha alcanzado al fin la embriaguez de vivir, abiertamente dionisíaca. «En estos campos suyos, únicos en que al fin me he sentido entero y feliz... llegué al fin a mi plena naturaleza. No estuve más sano nunca...»; «al sombrío de los árboles se oye un coro de carcajadas. Los mozos echan el brazo por la cintura a las mujeres de bata morada. Una madre me trae su mulatico risueño. Y los ojos me comen, y luego se echa a reír mientras se lo acaricio y se lo beso. Sobre la cerca pobre empina los ojos luminosos Augusto Etienne»; «...es el fustán almidonado de una negra que pasa triunfante». Y días después: «...parece impasible, con la mar a las plantas y el cielo por fondo, un negro haitiano. El hombre asciende a su plena beldad en el silencio de la naturaleza», para llegar en las selvas de Baracoa a los límites de la exaltación: «La noche bella no deja dormir... Vuelan despacio en torno las animitas; entre los nidos estridentes oigo la música de la selva, compuesta y suave... siempre sutil y mínima —es la miríada de son fluido ¿qué alas rozan las hojas? ¿qué danza de almas de hojas?» Y en la gran exaltación de la vida el gran abrazo a la muerte, como negándose a dejarla fuera del banquete, complacido de su proximidad, de comprobar la ausencia de horror en lo que mucho se ha temido, con una complacencia no exenta de morbosidad: «No es horrible la sangre de las batallas»... «¿será verdad que ha muerto Flor, gallardo Flor?... Juan vio muerto a Flor, muerto, con su bella cabeza fría y su labio roto». Estas últimas páginas sobre la muerte posiblemente den la clave del insistente contrapunto de toda una vida: Martí llega a amar tanto la vida y siente tanto horror a la muerte que su única forma de destruirla es haciéndola parte de la vida, jugando con ella, tocándola, besándola. Ve ejecutar al cuatrero Masabó «sin que al hombre se le caigan los ojos, ni en la caja del cuerpo se vea miedo: los pantalones, anchos y ligeros, le vuelan sin cesar, como un viento rápido». Y unas leguas más allá: «¿Cómo no me inspira horror la mancha de sangre que vi en el camino? ¿ni la sangre, a medio secar, de una cabeza que ya está enterrada, con la cartera que le puso de descanso un jinete nuestro?» Aunque mucho más, es también el viejo juego sensual con que el español acaricia la muerte para destruirla. Y los anuncios constantes: «yo sigo a un viaje donde no me llegará respuesta suya»... «vamos de frente y acaso no vuelva... yo aquí quedo con el alma en fuego»... «Será un rompimiento interior, una caída suave...»

Las últimas horas permiten intuir el enigma, anunciado ya en las dos estrofas de los *Versos sencillos* que sacuden con violencia a la poesía española:

En cuanto llega a esta angustia
Rompe el muerto a maldecir:
Le amanso el cráneo: lo acuesto:
Acuesto el muerto a dormir.

Mi paje, hombre de respeto,

Al andar castañetea:
Hiela mi paje, y chispea:
Mi paje es un esqueleto.

Ante la amenaza al supremo bien de la vida, Martí se pone a sobar la muerte, a hacerla suya mediante la proeza poética morbosa, para destruirla comunicándole la vida, que es su negación y su destrucción definitiva.

1961

KAFKA

Acabo de leer *El castillo*, una de las pocas novelas que pueden realmente llamarse grandes. Pienso en las novelas que más me han impresionado: *Moby Dick*, de Melville; *Viaje a la India*, de E. M. Forster; *La Cartuja de Parma*, de Stendhal; *El hombre que murió*, de D. H. Lawrence; *La montaña mágica*, de Thomas Mann; *Los hermanos Karamázov*, de Dostoievski. Ninguna excede en profundidad a esta novela de Franz Kafka. Sólo Lawrence en su historia de un Cristo despojado de todo atributo divino, vuelto a la tierra para vivir como hombre y renacer a través de su sexo, libre de la pesada carga mesiánica que el misticismo de sus contemporáneos echó sobre sus hombros, trabaja con tal economía de elementos.

¿Qué ocurre en *El castillo*? Muy poco, o mejor dicho nada esencialmente. El genio de Kafka es capaz de hacer una gran novela sobre un hecho que no llega a ocurrir.

Una noche de invierno, K. llega a una aldea, presumiblemente austríaca, sobre la que ha caído una copiosa nevada. Ha sido designado agrimensor por las autoridades del Castillo y viene a ocupar su cargo, para lo cual pide ser recibido. Al llegar a la aldea, K. mira hacia el Castillo pero no lo ve: «...estaba oculto, velado por la niebla y la oscuridad, ni siquiera un haz de luz indicaba que está allí».

K. comienza una larga odisea cuyo objeto es convencer a las autoridades de que es el nuevo agrimensor y deben permitirle tomar posesión de su cargo, integrarse a la comunidad. La

253

acción se desplaza del hotelucho donde K. pasa su primera noche en la aldea a la taberna, a la escuela de la aldea, a la casa de unos aldeanos, pero jamás al Castillo. Allí K. nunca será recibido. Algunas veces lo ve: «Ahora podía ver el Castillo, claramente delineado en el aire brillante, su contorno mejor delineado aún por la fina capa de nieve que lo cubría», pero sólo en una confusa comunicación telefónica podrá acercarse por breves instantes a sus misteriosos moradores. Por el receptor del teléfono percibe un ruido extraño «como el zumbido de incontables voces infantiles», y luego la voz de alguien que sufre un pequeño defecto del habla, que lo rechaza duramente y cuelga.

K. obtiene cierto reconocimiento de su calidad de agrimensor: desde el primer momento se ponen a sus órdenes dos cómicos hombrecillos que dicen ser sus ayudantes y que resultan una verdadera pesadilla. Un funcionario admite que alguna vez su nombramiento se propuso. Ni sus amores con Frieda, amante de un funcionario vinculado a la jerarquía, ni su penoso trabajo como conserje de la escuela, ni su callada aceptación de los malos tratos del maestro, ni su amistad con distintos habitantes del lugar lo acercarán a la puerta del Castillo.

Franz Kafka nunca acabó de escribir esta novela, publicada, como casi toda su obra, después de su muerte. Max Brod, su íntimo amigo y albacea literario, quien faltó a la promesa que hizo a Kafka de destruir sus escritos, cuenta que al final de la novela, tras nuevos esfuerzos fallidos para ser aceptado, que el autor sólo llegó a bosquejar, K. siente que le abandonan las fuerzas, en el momento en que, por primera vez, un secretario del Castillo le muestra cierta bondad y le promete intervenir en el asunto. En el último capítulo, sólo narrado por Kafka a su amigo, pues nunca llegó a escribirlo, al lecho donde K. yace muerto y rodeado de campesinos silenciosos debería llegar un mensaje del Castillo: K. no tenía derecho a vivir en la aldea, pero ciertas circunstancias atenuantes le permitirían trabajar en ella.

Se dirá que la narración es irreal. Lo cierto es que Kafka sólo llevó una situación real a sus últimos extremos, agudizándola para convertirla en símbolo. ¿No hay mujeres que pasan su vida esperando a un amante que nunca se casará con ellas? ¿No hemos amado alguna vez a alguien que apenas se percata de nuestra presencia? ¿No hemos soñado con un viaje que nunca podremos dar? ¿No recaen fatales sospechas sobre un hombre por un crimen que jamás cometió?

Toda la obra de Kafka consiste en esta agudización, esta exasperación de situaciones reales. Joseph K., el héroe de *El proceso*, es perseguido y ejecutado por un crimen que ignora; Karl, el joven inmigrante alemán, héroe de otra novela inconclusa, *Amerika*, vive una pesadilla en la tierra donde espera hacer fortuna; el inventor y guardián de un instrumento de tortura en una isla desierta es destruido en *La colonia penal* por su propio invento. La exasperación de la visión va más lejos en *La metamorfosis*, y el héroe (que, llámese K., Joseph K. o Karl, no es otro que Kafka), se convierte en un insecto gigantesco.

Algunos críticos han observado que lo que Kafka nos dio fue esta nueva visión, esta revelación de la pesadilla que puede haber en toda vida, o sea: un nuevo instrumento de observación. Con él, Kafka revoluciona la literatura.

La obra revela la dualidad del escritor, la ambivalencia que le confiere profundidad. Franz Kafka era un hombre religioso. En su espléndido prólogo a *El castillo*, Thomas Mann profundiza en el lado místico de Kafka, al que llama «un humorista religioso». Para Mann, la imposibilidad de comunicación entre K. y el Castillo ilustra «la conexión grotesca entre el ser humano y lo trascendental».

Pero no se le oculta a Mann el sobrehumano esfuerzo que realizan los héroes de Kafka (y con ellos su autor), para integrarse a sus semejantes. Se cuenta una anécdota del novelista francés Gustave Flaubert que impresionó vivamente a Kafka y de la que hablaba a menudo. Flaubert, que había dedicado su vida a la literatura, a la búsqueda de la perfección en el arte (*Madame Bovary* tardó 7 años en escribirse), visitó una vez con una sobrina a una familia amiga, una pareja joven, saludable y fuerte, rodeada de criaturas. De regreso a su casa Flaubert parecía pensativo. Caminando junto al Sena con su sobrina sólo interrumpía su silencio para hablar del espectáculo de salud y alegría que acababa de presenciar. «¡He ahí la verdadera vida!», repetía una y otra vez el maestro cuyo credo había sido la negación de la vida por el arte.

Como sus héroes, Kafka sentía la soledad del artista «entre los genuinos habitantes de la vida, los aldeanos, que viven al pie del Castillo». Su obra revela el deseo abrasador de comunicarse con Dios, pero en no menor medida con los hombres.

Para entender los temores de Kafka hay que entender primero sus antecedentes en la cultura y la religión hebreas. Son los profetas de las tribus hebreas, los terribles y amenazadores anacoretas del Viejo Testamento, quienes traen el concepto del pecado original, de la impureza de la carne, del crimen y el castigo, de la necesidad de expiar una culpa misteriosa y general, de purgar crímenes que no hemos cometido. El concepto del Paraíso y de la culpa es un concepto hebreo. Cuando el cristianismo triunfa y domina en toda Europa, lo que triunfa es el espíritu de las tribus hebreas; como antes de él había triunfado la idea griega, libre de la idea de culpa y pecado.

En la obra de Kafka es muy visible ese espíritu. El escritor se rebela contra el concepto falso de culpa que ha pesado sobre Europa y luego sobre América desde hace 20 siglos. Pero su rebelión no es activa, porque el escritor es un hombre religioso e inclina la cabeza ante ese dios que para él es tan cómico y tan cruel.

El psicoanálisis moderno ha visto en esta actitud peculiar de Kafka la sublimación de un complejo paterno. El escritor admiraba y temía a su padre, sólido y bien equilibrado, en el que veía el éxito social profesional que suele compensar el sentimiento judío de inseguridad y exilio. El padre vivía como se debe vivir, había dominado la vida; el hijo se consideraba un fracaso. El resentimiento consciente de su *Carta al padre* revela ese temor y esta admiración inconscientes. Extrañamente, su literatura, que no es psicológica, impulsa notablemente la moderna introspección literaria.

Pero no debe pensarse que las obras de Kafka están desprovistas de todo sentido del humor. Ciertos pasajes de *El castillo* que el escritor leía en voz alta a sus amigos provocaban en ellos sonoras carcajadas. Para tratar de los temas que le obsedían escribió grandes sátiras, que es lo que son en realidad sus grandes novelas. Su novela *Amerika*, prueba del poder de imaginación de un artista, en la que Kafka describe con cómica inexactitud física, pero sorprendente exactitud poética, un continente que jamás visitó, está penetrada de una atmósfera de teatro burlesco.

Es en *Amerika* también donde por primera y única vez revela su optimismo este profundo profeta de las pesadillas que el hombre es capaz de construirse (los campos de concentración que a los pocos años de su muerte empezaron a levantarse en Europa ¿no confirman su visión?). En el último capítulo, Karl Rossman, el único de sus héroes novelescos al que Kafka dio significativamente un nombre, y quizás su héroe favorito, reaparece, tras inenarrables sufrimientos, muy lejos de Nueva York. Klaus Mann glosa con suma penetración este capítulo: el joven encuentra empleo en «El Gran Teatro Natural de Oklahoma», fantástico espectáculo financiado por benefactores invisibles, pero extremadamente poderosos. Allí abandona Kafka a su único héroe optimista, libre del sentimiento religioso de culpa que lo abrumaba a él. Kafka sentía predilección por estas páginas de la que él llamaba «su novela americana». Con una sonrisa enigmática, declaraba a sus amigos que su héroe quizás encontraría «en este teatro casi sin límites», su profesión, su seguridad y su libertad, y quizás hasta su patria y sus padres. Para este último hijo literario, cuyo padre leía con avidez y deleite relatos de aventuras y descripciones de los grandes espacios de la tierra, había esperanzas.

Amerika, comenta Mann, como sus otras dos novelas, es obra fragmentaria. Sus temas mismos prohiben a estas obras llegar

257

a un fin; «son, por esencia y necesidad, inacabables».

Inmensa ha sido la influencia de Kafka en toda la literatura moderna. Su instrumento, su sensibilidad y su visión han dejado una huella profunda en los escritores contemporáneos a partir de 1930, cuando Max Brod decidió romper su promesa y publicar las novelas. Una y otra vez en la novela, en el teatro, en el cuento de nuestros días, reaparece su huella. Puede decirse que hay una literatura antes de Kafka y otra después de él. El instrumento de observación que Kafka creó es un patrimonio permanente del escritor moderno.

1964

MILLER O LA LIBERTAD

Una y otra vez, inevitablemente después que lo ha conocido, el artista, adolescente o maduro, vuelve sus ojos en momentos de vacilación hacia Henry Miller, el gran escritor exiliado norteamericano de entre las dos guerras, en busca del verdadero significado de la palabra libertad.

A Miller se le busca cuando las circunstancias nos oprimen, cuando el mundo físico nos abruma. Entiéndase bien: Miller es la liberación, no la evasión.

En ningún momento Miller se escapa: ama a la tierra y al mundo desesperadamente, y si quiere verlo derrumbarse es para que resurja esplendoroso y para que el hombre viva en él sin sus grilletes. Siente un amor jubiloso y fecundo por la tierra «que no es una árida meseta de salud y comodidad, sino una gran hembra echada». «Soy de la tierra», afirma.

Jamás es el artista que se evade. La imagen más intensamente poética de todo *Trópico de Cáncer*, la revelación más pura y tremenda de la naturaleza de la tierra y el hombre, la obtiene Miller en una visión súbita a través del himen: «Sus muslos me sujetan como un par de tijeras gigantescas». La misión del artista se le revela en una visión de mundos que vacilan: «hacer del caos un orden que es sólo suyo. Sembrar la discordia, el fermento, de modo que los que están muertos puedan volver a la vida. Veo en los músculos hinchados de sus gargantas líricas el esfuerzo abrumador que es preciso hacer para mover la rueda». Su admiración apasionada por Katsimbalis, el gran héroe de su viaje a Grecia, el Coloso de Marusi, que parece nacido de un olivo, es otra prueba de su amor apasionado a la tierra. «Tenía la complexión de un toro, la tenacidad de un buitre, la agilidad de un leopardo... Hablaba de sí mismo porque él era el personaje más interesante que conocía. Me gusta esa cualidad –añade Miller–, yo también la tengo».

A Miller se le perdonan sus afirmaciones arbitrarias e inapelables que tanto pueden irritar, las contradicciones de su vida, que no hacen más que confirmar las dificultades con que tropieza el hombre para realizarse como el artista quiere. Obligado por la guerra, tiene que volver a los Estados Unidos, de donde se exiló hacia 1931.

Las iniquidades de un mundo del que él no es responsable le cortan las alas, tronchan su libertad y vienen a darle la razón. Ha terminado la excursión a Grecia y debe abrazar a su amigo Katsimbalis. La terrible fealdad del mundo de gentes prácticas lo sume en la desesperanza al subir en El Pireo al barco que ha de devolverlo a Nueva York, donde nació y cuyo terrible engranaje llegó a aplastarlo. «Cuando subí al barco sentí que entraba en otro mundo. Estaba de nuevo entre los que lo consiguen todo, entre las almas sin sosiego que, no sabiendo cómo vivir sus vidas, quieren cambiar el mundo».

Las contradicciones de Miller conmueven. Es el artista que balbucea, se desespera y quiere decir con frases entrecortadas y gritos roncos, que no resisten la lógica, alguna tremenda verdad que sólo así puede decirse. Es el espíritu humano que sabe que debe romper sus cadenas y sólo atina a hacer un gran gesto desesperado. El mejor Miller –el del *Coloso de Marusi*, el de los *Trópicos*, el de *Primavera negra*– produce la exaltación; el peor Miller irrita, pero nunca deja de exaltar.

Sin miedo, desdeñando toda perfección, Miller utiliza asombrosamente el lugar común y obtiene resultados inauditos. Jamás escritor alguno utilizó con tanta intuición el valor de lo obsceno como instrumento poético de la liberación del hombre; la obscenidad en Miller no anda muy lejos de la ternura. Sólo Genet en años recientes ha repetido la hazaña, pero sin lograr nunca el acento universal de Miller. Genet es capaz de producir una flor maravillosa y perturbadora de la que sólo él tiene la fórmula; Miller en algún momento ha aspirado a fecundar él solo los ovarios oscuros del planeta.

Su obra, además, es de mucho mayor aliento. Se trata de un esfuerzo agotador para probar el poder de rebeldía del espíritu humano y su capacidad para la libertad. Cuando Miller se burla de todas las instituciones humanas, las está reduciendo precisamente a eso, a lo que no deben pasar de ser: obra del hombre, factura del hombre. Las hostiga con todas sus fuerzas y justifica todos los actos contra ellas cuando tratan de sobrepasar al hombre, que las hizo, y después olvidó que era su único autor. Lo que le fascina es su libertad, que estrena todas las mañanas con el primer soplo de brisa. Una libertad agresiva, socarrona, tierna, insultante, insolente y a veces infantil.

En *Primavera negra* hay un párrafo inolvidable que puede parecer (y es) un ataque a la hipocresía anglosajona y a sus irritantes pudibundeces, a la vaciedad norteamericana que el escritor jamás ha cesado de combatir en su obra, y a la hipocresía, así, simplemente, sin nacionalidad ni fronteras. Pero en un plano más profundo se trata de una declaración del credo estético de Miller, que pudiera resumirse así: el arte debe ser parte tan inseparable de la vida como los actos más cotidianos; toda separación, toda jerarquización equivale a pompa, a cosa fósil, a muerte; debemos necesitar del arte como del aire. Oigamos la conmovedora profesión de fe:

«Para gozar de Rabelais... recomiendo un excusado simple, campestre, que quede en una dependencia un poco alejada de la casa, cerca de un sembrado de maíz y a través de cuya puerta se filtre un hermoso rayo de luz. Nada de botones que oprimir, de cadena que tirar, de papel higiénico rosado. Nada más que un asiento toscamente excavado y lo suficientemente grande para acomodar en él el trasero, así como otros dos agujeros de dimensiones convenientes para otros traseros. Y si uno puede llevar consigo a un amigo y tenerlo junto a sí ¡tanto mejor! Siempre se goza más de un buen libro cuando se está en buena compañía. Uno puede pasar una hermosa media hora sentado en el retrete junto a un amigo, una media hora que lo acompañará a uno durante toda su vida, así como el libro en ella contenido y el olor de todo ello. Ningún daño, digo, podrá hacérsele a un buen libro si lo llevamos con nosotros al retrete. Sólo los libros ínfimos se resienten de ello. Sólo los libros ínfimos sirven para limpiarse el culo».

«París y sus suburbios»
PRIMAVERA NEGRA

En Cuba leemos muy poco a Miller, principalmente porque sólo una parte muy pequeña de su obra ha sido vertida al castellano. Hasta hace poco los *Trópicos* habían sido traducidos sólo fragmentariamente. Lo más conocido es *Primavera negra*, y la traducción es deficiente. La obra de Miller debe, si es posible, conocerse en su idioma original, hasta tanto se la traduzca como merece. Su literatura no es difícil poesía.

En *Trópico de Cáncer* hay un mensaje para todos los escritores: «Algunas cosas de mis viejos ídolos me traen lágrimas a los ojos: las interrupciones, el desorden, la violencia... Me exalto cuando pienso en sus deformidades, en los estilos monstruosos que eligieron... en el caos y la confusión en que trabajan, en los obstáculos que acumularon ante sí. La obra de todos esos hombres fue exagerada... pero de esa obra me alimento yo. Cuando me muestran un hombre que se expresa a la perfección, no diré que no es grande, pero sí que no me interesa... Corro gozoso hacia los grandes e imperfectos; su confusión me nutre, su tartaleo es música divina en mis oídos».

Miller no ha pasado. *Nexus II*, su obra más reciente, confirma su fecundidad. Se leyó mucho entre las minorías intelectuales antes y a principios de la última guerra. Muchos lo leyeron cuando sus libros fueron causa célebre al ser prohibida su importación en los Estados Unidos e Inglaterra, y en el mercado de literatura pornográfica se le cotiza bien. Pero de esto Miller no tiene la culpa. Como Joyce tampoco la tiene porque la visión de Molly Bloom encuentre compradores en ese mismo mercado.

La obra de Miller es del futuro. Cuando la humanidad esté libre del hambre y del miedo y haya esclavizado a la máquina, y el hombre aprenda por primera vez a jugar, comprenderá mejor lo que quiso decir Miller al hablarle de la libertad.

1959

NOTAS SOBRE PORNOGRAFÍA*

El año de la ruidosa clausura de su exposición de Londres por la policía inglesa y de la confiscación de sus cuadros, D. H. Lawrence escribió un panfleto que se editó en Inglaterra y que llevaba por título *Pornografía y obscenidad*. A pocos pasos de la muerte, Lawrence seguía su lucha de 20 años contra los «grises», responsables de la incautación de ediciones completas de algunas de sus obras, los atacados de la «enfermedad gris» que según él se manifiesta en el odio a todo lo sexual, los rezagados del puritanismo victoriano del siglo XIX, que

---

(*) Como se ha indicado en el «Delantal», para los textos incluidos en esta sección de la antología (IV. Notas críticas y paisajes), hemos seguido la edición de *Memorias de una isla*, Ediciones R, La Habana, 1964. Pero gracias al poeta Antón Arrufat, amigo de Calvert Casey, quien me indicó la fuente primera de «Notas sobre pornografía», he podido añadir lo que no aparece en la edición de 1964. Calvert Casey publicó este artículo con el título «Nota sobre pornografía» (con el plural posterior haría más vago el enfoque o, según como se mire, acentuaría la diversidad del tema) en la sección «Barómetro» de la revista *Ciclón*, vol. 2, n° 1, enero de 1956, pp. 57-59. En algunos casos sólo se trata de palabras o breves frases, tal vez meras correcciones del propio Calvert. Los cambios significativos residen en aquellos períodos más extensos en los que el autor mencionaba abiertamente la homosexualidad. Haber suprimido en 1964 esos fragmentos, que destacamos mediante corchetes, habla claramente de autocensura. La censura, cuyo gran fracaso es no conseguir estar en todas partes, tal vez no prestó la debida atención (si es que llegó a leer) el párrafo dedicado a Jean Genet.

llamó siglo pacato y eunuco, acusándolo de haber querido destruir la humanidad.

El admirador entusiasta del arte etrusco, que hallaba más vital que ningún otro en toda la cuenca mediterránea por lo libre de todo ideal y obediente a los impulsos más espontáneos, acusaba a la pornografía de querer insultar a lo sexual, de ensuciarlo, de reducir el acto sexual al nivel de lo trivial y lo desagradable, de unir al impulso sexual (creación), el impulso excretor (disolución o «descreación»), separados en el individuo sano.

Pero a la pornografía de la foto, de la tarjeta postal, del verso obsceno y el dibujo tosco en la pared, igualaba Lawrence la pornografía que venía implícita en *Jane Eyre*, en *Tristán* o en *Ana Karenina*, obras que en su opinión provocaban la excitación sexual para luego humillar el impulso y degradarlo, con lo cual se daba entrada al elemento pornográfico. Como de esto está impregnada gran parte de la literatura del siglo XIX, el único remedio era hablar libremente del impulso y la vida sexuales e incluso dar a la juventud a leer Boccaccio, que los pornógrafos odian por la naturalidad saludable de sus relatos, y por encima de todo resistir los paños calientes del naturalismo, [grandes cómplices de lo pornográfico.]

Lawrence ve en lo secreto toda la cuestión de la pornografía, la condición esencial para que ésta pueda respirar. El «sucio secretillo de los grises, amado de la muchedumbre» es el germen de [toda] la cuestión, y [es] el secreto lo que infecta las novelas «rosa», las películas románticas, las aventuras populares de heroínas neutras de pureza blanqueada, en las que sólo el villano o la villana revelaban impulsos sexuales. Acusa a la mayor parte de la literatura y los pasatiempos populares de excitar a las gentes a la masturbación, «el supremo acto secreto y estéril», [al que Lawrence, autor de mil himnos entusiastas a la unión de los dos sexos, prefería la relación homosexual, tachando a la industria de civilización de onanistas.]

De cómplice máximo de lo pornográfico acusaba Lawrence al «Du bist wie eine Blume», el sentimentalismo execrable que compara a la amada con una flor, «tan pornográfico como un cuento sucio».

Han pasado más de 30 años desde que Lawrence escribió el panfleto contra «los grises», que concluía advirtiendo de los peligros del enfoque, harto patético, de «desinfectar» lo sexual con palabras científicas, de despojarlo de todo dinamismo y misterio, y de los no menos peligrosos abismos de la actitud, que entre comillas él llamaba libre, que va a lo sexual como quien asume una posición intelectual o de rebeldía social, olvidando «el misterio», lo que está más allá de nosotros, lo que nos sobrepasa, el impulso que Lawrence nombró y nunca definió, el parentesco de la sangre que corre por todos y que hace de todos uno, tema reiterado y jamás definido de toda su obra.

Un nuevo naturalismo, tras una depresión, una guerra mundial y la divulgación de las doctrinas psicológicas, a la que Lawrence contribuyó, ha llegado al mundo occidental. Para contrarrestar su influencia irresistible se anuncia hasta un renacimiento religioso. «Los grises ya no se atreverían a recoger una edición audaz, después del golpe que les infligiera el famoso fallo judicial que abrió al *Ulises* las aduanas de los Estados Unidos. [Muy a la moda, sus prósperos hijos se psicoanalizan para no dejar intacta una sola frustración, o para preverlas todas.]

Una ojeada a las colecciones de libros de bolsillo de sugestivas portadas que se venden en todos los rincones de los Estados Unidos irritaría [(entristecería)] a Lawrence, por la insidiosa permanencia del tipo de pornografía que responde a la mentalidad puritana, aunque aparentemente la combate, que viene a ser como un subproducto atroz de aquella libertad que él quería, de aquella renuncia a toda hipocresía vestida de pureza. El sucio secretillo se defiende heroicamente y con un éxito fabuloso, aunque para anunciarse ya no pinte a la joven del ramo de violetas [ni diseñe la portada de filetes dorados.] Ahora explota hasta la saciedad la escena ya clásica sobre la parva de heno en el ardor de agosto. Para furor

266

de Lawrence se ha vestido de audacia, ha adquirido el vestuario de los libres, de los desprovistos de inhibiciones, de los iniciados, o peor aún, de los adolescentes que explotan ([exploran]) los misterios con el mismo aire inocente y hasta reverente con que Lawrence quería que nos aproximáramos a «el misterio».

El contenido de estos libros es a menudo mucho más banal que las prometedoras portadas. Son malas novelas de violencia, pobladas de tipos invariables y esquemáticos; a menudo describen conflictos homosexuales, muy socorridos después de la guerra, y planteados en términos de un sentimentalismo enfermizo. Es verdad que este tipo de edición ha llevado a la enorme masa del público que antes se conformaba con la novela de detective, para la que fue creada la edición de bolsillo, obras de autores serios. Pero eso no basta a excusar el hecho desconcertante de que las obras más serias de Faulkner o de Isherwood se venden bajo portadas a todo color en las que inevitablemente la heroína de traje transparente, y el galán de ceñidísimos pantalones y torso desnudo, se dirigen miradas cargadas de lascivia.

No es que nada haya variado, porque afirmar eso sería negar el servicio que Lawrence prestó a la literatura, sobre todo a la inglesa y a la norteamericana. Pero la actitud que hace que se vendan por primera vez tiradas enormes de obras de autores serios a precios ínfimos con el anzuelo de las portadas semiobscenas es en el fondo la misma que exigía que la heroína estuviera esterilizada y lavada de todo pecado. Negando la existencia misma del sexo, los «grises» hacían pornografía sumamente efectiva muy a pesar suyo, porque la imaginación tenía ancho campo para desbocarse y el impulso de atribuir placeres complicados e inauditos a individuos así era irresistible. Nuestros ilustradores contemporáneos, siempre atentos a servir el gusto de los más (mejor de lo que se cree), y jamás intentando mejorarlo, no osarían ir contra la evolución de las ideas, de las nuevas actitudes frente a lo sexual, y explotan la veta astutamente. Que utilicen los símbolos de los textos más modernos, que reproduzcan, aunque a su modo, el mundo creado por los autores que rescataron a la vida sexual del ámbito de lo no mencionable no tiene importancia. Consiguen lo mismo: provocar la sonrisa comprensiva, rebajar la imaginación y sobre todo —y esto es lo que da su acento definitivo a la degradación de lo sexual— provocar la sensación de complicidad. Una vez despierta la idea de la complicidad, ya no hay retroceso posible, el ilustrador ha triunfado y puede dormir tranquilo de que la especie de los masturbadores no ha muerto.

Esta pornografía es peor que la que Lawrence atribuía a los «grises», con sus novelas puras y su terror a llamar a las funciones por su nombre. Es peor porque se sirve de las nuevas actitudes para hacer su labor y por ello tiene mucho de traición. Se piensa en los movimientos religiosos más poderosos, que nunca dejan de sumarse a las corrientes políticas y de reforma social para no quedarse fuera.

Si la insinuación pornográfica es inevitable, creemos, a diferencia de Lawrence, que hay una tremenda distinción jerárquica entre lo pornográfico [(la pornografía pura)] y la alusión o la provocación banal, que lo francamente pornográfico es infinitamente más saludable, de mucho más valor y en algunos casos hasta aconsejable. Un *film* pornográfico puede ser un agente catalizador de gran valor, inestimable para dar a cada cosa su valor justo en el caso de más de un contemporáneo que interpreta las nuevas actitudes con un criterio muy ingenuo. Si no puede haber el misterio que Lawrence quería, que lo pornográfico pueda desplegar todos sus recursos, prestar su mayor beneficio, demostrar su infinita superioridad sobre la ilustración sugerente y torpe. Destruido el último engaño, desalojada la idea insalubre de lo entrevisto y lo sospechado y sustituida por la crudeza total, lo pornográfico absoluto, al eliminar el último vestigio de prohibición que se cimenta en lo que está oculto o entrevisto, no desboca la imaginación sino que la tranquiliza y le da una visión y un equilibrio nuevos y en ocasiones una profunda serenidad.

[Que los valores sociales relativos penetren y dominen lo pornográfico. como hemos observado en una función cinematográfica en la que el público que aplaudía entusiasmado el acto sexual entre individuos del sexo femenino mostraba profunda antipatía o ruidosa sorna ante cualquier indicio de homosexualidad masculina, es un hecho profundamente curioso y desconcertante, pero que no debe extrañar. Las prohibiciones sociales tienen largos brazos y se dejan sentir en las situaciones más distintas.]

Al identificar la obra y el mundo de Genet con «la sexualidad de la alcantarilla», Huxley excluye de la posibilidad de redención a un sector enorme de la humanidad. En muchos pasajes de su obra Genet conjura una luz extrañamente pura, una inocencia en que sus personajes fulgen, que está del otro lado de lo sórdido y que es muy parecida al bien. Dijérase que para llegar a la zona de luz casi mística en que Genet baña a sus compañeros de prisión (en *Miracle de la rose*), tuvieron que atravesar zonas frenéticas en que lo pornográfico juega un papel decisivo, no como medio sino como fin.

La experiencia pornográfica pura, desprovista de todo afeite y de toda limitación impuesta directa o indirectamente por los prejuicios, puede ser supremamente hermosa, conducir a la serenidad o a la exaltación. Genet probó esto introduciendo esta experiencia como elemento fluido y, entiéndase claro, en estado inocente. Quizás lo que afee, lo que prostituya lo pornográfico sea la entrada del elemento relativo, de la idea de tiempo y lugar que sugiere prejuicio y lo hace sórdido. Como sucede con otras experiencias, si pudiera depurarse hasta producirse en un estado de pureza absoluta se revelaría como otra manifestación tremenda de lo universal, [hasta confundirse con el misterio.]

1955

La visita

Ahora el lugar tiene un terrible nombre turístico que quizás muy pronto desaparecerá. Se llama Joe's Jungle. Lo dice un rótulo muy recortado y pulido a la entrada, con pretensiones de rústico. El cartel y el nombre son un símbolo de lo que iba a ser la Isla, una nueva Florida, con diversiones planeadas y bosques urbanizados, un inmenso terreno de «parqueo» con olor a gasolina, paraíso de especuladores en bienes raíces. El rótulo sabe a excursión con guía aburrido y propina preconvenida, a «jungla» de plástico y a leones pintados con vynil, que resiste la intemperie.

Cuando yo lo conocí no había rótulo. Era en el interregno entre dos invasiones, de las que hablaré después. Uno iba a visitar a la señora de la finca, a descansar un rato, de regreso de una cabalgata que nos acercaba un poco al improbable y lejano Sur, última Thule de los pineros, el vasto y desolado Mediodía de la Isla. A la finca se entraba por una avenida de los árboles más espesos que yo había visto. Después supe que Jones, el propietario, había hecho venir de la India raros ejemplares de plátanos, de palmeras, de árboles de pan, que se aclimataron inmediatamente al país y se mezclaron con sus hermanos de especie y con el guayacán y la yagruma. Era la selva que asombró a Colón con su inmensa variedad, cuando se asomó a ella por primera vez remontando el río en Baracoa, y los indios le agradecieron el cumplido inesperado con el espléndido regalo de unos papagayos que le alcanzaron a nado.

Para mí, procedente del árido mundo de concreto de La Habana, era la primera visión del bosque cubano antes de la bárbara quema, del aposento inofensivo de lo maravilloso y lo gentil, de un mundo de plácidas conjuras que nunca llegaban más allá del griterío del cao.

En un claro, como una isla en constante peligro de ser devorada por el bosque al menor descuido, una extraña casa tejida de bejuco y madera, de alta techumbre de cobija y dos aguas. Supimos después que la inusitada vivienda es lo único que perdonó el huracán del año 26, que barrió con las casas de vivienda y privó a la Isla por muchos años del escándalo de las cotorras. Una anciana viene a recibirnos, muy risueña y pausada. Nos ofrece sillas, modales anticuados, un coco. Vive sola, completamente sola, en medio del bosque, agarrada a lo que le dejó el huracán. Nos preguntamos de qué vive porque en la finca no hay siembras. Posiblemente de recuerdos. La rodean antiguos muebles de mimbre, esmaltados de blanco hace muchos años. El salón es un monumento al barroco de mimbre, al arabesco de bejuco. En los anaqueles, sobre las viejas cómodas, los recuerdos de la señora contemplan a los visitantes. Son pálidas estudiantes inglesas, recién graduadas del curso de 1880, jóvenes novatas enlazadas por la cintura cuya frescura oculta la amarillez y la humedad de sesenta años.

La señora pide noticias del mundo exterior.

—¿Es cierto que cayó Machado?

—Sí, pero ya hace años.

—Ah, sí.

Alguien pregunta por Tim. ¿Cómo está? ¿Se le ha visto últimamente?

—Ahorita viene, ya debe tener hambre, anda perdido, dice la señora.

Hay en el rostro de la anciana una extrema paz, el contento de los que agradecen los días y no piden nada. Quizá el difunto señor tenía capacidad para amar algo más que sus plantas. Llegan más visitantes y los ojillos aumentan su brillo. La señora agradece las visitas, son su única distracción en las largas ausencias de Tim, su único acompañante vivo.

A los adioses, llega Tim, que además de hambre debe haber sentido curiosidad. Lentamente se desprende de la viga desde donde sin duda ha estado observándonos desde que llegamos. Es un enorme majá, de varios pies de largo. En sus lentos movimientos hay un elemento hipnótico que sobrecoge a los visitantes. La pesada bestia atraviesa la pieza pegada a un muro. En sus ojos sin párpados hay la misma mirada fiera de sus mortales hermanos, la terrible expresión de ira diabólica de todos los ofidios. Pero Tim, como todas las bestias de Cuba, es inofensivo. Y además es fiel a su vieja amiga. Con seguro reptar, se dirige a la despensa donde seguramente le aguarda alguna golosina que él deglutirá lentamente, de vuelta en su observatorio de la cobija de guano, como postre de una cena que consistió quizá en alguna rana descuidada.

La anciana nos despide debajo de los plátanos de la India con su pequeña sonrisa bondadosa. Cuando se retira con paso menudo, los plátanos se cierran bruscamente tras ella.

Paradiso

Quien como Milton aún confíe en encontrar el confín para siempre perdido, que vaya a Santa Fe, cruce el río, atraviese la plaza y tome hacia el monte por una calleja lateral. Allí, a pocos metros, está la antesala del Paraíso. Inútil avanzar más. Sería demasiado ambicioso y correríamos el riesgo de no volver a encontrarla jamás. El paraíso está aquí en la tierra si tomamos la buena ruta de ómnibus. Cuatro enormes laureles son los pilares de este reino inesperado de la felicidad. No hay que buscar más, aquí está, aquí cesan todos los dolores. Como si el verde no fuera suficiente para dulcificar todas las ambiciones, los millones de hojas de los cuatro laureles filtran la luz y actúan como un elemento refrigerante sobre la brisa. Se concibe morir. ¿Extraña que Martí sanara de sus recuerdos del presidio político cuando parecía lesionado para siempre por el infierno de cal de San Lázaro?

La isla abunda en paraísos, y la vecina Cuba también. Pudiera abundar más si amáramos más los generosos gigantes verdes, si nos enteráramos de que la sombra de un laurel produce al mediodía más felicidad que diez unidades de aire acondicionado. Lo hemos olvidado. Quizás algún día volvamos a aprenderlo.

Cuentos

La isla, deshabitada durante largos años, olvidada de españoles y cubanos, es lugar propicio a la leyenda y a los cuentos. A fines del siglo XVIII un viajero inglés decía que la Evangelista sólo estaba habitada por cotorras y jutías, y que de vez en cuando alguna solitaria figura humana atravesaba los caminos.

En tal desolación, la imaginación de los seres humanos busca colmar los vacíos, con vivos o con aparecidos, o con ambos.

El legendario Sur es centro favorito de lo extraordinario. Inmensa llanura bordeada de mangles y de playas, a ella sólo llegaban, hasta que la carretera la comunicó con el resto de la Isla, las goletas que venían a buscar el carbón hecho por carboneros vascos y sus hijos, o algún que otro cazador. Tierra de larga soledad. Dicen que un fabuloso incendio estuvo ardiendo dos años sin que nadie lo pudiera apagar, y destruyó caobos y cedros que tres hombres no podían abrazar. El humo se veía desde el centro de la isla y cuando creían apagada la conflagración la llamarada maldita volvía a encenderse después que escurrían los aguaceros. Se oyen historias de cazadores muertos de sed, de carboneros asesinados y enterrados, sin que la noticia llegara a ningún juzgado, cuya muerte abría un largo ciclo de venganza. Todo esto está en contradicción con la vida en Santa Fe, donde los moradores tienen a orgullo no cerrar nunca una puerta.

La vida anterior al siglo XIX es casi desconocida, vaga. Las comunicaciones con Cuba eran lentas. ¿Quién iba a aventurarse a vivir en la lejana Evangelista? Stevenson leyó alguna memoria de piratas del XVII e instaló allí la primera leyenda. Ésto, y la soledad de las grandes cuevas, el melancólico Cerro de los Cristales, confirmaron la atmósfera de leyenda de aquella parte de la Isla donde nunca llegaban los viajeros.

La Guerra Grande tuvo su parte de culpa. Hacia 1873, año de grandes desastres cubanos, comenzaron a llegar a la Isla, cuando llegaban, en botes, en míseras cachuchas, fugitivos del Camagüey asolado por el Conde de Valmaseda, buscando un refugio donde esperar el fin de la guerra o la victoria de las armas cubanas. Nacieron en las cuevas los primeros palenques mambises, junto a los palenques de esclavos. Durante años vivieron escondidos los fugitivos, alimentándose de plantas y de alguna jutía que se dejaba agarrar, saliendo sólo de noche de las cuevas, para que nadie viera los harapos a punto de caer ni los rostros espectrales. Se cuentan escenas de locura, crímenes, noches de espanto, en la inmensa desolación de la Isla.

La primera invasión norteamericana tuvo lugar hacia 1900. Creyendo poder retener la Isla, los risueños invasores invirtieron enormes cantidades en plantaciones y hoteles. Una activa campaña de prensa y un fuerte laborantismo dentro de la Isla contribuyó a que el tratado que reconocía la soberanía de Cuba, firmado en 1903, no fuera ratificado hasta veinte años más tarde por un Senado que no perdía la esperanza de venir a pasar la vejez en la bella posesión. Cuentan que cuando llegó a la Isla la noticia de la ratificación algunas familias abandonaron abruptamente sus posesiones, libros, mobiliarios, vajillas, ropas, en un súbito rapto de ira y de exclusivismo, y tomaron el primer vapor. El ciclón del 26 se encargó del resto. Además de destruir cotorras y pinares, dejó sólo el casco de algunas bellas propiedades. Tres escalones de mármol de una escalera trunca y dos columnas dóricas son el rastro de una mansión derruida. Una larga verja de piedra y hierro cerca de Santa Fe es todo lo que queda de una gran villa, que hizo erigir la terquedad. Las ruinas melancólicas abundan, para el que sabe mirar.

Aguas

Santa Fe es desde siempre lugar de aguas infinitas. La circunda el agua, que corre por el río en pequeñas cascadas. En el subsuelo trabaja el agua por salir. No menos de cuatro manantiales aportan su caudal, muy cerca, a este mundo de aguas. Y por las tardes, el cielo se desborda en tremendos aguaceros de una fuerza desconocida en otros lugares de Cuba. Dentro de una poceta, mientras cae el chaparrón, me siento de pronto hermano de Noé, en un mundo de donde todos los demás elementos han desaparecido y sólo queda el agua y las descargas mortales de los rayos.

Una noche, en aquel mundo líquido, mientras los árboles destilaban el agua del día y toda el agua del mundo parecía congregarse a mi alrededor, oí una mujer cantar adentro, en lo más profundo de la poceta radioactiva, por entre las piedras del tibio manadero desde donde era posible atisbar el centro de la Tierra, que algunos creen ígneo y yo supongo femenino y húmedo.

1960

EL CENTINELA EN EL CRISTO

Mediaba junio cuando un amigo extranjero y yo decidimos hacer el ascenso obligado al Cristo de Casa Blanca (de Regla, le llamaba mi amigo con esa impunidad deliciosa que permite a los extranjeros situar a Isla de Pinos en plena Ciénaga con la mayor tranquilidad.)

Sin percatarnos de lo tardío de la hora, con el desdén por los horarios que súbitamente experimentamos al mostrar la ciudad a los extraños, alquilamos una falúa cubierta, de remos, de las dos o tres que quedan en el puerto y que dan al Muelle de Caballería un aire remoto a como imaginamos que ha de ser el Cuerno de Oro, en una Estambul improbable. El obligado patrón gallego, parlanchín además, deleitó a mi amigo con relatos de mareas, arribazones y huracanes, dichos con una fuerte melancolía cantábrica. El silencio a esa hora era tan absoluto que los relatos del patrón podían oírse en la otra orilla.

En silencio atravesamos la alta plazuela dormida de Casa Blanca, con su escenario pequeñito para representaciones imaginarias, donde tres chivos descansaban de rumiar ante un público de espectros que nosotros vinimos a perturbar.

Atravesamos el barrio empinado, donde el ancho brazo de mar, separándolo de La Habana, ha conservado con increíble pureza las costumbres provincianas. Era muy tarde; los portales estaban apagados y los sillones vacíos. Todos los novios del pueblo se habían despedido y las pobres viejas al fin dormían.

Lentamente iniciamos el ascenso sudoroso por la escalera

del Observatorio. Muy abajo, sobre el muro de la carretera que sube serpenteando desde la carbonera, dormitaba un soldado rebelde. A cada paso nos deteníamos, buscando en la noche sofocante el alivio del terral. La plazuela, el escenario minúsculo, el caserío, iban quedando muy abajo, y al llegar arriba quedaron ocultos por el breñal de la ladera. El soldadito era sólo un punto, allá en la carretera.

Pero el espectáculo que se ofrecía a nuestra vista valía todas las fatigas. La ciudad respiraba silenciosa el escaso aire de la noche, en un sueño esplendido. Dormida, La Habana era mucho más hermosa. En la ciudad desierta, el silencio era perfecto. Casi al alcance de nuestras manos, los muros de La Cabaña, la fortaleza más hermosa que los españoles dejaron en la América, seguían los caprichos de la ladera, sin desprenderse de ella por un momento, hacia el mar. La estatua del Cristo, irónico regalo de un régimen despiadado, grande, enorme, pero desprovista de grandeza, elevaba sobre nuestras cabezas sus pliegues de piedra, compasivo y ajeno, como si lo hubieran instalado allí sin preguntarle y se sintiera fuera de lugar para siempre.

Frente a nosotros estaba la pequeña casa del Comandante de la fortaleza, a la sazón el Che. En el lugar, inundado de luz, reinaba completa soledad. Eran las primeras horas de la madrugada.

Al percatarnos de que el sitio, más elevado que la fortaleza, dominaba la pequeña casa y era ideal para lanzar un ataque y correr a la cercana oscuridad, nos asombró la falta total de vigilancia que allí había. Sentados frente a la enorme estatua, medimos la distancia con la vista y conjeturábamos, con la calma de quien medita un abstruso problema, las posibles formas de ataque, cuando al volvernos para apreciar mejor una distancia vimos a nuestras espaldas, casi tocándonos, como si también tomara parte en el abstracto cálculo, pero sonriendo y reposando acostado sobre la tierra, al soldado rebelde que habíamos visto allá abajo, como vagando sin rumbo junto a la carbonera. Ante nuestra súbita inmovilidad asombrada, sonreía con una expresión divertida y picaresca en los ojos negrísimos, la barbilla apoyada en el Garand elocuente con que nos encañonaba, extendido el cuerpo sobre la tierra, la cabeza descansando en un brazo, en actitud de amoroso y profundo reposo, mientras nosotros buscábamos desesperadamente algo qué decir.

Había subido como un gato montés, sin hacer ruido, trepando por el risco y cruzando en absoluto silencio la carretera, hasta situarse con la pesada arma a pocos centímetros de nosotros, mucho rato antes de que nos percatáramos de su presencia.

La visión fue relampagueante. En un instante, que valía por muchos volúmenes, comprendimos lo que había sido la lucha en la Sierra, las vigilias en la montaña, los ataques súbitos y fulminantes a los convoyes enemigos, las emboscadas, los hombres trepando en silencio para sorprender a la muerte, la muerte ignorada por toda la eternidad, la sensación de soledad terrible.

Pero no fue ésa la revelación de la noche. La verdadera revelación vino lentamente, al calor de la conversación sencilla y amistosa, que giraba como jugando sobre el sol de la Sierra, el calor de la llanura y los episodios de la guerra en que había intervenido, a los que restaba toda importancia, y que después se hizo seria hasta llegar a los objetivos de la Revolución, de los que tenía un concepto clarísimo, y a la distribución de la tierra patrimonio de todos los que la trabajen, de la que hablaba con gran intensidad. Este hombre utilizaba una lengua desconocida, se expresaba en términos inusitados de la vida y la muerte, pero sobre todo, de la vida y del derecho al disfrute de sus bienes inagotables; de una nueva justicia, de un concepto más humano y menos abstracto del bien. Todo enunciado con asombrosa lucidez, más que con palabras con la expresión intensa del rostro. El fatalismo había sido reemplazado por la tranquila determinación y una alegría sin límites.

Estábamos —estaba yo, hombre de la misma tierra—, ante un

nuevo tipo humano, un ser absolutamente revolucionario en el sentido total de la palabra, con el que nacía una sensibilidad desconocida hasta ahora, un producto telúrico, un ser dulcísimo producido por la violencia, mitad criatura de los riscos, mitad apóstol justiciero y juguetón que mostraba dientes fuertes y blanquísimos en una gran risa de adolescente. La Revolución se había desbordado, y sin sospecharlo había producido este rostro infinitamente limpio, perspicaz y profundo. De ojos rasgados, tez oscura y rostro afilado, duro y flexible, con una absorbente preocupación de justicia, e infinitamente cortés, era tan nuevo y desconocido para mí como para mi compañero. Tampoco yo sabía que en Cuba habitasen seres como éste. Era como si la esencia de la nacionalidad y de todo un Continente hubiera estado oculta y ahora reapareciera. Este hombre traía un nuevo modo, un nuevo estilo, desconocido hasta ahora no sólo en la vida cubana, sino en la vida del Continente, como si durante siglos la Sierra lo hubiera preservado y la Revolución lo hubiera descubierto.

Para mí, alimentado sobre la misma tierra, este pequeño muchacho campesino de pómulos altos, de melena negrísima y tirante, atada fuertemente a la nuca con peinetas de carey en un mechón de muchacha, con absoluto desprecio por los atributos convencionales de su sexo, era tan inesperado como podía serlo para mi asombrado amigo, que veía ahora frente a sí, asombrosamente resumida, la Revolución. Y este hombre traía el mensaje más trascendental de la Revolución, el más importante de todos, y que empequeñecía a todos los demás, el mensaje de la justicia.

Nosotros habíamos sospechado una nueva conciencia, un nuevo estilo, pero ésta era la revelación inesperada, en medio de un escenario fantástico, sobre el trasfondo de la ciudad muerta e incandescente, de mis sospechas del nacimiento de un ser desconocido, duro y tierno, pequeño y gigante que se aprestaba a realizar la transformación social de un Continente.

Cuando hubo confirmado la bondad de nuestras intenciones, el soldado desapareció a saltos, sonriendo, tan súbitamente como había llegado, con un corto saludo, y nosotros iniciamos lentamente el retorno a la ciudad sin hablar palabra. Todas las palabras estaban de más.

El patrón, que nos esperaba abajo seguro de que la madrugada hacía sus servicios imprescindibles, nos miraba de reojo durante todo el viaje de regreso, un poco decepcionado ante nuestro mutismo gozoso, y tras inútiles esfuerzos optó también por el silencio.

1960

ÍNDICE